KB142765

문학을 읽는다는 것은

테리 이글턴

문학을 읽는다는 것은

How to Read Literature

| 이미애 옮김 |

책읽는수요일
Books on Wednesday

에이드리언과 앤절라 커닝엄을 기억하며

섬세한 문학 읽기를 위하여

문학 작품의 분석 기술은 나막신 춤처럼 기력을 잃어 거의 쇠진한 상태입니다. 니체가 "슬로 리딩(느린 독서)"이라고 부른 책 읽기의 전통은 흔적도 없이 사라질 위험에 처해 있지요. 이 책은 문학의 형식과 기법에 세밀한 관심을 기울임으로써 그 전통을 되살려내는 데 미미하게나마 기여하고자 합니다. 대체로 초보자를 위한 입문서로 의도되었지만, 이미 문학 연구에 종사하는 사람이나 여가 시간에 시와 희곡, 소설을 즐겨 읽는 독자에게도 도움이 되기를 바랍니다. 나는 서사와 플롯, 인물, 문학적 언어와 같은 문제와 픽션의 성격, 비평적 해석의 문제, 독자의 역할과 가치 판단의 문제를 보다 분명히 밝혀보고자 합니다. 또한 이 책은, 필요하다고 느낄 독자를 위해서, 개별 작가뿐만 아니라 고전주의와 낭만주의, 모더니즘과 사실주의 같은 문학 사조에 대해서도 몇 가지 생각을 개진할 것입니다.

나는 문학 이론가이자 정치 평론가로 가장 잘 알려져 있을 터이므로, 어떤 독자들은 이 책에서 그런 관심사가 어떻게 표출되었는지 궁금해하겠지요. 그 답은, 우리가 문학 텍스트의 언어에 어느 정도 민감하게 반응하지 않고는 작품에 관한 정치적, 이론적 문제를 제기할 수 없다는 것입니다. 여기서 내가 하려는 바는 비평 작업의 기본적 도구 몇 가지를 독자들과 문학을 공부하는 학생들에게 제공하는 것입니다. 그런 도구가 없으면 다른 문제로 넘어갈 수 없을 테니까요. 그 과정에서 비평적 분석이 재미있는 작업이 될 수 있다는 것을 보여주고, 그럼으로써 분석은 즐거움의 적이라는 신화를 무너뜨리는 데 도움이 되기를 희망합니다.

테리 이글턴

Contents

Chapter 5 가치

Chapter 1

"문학은 대개 그 이전에 무수히 사용되어온 언어를 사용해서 시작합니다. 모든 독서는 상당한 규모로 구축된 장치를 필요로 합니다. 그저 한 텍스트를 이해하기 위해서라도 많은 것이 이미 구비되어 있어야 하지요. 그중 하나는 이전의 문학 작품입니다. 문학 작품은, 무의식적으로라도, 다른 작품들을 상기시킵니다. 하지만 시나 소설의 도입부는 일종의 침묵에서 별안간 솟아난 듯이 보이기도 합니다. 이전에 존재하지 않았던 픽션 세계를 여니까요."

도입부

학생들이 세미나 테이블에 둘러앉아서 에밀리 브론테의 소설 『폭풍의 언덕』에 대해 토론하는 것을 듣고 있다고 상상해봅시다. 그 대화는 이와 비슷하게 진행되겠지요.

학생 A 캐서린과 히스클리프의 관계가 뭐 그리 대단한지 모르겠어. 그 커플은 그저 시시한 일로 말다툼하는 애들 같은데.

학생 B 글쎄, 그건 실은 관계라고 말할 수 없어, 그렇지 않아? 오히려 자아들의 신비스러운 화합이라고 할까. 그건 일상적 언어로 말할 수 없는 것이지.

학생 C 어째서? 히스클리프는 신비주의자가 아니라 짐승 같은 녀석이야. 바이런 식의 영웅이 아니라고. 사악한 놈이지.

학생 B 좋아, 그럼 누가 히스클리프를 그렇게 만들었지? 물론, 그 언덕에 사는 사람들이야. 그가 어린애였을 때는 괜찮았어. 그가 캐서린의 남편감이 못 된다고 사람들이

생각했기 때문에 괴물로 변한 거야. 그는 적어도 에드
거 린턴 같은 겁쟁이는 아니지.

학생 A 그래, 린턴이 좀 줏대가 없긴 해. 그렇지만 그가 캐서린
을 대하는 방식은 히스클리프보다 훨씬 더 낫잖아.

이 토론에 무슨 문제가 있을까요? 몇 가지 주장은 꽤 통찰
력을 드러냅니다. 학생들 모두 첫 다섯 페이지 이상은 읽은
듯합니다. 누구도 히스클리프가 캔자스 주의 작은 마을이라
고는 생각하지 않는 것 같지요.

문제는, 『폭풍의 언덕』에 대해 들어본 적이 없는 사람이
이 토론을 듣는다면 이것이 소설에 관한 대화라는 것을 전혀
알아채지 못하리라는 것입니다. 그 사람은 학생들이 괴짜
친구들에 대해 수군거리고 있다고 생각할지 모르지요. 캐서
린은 경영대학 학생이고, 에드거 린턴은 미대 학장, 히스클
리프는 사이코패스인 문지기일지 모르지요. 소설이 인물을
만들어내는 기법에 대해서는 아무런 언급도 없습니다. 이
소설이 인물들에 대해 어떤 태도를 취하는가라는 의문을 누
구도 제기하지 않습니다. 이 소설의 판단은 일관성이 있습
니까 아니면 애매모호할까요? 이 소설의 이미지나 상징, 서
사 구조는 어떻습니까? 그런 것들이 인물들에 대한 우리의

감정을 강화시켜줍니까 아니면 약화시킵니까?

물론 토론이 진척되면 학생들이 소설에 대해 토론하고 있다는 사실이 더 분명해지겠지요. 어떤 경우에는 시와 소설에 대한 문학 비평가의 발언을 실제 생활에 대한 대화와 구별하기 어렵습니다. 그렇다고 해서 범죄를 저지르는 것은 아니지만, 요즈음은 이런 경우가 좀 너무 많습니다. 문학을 공부하는 학생이 가장 빈번히 저지르는 실수는, 시나 소설이 말하는 것만 찾으려 하고, 그것을 말하는 방식을 제쳐둔다는 것입니다. 이런 식의 독서는 작품의 "문학성"을 제쳐두는 것입니다. 그 글이 네브래스카 주의 토양 침식 사건에 대한 보고서가 아니라 시나 희곡, 소설이라는 사실을 무시하는 것이지요. 문학 작품은 보고서일 뿐 아니라 수사적인 글입니다. 그것은 특히 주의 깊은 독서를 요구하지요. 어조와 분위기, 속도, 장르, 구문, 문법, 문장 구성, 리듬, 서사 구조, 구두점, 다의성—실은 "형식"이라는 범주 안에 들어갈 수 있는 모든 요소에 대한 특히 주의 깊은 독서를 요구합니다. 사실 네브래스카의 토양 침식에 대한 보고서도 언제든 이런 "문학적" 방식으로 읽을 수 있습니다. 이 말은 오로지 그 보고서의 언어 작용에 세밀한 관심을 기울인다는 뜻입니다. 어떤 문학 이론가는 이렇게만 해도 그 보고서를 문학 작품으로 바꿀 수 있다고 생각할 것입니다. 물론 『리어 왕』에 필적할 작품은 아니겠지요.

어떤 작품이 "문학적"이라고 말할 때 그 의미의 일부는, 이야기되는 내용이 이야기되는 방식에 의해 받아들여지는 작품을 뜻합니다. 내용이 그것을 전달하는 언어와 분리될 수 없는 글이지요. 언어는 현실이나 경험을 구성하는 요소이지, 그것의 도구에 불과한 것이 아닙니다. "도로 공사: 향후 이십삼 년간 램스버텀 우회로에서 장시간 지체 예상"이라는 도로 안내판을 예로 들어봅시다. 이 안내판의 언어는 내용을 온갖 다양한 방식으로 표현할 수 있는 도구에 불과합니다. 매우 진취적인 지방 당국자라면 그것을 시로 표현할 수도 있겠지요. 우회로가 얼마간 사용될 수 없을지 모른다면, "폐쇄"에 운을 맞춰 "아무도 모르쇠"라고 쓸 수 있습니다. 이와 달리, "짓무른 백합은 잡초보다 더 고약한 악취를 풍기지."[1]라는 구절은 바꿔 쓰기가 훨씬 더 어렵고, 적어도 이 행을 완전히 망쳐놓지 않고는 어렵습니다. 우리가 이 구절을 시라고 부를 때 뜻하는 여러 의미 중 하나는 이것입니다.

문학 작품에서 일어나는 것을 그것이 일어나는 방식에 의

---

1 셰익스피어의 소네트 94번.

해 봐야 한다고 말한다고 해서 그 두 가지가 늘 말끔하게 딱 들어맞는다고 주장하는 것은 아닙니다. 가령 들쥐의 일생을 밀턴의 무운시에 맞춰 기술할 수 있겠지요. 혹은 자유에 대한 열망을 몸을 옥죄는 듯한 엄격한 운율에 맞춰 쓸 수도 있습니다. 이런 경우에는 흥미롭게도 형식과 내용이 반목하게 됩니다. 소설 『동물농장』에서 조지 오웰은 복잡다단한 볼셰비키 혁명사를 농장 동물들에 관한 표면상 단순한 우화 형식으로 그려냈습니다. 이런 경우에 비평가들은 형식과 내용의 긴장 상태에 대해 언급하겠지요. 그들은 이 불일치를 그 작품의 의미의 일부로 간주할 것입니다.

우리가 조금 전에 엿들은 토론에서 학생들은 『폭풍의 언덕』에 대해 상충된 견해를 갖고 있습니다. 이 사실은 일련의 의문을 제기하는데, 그 의문들은 엄밀히 말해서 문학 비평보다는 문학 이론에 속합니다.

텍스트를 해석할 때 반드시 필요한 것이 무엇일까요? 텍스트의 해석에 옳은 방법과 그릇된 방법이 있습니까? 어떤 해석이 다른 해석보다 더 타당하다고 입증할 수 있을까요? 어떤 소설에 관해 지금까지 누구도 찾지 못했거나 찾지 못할, 정확한 설명이 가능할까요? 히스클리프에 대한 학생 A와 학생 B의 견해는 극히 상반된 것이지만 둘 다 옳을 수 있을까요?

테이블에 둘러앉은 그 학생들은 이런 의문들과 씨름했을지 모르지만, 요즈음의 대다수 학생은 그렇지 않습니다. 그들에게 독서는 다분히 순진한 행위입니다. "히스클리프"라고 말하기만 해도 거기에 얼마나 많은 것이 내포된 문제인지를 알지 못합니다. 결국, 어떤 의미에서는 히스클리프가 존재하지 않는 인물이니, 그에 대해 마치 존재하는 인물처럼 말하는 것은 기이하게 보이지요. 사실 어떤 문학 이론가는 문학의 인물들이 실제로 존재한다고 생각합니다. 그들 중 한 사람은 우주 탐사선 "엔터프라이즈"호에 실제로 히트 실드(열 차폐)가 있다고 믿습니다. 또 다른 사람은 셜록 홈스가 육신이 있는 인물이라고 생각합니다. 또 다른 사람은 디킨스의 피크위크 씨가 실제 인물이고 우리는 볼 수 없지만 그의 하인 샘 웰러는 그를 볼 수 있다고 주장합니다. 이들은 임상학적으로 정신이상자가 아니고, 철학자일 뿐입니다.

학생들 자신의 논쟁과 소설의 구조 사이에는, 학생들의 대화에서는 간과된, 어떤 관계가 있습니다. 『폭풍의 언덕』은 다양한 관점을 감싸는 방식으로 이야기를 풀어갑니다. 여기에는 독자의 반응을 이끌어갈 "해설자의 목소리"도 없고, 믿을 만한 화자도 없습니다. 대신에 일련의 설명이 이어지는데,

어떤 설명은 아마 다른 것보다 더 믿을 만하겠지요. 각각의 설명은 크기에 따라 차례로 포개 넣는 상자들처럼 다른 설명 안에 포개집니다. 이 소설은 작은 서사를 다른 서사들과 섞어 짜면서 그것이 그려내는 인물이나 사건에 대해 어떻게 이해해야 할지를 우리에게 말해주지 않습니다. 히스클리프가 영웅인지 악마인지, 넬리 딘이 교활한지 아둔한지, 캐서린 언쇼가 비극적 여주인공인지 버릇없는 말괄량이인지를 서둘러 알려주려 하지 않습니다. 이런 까닭에 독자는 이 소설의 스토리에 대해 명확히 판단하기 어렵고, 스토리의 연대가 제멋대로 뒤엉켜 있어서 더욱 곤혹스럽게 느끼지요.

이른바 이 소설의 "복합적 관점"[2]을 에밀리 브론테의 언니, 샬럿 브론테의 소설과 대조할 수 있습니다. 샬럿 브론테의 소설 『제인 에어』는 오로지 하나의 관점, 즉 여주인공의 관점에서 서술됩니다. 독자는 제인이 뭐라고 말하면 그걸로 끝이라고 가정하리라 여겨집니다. 소설 속의 어떤 인물도 제인의 설명에 진지하게 반박하는 주장을 늘어놓을 수 없습니다. 독자로서 우리는 제인이 들려주는 이야기에 사욕을 추구하는 기미가 전혀 없는 것은 아니고 이따금 악의적 암

---

2 complex seeing. 연극을 보는 관객이 사건의 흐름에 관심을 기울이면서도 동시에 그 밖이나 위에서 연극을 조망하는 태도를 가리키는 베르톨트 브레히트의 용어.

시가 드러난다고 생각할 수 있겠지요. 그러나 소설은 이런 점을 인정하지 않는 듯합니다.

대조적으로 『폭풍의 언덕』에서는 여러 인물의 부분적이고 편파적인 설명들이 집적되면서 소설의 구조를 형성합니다. 우리는 소설의 주요 화자인 록우드가 유럽에서 제일 똑똑한 사람은 결코 아니라는 점을 깨달으면서 일찌감치 그 구조에 대한 경계심을 품게 되지요. 때로 록우드는 주위에서 벌어지는 고딕풍의 사건을 거의 이해하지 못합니다. 넬리 딘은 히스클리프에게 적대감을 품고 편견을 갖고 있기에 그녀의 이야기는 전적으로 믿을 수 없습니다. 워더링 하이츠의 세계에서 그 사건을 이해하는 방식은 이웃의 스러시크로스 그랜지의 방식과 전혀 다릅니다. 하지만 그 두 가지 방식이 서로 갈등을 일으킬 때도 둘 다 일면 일리가 있습니다. 히스클리프는 야만적인 사디스트이자 학대당하고 버림받은 사람일 수 있습니다. 캐서린은 심통 사나운 아이이자 자기 충족을 추구하는 성숙한 여자일 수 있겠지요. 이 소설은 우리에게 어느 하나를 선택하라고 권유하지 않습니다. 대신에, 우리가 실재에 대한 이 상충하는 해석들을 긴장 상태로 견지할 수 있게 합니다. 이렇게 말한다고 해서, 우리가 두 해석 사이에서 합리적인 중도를 선택해야 한다고 제안하는 것은 아닙니다. 비극에서 중도가 제공되는 경우는 극히 드물지요.

그렇다면 픽션을 실재와 혼동하지 않는 것이 중요한데, 테이블에 모여 앉은 학생들은 그럴 위험이 있는 듯합니다. 셰익스피어의 『템페스트』의 주인공, 프로스페로는 작품 말미에 앞으로 걸어 나와서 그런 착각을 저지르는 것에 대해 청중에게 경고합니다. 예술과 실제 세계를 혼동하면 세계에 미치는 예술의 영향력이 감소될 수 있다고 암시하면서 경고하지요.

이제 내 마법은 다 풀렸고,

내게 남은 힘은 더없이 미약한

나 자신의 것. 이제, 실로,

여러분의 뜻에 따라 나는 여기 갇히거나,

나폴리에 보내질 것이오.

내가 내 공국을 되찾았고

사기꾼들을 용서했으니,

여러분의 주문으로 나를 이 헐벗은 섬에

머물게 하지 말고

여러분의 선량한 손의 도움으로

나를 굴레에서 풀어주시오.

여기서 프로스페로가 관중에게 말하려는 바는 박수를 쳐 달라는 것입니다. "여러분의 선량한 손의 도움으로"라는 말의 한 가지 의미는 그것이지요. 박수를 보냄으로써 극장 안의 관중은 그들이 관람한 것이 한 편의 픽션이라는 점을 인정하는 셈입니다. 그 사실을 인지하지 못한다면 그들과 무대 위의 인물들은 극적 환상에 영원히 갇혀 있겠지요. 배우들은 무대를 떠날 수 없고, 관객은 관중석에 붙박여 있을 것입니다.

이런 까닭에 프로스페로는 "여러분의 주문으로" 자신의 마법의 섬에 갇힐 위험에 대해 말합니다. 그것은 관객이 그때까지 즐긴 환상을 놓아버리지 않으려 한다는 뜻이지요. 그럴 것이 아니라 관객은, 프로스페로가 관객들의 상상의 픽션에 꼭 묶여서 움직일 수 없는 듯이, 손으로 박수를 쳐서 그를 풀어줘야 합니다. 그렇게 하면서 관객은 그것이 한 편의 드라마일 뿐이라는 것을 인정합니다. 그런데 이 연극이 실제적인 효과를 낼 수 있으려면, 그것을 인정하는 것이 반드시 필요합니다. 박수를 치고 극장을 나와서 실제 세계로 돌아가지 않는다면, 그들은 그 연극이 자신들에게 무엇을 밝혀주었든 그것을 이용할 수 없겠지요. 마법이 작용하려면, 주문이 깨져야 합니다. 사실 당시에는 요란한 소음으로 마

법의 주문을 깨뜨릴 수 있다고 믿었고, 관객에게 박수를 보
내달라는 프로스페로의 호소는 그런 의미도 갖고 있습니다.

시작, 그 중요한 단서에 관하여

• • •

E. M. 포스터 『인도로 가는 길』

문학 비평가가 되는 법을 배우려면, 무엇보다도, 어떤 기법을 효율적으로 사용하는 법을 배워야 합니다. 스쿠버다이빙이나 트롬본 연주 등 많은 행위의 기법처럼 그것은 이론보다 실습을 통해 더 쉽게 익힐 수 있습니다. 그 기법은 보통음식 조리법이나 세탁물 목록을 살펴볼 때보다 더 세밀한관심을 언어에 쏟을 것을 요구합니다. 그래서 이 장에서 나는 잘 알려진 다양한 문학 작품의 첫 몇 행이나 문장을 텍스트로 삼아서 문학 분석의 실례를 제시하고자 합니다.

먼저 문학의 도입부에 대해 한마디만 하지요. 작품의 엔딩은, 프로스페로 같은 인물이 일단 물러나면 영원히 사라진다는 의미에서, 절대적입니다. 프로스페로는 그 드라마의 마지막 행 너머에 존재하지 않으므로, 우리는 그가 실제로 자신의 공국으로 돌아갔는지 어떤지를 물을 수 없지요. 어떤 의미에서는 문학의 도입부도 절대적입니다. 하지만 어느 의미에서나 절대적인 것은 분명 아닙니다. 문학 작품은 대개 그 이전에 무수히 사용되어온 언어를 사용해서 시작합니다. 각각의 작품에서처럼 특정하게 결합된 언어는 아니더라도 말이지요. 우리가 도입부 문장의 의미를 파악할 수 있는 까닭은 오로지, 그 의미를 이해할 수 있게 해주는 문화적 준거 기준을 가지고 그 문장에 접근하기 때문입니다. 또한 문학 작품이 무엇인지, 도입부가 무엇을 꾀하려 하는지 등에 관한 일종의 관념을 가지고 접근하기 때문이지요. 이런 의미에서 보면 문학 작품의 도입부는 실로 절대적이지 않습니다. 모든 독서는 상당한 규모로 구축된 장치를 필요로 합니다. 그저 한 텍스트를 이해하기 위해서라도 많은 것이 이미 구비되어 있어야 하지요. 그중 하나는 이전의 문학 작품입니다. 문학 작품은, 스스로 의식하지 못하더라도, 다른 작품들을 상기시킵니다. 하지만 시나 소설의 도입부는 일종의 침묵에서 별안간 솟아난 듯이 보이기도 합니다. 이전에 존재하지 않았던 픽션 세계를 여니까요. 그것은, 낭만주의 예술가들이 믿었듯이, 인간의 행위 중 신의 창조 행위에 가장 가까운 것인지도 모릅니다. 차이점이 있다면 우리는 신의 창조에서 떨어져나갈 수 없는 반면, 캐서린 쿡슨[1]의 책은 언제라도 내버릴 수 있다는 것이지요.

20세기에 가장 큰 찬사를 받은 소설 중 하나인 E. M. 포스터의 『인도로 가는 길』의 도입부 문장으로 논의를 시작해봅시다.

마라바 동굴을 제외하면—그 동굴은 이십 마일 떨어져 있다—찬드라포르 시는 특별히 내보일 만한 것이 없다. 갠지스 강에 침식된 것이 아니라 오히려 들쑥날쑥한 기슭에 둘러싸인 그 시는 마음대로 내다버린 쓰레기와 거의 분간되지 않는 강둑을 따라 이 마일쯤 길게 뻗어 내려갔다. 이곳의 갠지스 강은 성스럽게 여겨지지 않았기에, 강변에는 몸을 담그러 내려가기 위한 층계도 없었다. 실은 강변이랄 것도 없었고, 늘어선 상점들이 넓은 강줄기가 굽이치는 풍경을 가려버렸다. 길거리는 초라하고, 사원들은 효과적이지 못하다. 멋진 집이 몇 채

---

[1] 20세기 영국의 대중적 밀리언셀러 작가.

있기는 하지만 정원에 숨어 있거나, 초대받은 손님 외에는 누구도 엄두를 내지 못할 오물에 뒤덮인 샛길을 내려가야 했다.

많은 소설의 도입부와 마찬가지로, 작가가 목청을 가다듬고 본격적으로 배경을 그려내는 이 부분은 무대 장치 같은 느낌을 줍니다. 작가들은 첫 장의 도입부에서 최대한 진중하게 처신하려는 경향이 있습니다. 깊은 감명을 주기를 열망하고, 변덕스러운 독자의 눈길을 사로잡고 싶어 하며, 때로 최대한의 노력을 기울이려고 열중하지만 그 노력이 지나치지 않도록 주의해야 합니다. 특히 그 작가가 E. M. 포스터처럼 절제와 우회적 표현을 중시하는 교양 있는 중산층 영국인이라면 말이지요. 이 문단이 요란한 말로 나팔을 불지 않고 아무렇지 않게 내던지듯 조건을 붙이면서 ("마라바 동굴을 제외하면") 시작하는 이유 중 하나는 그것이겠지요. 이 문단은 주제를 정면으로 직시하기보다는 옆걸음질로 살짝 비켜서 그 주제에 들어섭니다. "찬드라포르 시는 특히 내세울 만한 장관이 없고 마라바 동굴이 예외인데 그 동굴은 이십 마일 떨어져 있었다."고 썼더라면 문장이 너무나 볼품없었겠지요. 과시적이지 않으면서 우아한 그 문장의 균형을 깨뜨려놓았을 겁니다. 그 구문은 숙련된 솜씨로 다뤄지고 조

절되었지만, 그런 사실이 눈에 띄지 않도록 조용히 점잖게 주의를 기울입니다. "미문"이나 "자줏빛"(지나치게 장식적인) 산문이라고 때로 일컬어지는 글을 암시하는 바가 전혀 없습니다. 작가의 눈은 그 대상에 너무나 밀착되어 있으므로 그런 방종을 부릴 여지가 없는 것이지요.

이 소설의 첫 두 절이 문장의 주어("찬드라포르 시")를 두 번이나 뒤로 밀어놓았기 때문에, 독자는 그 주어에 이르기 전에 약간 커지는 기대감을 느끼게 됩니다. 하지만 기대감이 일었다가 꺾일 뿐입니다. 그 도시에는 특별한 것이 전혀 없다는 것을 알게 되니까요. 더 정확히 말하자면, 그 도시에는 동굴 말고는 특별한 것이 없고 그 동굴은 그 도시에 있지 않다는 다소 기묘한 말을 듣게 됩니다. 또한 강변에는 강물에 몸을 담그러 내려갈 때 이용할 층계가 없는데, 그뿐 아니라 강변도 없다는 것을 알게 됩니다.

첫 문장의 네 구절은 거의 운율에 맞는 리듬과 균형을 갖고 있습니다. 사실 이 부분은 삼보격 시행이나 각각 세 개의 강세가 있는 시행으로 읽을 수 있습니다.

Except for the Marabar Caves
마라바 동굴을 제외하면

And they are twenty miles off

그 동굴은 이십 마일 떨어져 있다.

The city of Chandrapore

찬드라포르 시는

Presents nothing extraordinary

특별히 내보일 만한 것이 없다.

"침식된 것이 아니라 오히려 들쑥날쑥한 기슭에 둘러싸인 (Edged rather than washed)"에도 똑같이 정교한 균형이 나타나는데, 그것은 너무도 세심한 필치이겠지요. 이 작가는 예리한 감식안을 갖고 있는데, 그 눈은 냉정하게 거리를 유지합니다. 영국인의 전통적 습성에 따라 그는 흥분이나 열광을 거부(그 시는 "특별히 내보일 만한 것이 없다.")하지요. "내보이다"라는 단어는 의미심장합니다. 이 단어 때문에 찬드라포르 시는 사람들이 사는 곳이라기보다는 관객을 위해 꾸며진 곳처럼 여겨집니다. 대체 누구에게 "특별히 내보일 만한 것이 없다."는 말일까요? 물론 관광객이지요. 이 문단은 약간 고급스러운 여행안내서의 어조—열광에서 벗어나 환멸을 느끼며 약간 거드름을 피우고, 지나치게 세련된 기미를 띤—를 구사합니다. 그 어조는 더 나아가 이 도시가 말 그대로 쓰레기더미라고 과감하게 암시하기까지 합니다.

어조가 태도를 알려주는 요소로서 중요하다는 사실은 소설에서 분명히 드러납니다. 인도 식민지에 막 도착한 영국인 무어 부인은 그곳의 영국식 문화적 관습을 아직 잘 알지 못하는 상태에서 대영제국의 사고방식에 젖어 있는 아들 론니에게 사원에서 마주친 젊은 인도인 의사에 대해 이야기합니다. 처음에 론니는 어머니가 "원주민"에 대해 말하고 있다는 것을 알지 못하다가 그것을 알아차리자 즉시 화를 내고 의혹을 품습니다. '어머니는 인도인에 대한 얘기라는 것을 왜 어조로 드러내지 않으신 거지?' 그는 속으로 이렇게 중얼거리지요.

이 단락의 어조와 관련해서 무엇보다도 "이곳의 갠지스강은 성스럽게 여겨지지 않았기에(happens not to be holy here)"라는 구절의 세 개의 두운을 주목할 수 있습니다. 그 두운은 혀끝에서 너무나 매끄럽게 굴러갑니다. 그것은 종교에 대해 회의적인 세련된 아웃사이더가 힌두교 신앙을 심술궂게 찔러대는 것을 나타내지요. 이 두운은 "재기발랄함" 즉 교묘한 말솜씨에서 느끼는 조심스러운 즐거움을 암시하고, 그것은 화자와 가난에 찌든 도시 사이의 거리감을 조성합니다. "길거리는 초라하고, 사원들은 효과적이지 못하다. 멋진 집이 몇 채 있기는 하지만…"도 마찬가지입니다. 이 행들의 구문은 좀 지나치게 의도적으로 꾸며졌고, "문학적" 효과를 내려는 열의가 너무 명백히 드러납니다.

지금까지 이 단락은 지나치게 불쾌할 정도의 우월감은 드러내지 않으면서 이 초라한 인도의 도시에 거리를 두어왔습니다. 그러나 사원에 대해 "효과적이지 못하다"는 묘사는 거의 의도적으로 속셈을 드러냅니다. 그 구문은 그 단어가 눈에 띄지 않도록 종속절 안에 끼워 넣었지만, 그것은 독자의 따귀를 살짝 갈기듯이 충격을 줍니다. 그 단어는 사원이 주민들이 예배를 드리는 곳이 아니라 관찰자가 즐거움을 느낄 곳으로서 존재한다는 가정을 깔고 있으니까요. 사원이 효과적이지 못하다는 것은 사원이 예술적 소양이 있는 관광객을 위해 아무것도 하지 않는다는 의미입니다. 이 형용사 때문에 사원은 마치 바람 빠진 타이어나 고장 난 라디오처럼 여겨집니다. 실은, 이 형용사가 대단히 의도적으로 이렇게 만들어버리기 때문에 우리는 그것이 반어적으로 쓰인 표현일지 모른다고 다소 과하게 자비로운 마음으로 생각하게 됩니다. 이 화자는 자신의 고압적인 태도를 스스로 비웃고 있는 것일까요?

이 화자를 역사적 인물 E. M. 포스터와 반드시 동일시할 필요는 없지만, 그가 인도의 내부 사정을 어느 정도 알고 있다는 것은 분명합니다. 그는 방금 배에서 내려 육지에 발을 내디딘 사람이 아닙니다. 그는 갠지스 강이 성스러운 곳도 있고 그렇지 않은 곳도 있다는 것을 알고 있습니다. 어쩌면 그는 은연중에 찬드라포르 시를 아(亞)대륙의 다른 도시들과 비교하고 있을지 모르지요. 이 화자가 인도를 너무 많이 봤기 때문에 쉽사리 감명을 받지 못하는 듯이, 이 단락에는 약간 넌더리 난 기분이 감돕니다. 어쩌면 이 단락은 인도를 이국적이고 신비로운 곳으로 여기는 낭만적 기대감의 김을 빼려고 작정했는지 모르지요. 이 소설의 제목『인도로 가는 길』은 서구의 독자에게 그런 기대감을 일으킬 테고, 그런 다음에 소설의 첫머리에서부터 그런 기대감을 심술궂게 꺾어버리려는 겁니다. 어쩌면 이 단락은 오물과 쓰레기보다는 더 신비로운 것을 기대한 독자에게 미칠 영향을 조용히 음미하고 있을지 모릅니다.

오물에 대해 말하자면, 멋진 저택에 이르는 더러운 샛길이 왜 초대된 손님을 제외한 모든 사람을 가로막을까요? 우연히 지나치는 관광객과 달리 초대된 손님은 오물을 뚫고 나아가는 것 외에 달리 선택할 방도가 없기 때문이겠지요. 여기에 미묘한 농담거리가 있습니다. 조심스럽게 진창을 헤치고 걸어야 하는 것은 특권을 가장 많이 누리는 사람, 멋진 집에 초대될 만큼 운 좋은 사람입니다. 오물이 있어도 단념하지 않았다는 말 덕분에 그 손님들은 갸륵하게도 과감하고 진취적인 사람인 듯이 들리지만, 사실 그들에게는 일상적 예의와 어쩌면 근사한 정찬에 대한 기대 때문에 다른 대안이 없습니다.

이 문단의 어조에서 암시되듯이, 화자가 너무 많은 것을 보았기 때문에 초연한 태도를 취하고 있다면, 정통한 내부 지식과 다소 거만한 거리감이라는 상반된 두 가지 의식이 흥미롭게 공존합니다. 영국에서 최근에 인도에 온 사람이라면 몰라도 자신은 인도의 전반적인 상황을 경험했기 때문에 화자는 그 도시에 대한 자신의 편견이 정당하다고 느끼겠지요. 찬드라포르 시에 대한 그의 거리감은 그 도시가 클로즈업되지 않고 파노라마로 보인다는 사실에서 두드러지게 드러납니다. 또한 화자의 눈을 사로잡는 것이 도시의 주민이 아니라 건물이라는 사실도 눈에 띕니다.

오늘날의 많은 독자는 인도가 아직 영국의 식민 지배하에 있던 1924년에 처음 출간된 『인도로 가는 길』의 이 단락이 불쾌하게 거들먹거리는 태도를 취하고 있다고 느낄 것입니다. 그러므로 포스터가 제국주의에 대해 강력히 비판했다는 사실을 놀랍게 받아들이겠지요. 사실 포스터는 자유주의가 오늘날처럼 흔치 않았던 시절에 당대의 가장 유명한 자유주의 사상가 중 하나였습니다. 전체적으로 보아 이 소설은 제국주의의 지배에 대해 모호한 태도를 취하고 있지만, 그 안에는 대영제국의 옹호자들이 분명 불편하게 여길 요소가 많이 있습니다. 포스터 자신은 이집트의 알렉산드리아 항구 도시에서 삼 년간 적십자를 위해 일했고, 그곳의 가난한 열차 차장과 성관계를 가졌는데 그 차장은 후에 영국의 식민 정권에 의해 부당하게 투옥되었지요. 포스터는 영국이 이집트에서 행사하는 권력을 공공연히 비난했고, 윈스턴 처칠을 혐오했고, 모든 형태의 민족주의를 증오했으며, 이슬람 세계를 옹호했습니다. 이런 사실은 작가와 그의 작품 사이에 우리가 상상하는 것 이상의 복잡한 관계가 있음을 암시합니다. 이 문제는 나중에 살펴보기로 하지요. 이 단락의 화자는 포스터 본인의 시각을 대변했을 수도 있고, 일부만 대변하거나 전혀 하지 않았을 수도 있습니다. 실은 그것을 알아낼 방법이 없습니다. 그것은 그리 중요한 문제도 아니지요.

이 단락에는 엄청난 아이러니가 내재하는데, 그것은 독자가 이 소설을 많이 읽어 내려간 다음에야 알아차릴 수 있는 것입니다. 이 소설은 부인(否認)으로 시작하고 곧 거기에 단서를 붙입니다. 찬드라포르 시에는 특별한 것이 없는데, 마라바 동굴은 예외라는 것이지요. 그러니 마라바 동굴은 실로 특별한 곳입니다. 하지만 이 말은 툭 내던지듯이 덧붙인 종속절에 들어 있으므로, 구문 때문에 결국 이 말의 의미가 축소됩니다. 이 문장은 "마라바 동굴이 예외"라는 점이 아니라 "찬드라포르 시에는 특별한 것이 없다"는 점을 강조합니다. 마라바 동굴이 도시보다 매력적이지만, 구문은 정반대를 암시하는 듯이 보이지요. 또한 이 문장은 우리의 호기심을 자극하고는 결국 실망시킵니다. 동굴이 언급되자마자 다음 순간에 휙 사라져버리기 때문에 동굴에 대한 우리의 호기심은 더 강해질 뿐이지요. 이것은 이 단락의 절제되고 에두른 표현 방식을 다시 한 번 전형적으로 드러냅니다. 이 지방의 관광명소에 대해 너무 천박하게 흥분해서는 안 되겠지요. 그러므로 그 대신 그곳의 중요성을 에둘러 소극적인 방식으로 넌지시 암시하는 것입니다.

마라바 동굴이 실제로 특별한 곳인지와 관련된 이 모호함은 『인도로 가는 길』의 중심에 자리 잡은 문제입니다. 바로 이 소설의 핵심이 추출되어 그 도입부에 환영처럼 드리워져 있는 것이지요. 독자는 아직 이런 점을 알지 못할 터이므로, 그것은 구조적 아이러니를 이루며 심지어 독자를 골리는 듯합니다. 문학 작품은 독자가 모르고 있거나, 아직 알지 못하는, 어쩌면 결코 알지 못할 사실을 "알고 있는" 경우가 허다합니다. 헨리 제임스의 소설 『비둘기 날개』의 끝부분에서 밀리 실이 머튼 덴셔에게 쓴 편지에 어떤 내용이 담겨 있는지는 누구도 알 수 없습니다. 우리가 그 내용을 읽기 전에 한 인물이 그 편지를 태워버리니까요. 셰익스피어의 『맥베스』에서 맥베스가 연회에 참석할 것을 반초에게 상기시키고 반초가 그러겠다고 약속할 때, 반초가 실로 연회에 참석하기는 하지만 유령으로 나타나리라는 것을 그 극은 알고 있지만 관객은 알지 못합니다. 그사이에 맥베스가 그를 살해했으니까요. 셰익스피어는 관객을 살짝 농락하는 것입니다.

어떤 의미에서 볼 때, 마라바 동굴은 소설의 도입부에서 암시된 것처럼 어느 모로 보나 중요한 곳으로 드러납니다. 소설의 중요한 행위가 그곳에서 일어나니까요. 하지만 이 행위는 비(非)행위일 수 있습니다. 동굴에서 과연 무슨 일이든 일어났는지 아닌지를 판단하기 어려우니까요. 소설 속에서도 그 문제에 관한 다양한 견해가 제시됩니다. 동굴이란 말 그대로 속이 빈 곳입니다. 따라서 마라바 동굴이 소설의 중심에 자리 잡고 있다는 말은 소설의 핵심에 일종의 공백이나 공허가 존재한다는 말과 같습니다. 포스터 당대의 많은 모더니즘 작품처럼 이 소설은 그림자처럼 흐릿하고 포착하기 어려운 것을 주제로 삼고 있습니다. 작품의 핵심에 실로 어떤 진실이 있다 하더라도, 그 진실을 명확히 설명하기란 거의 불가능해 보입니다. 그러므로 이 소설의 도입 문장은 소설 전체의 작은 견본이 됩니다. 그것은 동굴의 중요성을 주장하면서 동시에 구문상으로 폄하하는데, 이렇게 깎아내리는 것이 또한 그것을 강조하는 데 기여하는 것이지요. 이런 식으로 도입부의 문장은 이 스토리에서 동굴이 차지하는 모호한 역할을 예시합니다.

독자에게 처음 보내는 신호들

• • •

셰익스피어『맥베스』
「창세기」
제인 오스틴『오만과 편견』
허먼 멜빌『모비 딕』

이제 잠시 소설에서 희곡으로 넘어가봅시다.『맥베스』의 첫 장면은 다음과 같습니다.

첫째 마녀 우리 셋 언제 다시 만날까?

천둥, 번개, 빗속에서?

둘째 마녀 큰 소동이 일어났을 때,

전투에 패하고 승리했을 때.

셋째 마녀 일몰 전일 거야.

첫째 마녀 장소는 어디?

둘째 마녀 황야에서.

셋째 마녀 거기서 맥베스를 만나자.

첫째 마녀 곧 갈 거야, 그레이몰킨.

둘째 마녀 두꺼비가 불러.

셋째 마녀 금방 간다!

다함께 좋은 일이 궂은일, 궂은일이 좋은 일,

　　　안개와 더러운 공기 사이로 떠다녀라.

　여기 열세 개의 시행에 세 가지 질문이 나오고 그중 두 가지 질문은 맨 처음부터 나옵니다. 그러니 이 희곡은 물음표로 시작한다고 볼 수 있지요. 사실 『맥베스』 전체에 걸쳐 질문이 넘쳐나고 때로는 질문에 대한 대답으로 또 다른 질문이 제기되기도 하면서, 불확실성과 불안, 편집증적 의혹의 분위기가 조성됩니다. 일반적으로 어떤 질문을 할 때는 뭔가 명확한 대답을 요구하지만 이 희곡에서는 그렇지 않은 경우가 많고, 특히 마녀들은 그렇지 않습니다. 턱수염이 난 늙은 마녀들이 여자인지 남자인지도 분간하기 어렵습니다. 그들은 세 명이지만 하나처럼 행동하므로, 섬뜩하게 풍자된 삼위일체 속에서 그들을 하나씩 따로 세기 어렵지요. "천둥, 번개, 빗속에서?"도 세 가지를 포함하고 있습니다. 하지만 비평가 프랭크 커모드가 지적했듯이, 이 시행은 이 세 가지 날씨 중에서 하나를 택할 수 있다는 (이 점을 강조하기 위해 단어들 사이에 쉼표가 있지요.) 다소 기이한 암시를 풍깁니다. 사실 이 세 가지는 이른바 폭풍우가 밀려올 때 보통 함께 몰려오니까요. 그러므로 여기서도 숫자를 세는 것이 한 가지 문제입니다.

일반적으로 질문은 확실성과 명확한 차이를 얻고자 합니다. 하지만 마녀들은 모든 확고한 진실을 뒤죽박죽으로 만듭니다. 그들은 정의(定義)를 왜곡하고 양극단의 대립적 성격을 전도합니다. 그래서 "좋은 일이 궂은일, 궂은일이 좋은 일"이 되지요. 떠들썩한 형태의 행위를 뜻하는 "큰 소동(hurly-burly)"이라는 단어를 예로 들어봅시다. Hurly(소동)와 Burly(난폭한)는 소리가 비슷하지만 똑같지는 않습니다. 그러므로 이 단어는 다름과 동일성의 상호작용을 내포합니다. 이것은 마녀들의 '불경한 삼위일체'의 속성을 드러냅니다. "전투에 패하고 승리했을 때"도 마찬가지입니다. 이 말은 "한 군대가 지고 다른 군대가 이겼다"는 의미겠지만, 그런 전투에 있어서는 승리가 실은 패배라는 암시도 있을 수 있습니다. 수천 명의 적군을 난도질하는 데 무슨 승리가 있겠습니까?

패배와 승리는 정반대이지만, 둘 사이의 "와"[전문 용어로 연사(連辭)라고 불리는]는 두 가지를 동일한 수준에 놓음으로써 그것들이 동일하게 들리도록 만듭니다. 그래서 또다시 우리는 동일성과 다름을 혼란스럽게 여기게 되지요. 우리는 어떤 사물이 그 자체이면서 동시에 다른 것일 수 있다는 모순을 명심하도록 강요받는 듯합니다. 결국 이것은 맥베스에게도 적용됩니다. 인간으로서 그의 존재는 대단히 활력적으로 실재하는 듯이 보이지만 실은 일종의 무(無)입니다. 그것은 "아무 의미도 없고, 소음과 분노에 가득 찬, 백치의 넋두리"이지요. 맥베스는 "[내게] 존재하는 것은 실제로 존재하지 않는 것뿐"이라고 말합니다. 무, 그리고 무와 유가 털끝 하나만큼 떨어져 있을 뿐이라는 것이 셰익스피어가 다루는 중심적 주제 중 하나입니다. 세계 문학의 역사에서 '무에 관해 이토록 야단법석'[1]을 떨었던 적은 거의 없습니다.

마녀들은 결국 미래를 예견할 능력이 있는 예언자임이 밝혀집니다. 작품 첫머리에서 두 번째 마녀가 전투가 끝날 때 그들 셋이 다시 만날 거라고 말하는 부분에서 그 점은 이미 명백히 드러나겠지요. 하지만 그 말은 예견력이 전혀 필요하지 않을 수도 있습니다. 마녀들은 이미 그때 만나기로 결

---

1 셰익스피어의 희극『헛소동』의 제목 'Much Ado About Nothing'을 이용한 표현.

정했고 첫 번째 마녀는 그 사실을 상기시키려는 것뿐일지 모르지요. 세 번째 마녀는 일몰 전에 전투가 끝날 거라고 말하는데, 이 말도 예견력이 필요 없을 수 있습니다. 일반적으로 전투는 일몰 전에 끝납니다. 보이지 않는 적과 싸우는 것은 별 의미 없는 일이니까요. 맥베스가 후에 운명의 세 자매라고 부르는 마녀들이 전투 결과를 예견할 수 있기를 우리가 기대하더라도, 그들은 그렇게 하지 않습니다. "패배와 승리"는 거의 어느 전투에나 적용되고, 그런 신중한 방식으로 마녀들은 이 문제에서 양다리를 걸치는 것일 수 있습니다. 따라서 이 마녀들이 실제로 예언을 하는지 그렇지 않은지는 분명치 않습니다. 그들이 예언한 미래를 믿을 수 없다는 것을 맥베스는 큰 대가를 치르고서야 알게 되지요. 마녀들의 예언적 발언은 역설과 모호함투성이입니다. 하지만 그들이 과연 그런 주장을 하고 있는지의 문제도 그렇습니다. 모든 문학도가 알고 있듯이, 모호함은 의미를 풍부하게 만들 수 있지만, 맥베스가 알게 되듯이 모호함은 치명적인 결과를 가져올 수도 있습니다.

다음으로 전능자에 대해 살펴봅시다. 『성서』의 첫 행은 이렇게 시작합니다. "태초에, 하느님이 하늘과 땅을 창조하셨다." 이것은 세계에서 최고의 찬양을 받는 텍스트의 장엄하게 울리는 도입부입니다. 단순하면서도 동시에 권위적이지요. "태초에"[2]라는 구절은, 물론, 세계의 기원을 가리킵니다. 문법적으로 보자면 그것을 하느님 자신의 기원과 관련해서 읽을 수 있습니다. 하느님이 계획한 첫 번째 일이 세계 창조였다는 뜻이지요. 천지 창조는 신의 의사일정에서 첫 번째 항목인 것입니다. 하느님이 더 나아가 영국의 지독한 날씨를 계획하고 우연찮은 부주의로 재난을 일으켜 마이클 잭슨이 슬쩍 태어나게 하기 전에 말이지요. 그러나 본래의 정의에 의하면 신은 기원이 없으므로, 실은 이렇게 해석될 수 없습니다. 우리는 우주의 기원에 대해서 말하는 것이지, 신의 계보에 대해 말하고 있지 않습니다. 그렇지만 이 진술은 성서의 첫 행이기도 하므로 다음과 같은 사실을 또한 상기시키지 않을 수 없습니다. 『성서』의 도입부는 시작에 관한 것입니다. 그 저서와 세계는 한순간 부합되는 듯이 보입니다.

「창세기」의 화자는 "태초에"라는 구절을 사용합니다. 그것은 "옛날 옛적에"와 마찬가지로 이야기를 시작하는 전통적 방식이기 때문이지요. 대체로 보아, "옛날 옛적에"는 동화의 첫머리에 쓰이는 반면, "태초에"는 기원을 다루는 신

2 "In the beginning". "태초에"로 번역했지만 "처음에"의 뜻으로 보아야 이글턴의 논리가 이해되는 면이 있다.

화의 첫머리에 등장합니다. 세계의 다양한 문화권에는 그런 신화가 많이 있고, 그중 하나가 『성서』의 첫째 장입니다. 과거를 배경으로 설정된 문학 작품은 매우 많지만, 「창세기」보다 더 멀리 거슬러 올라간 작품은 찾기 어렵습니다. 조금이라도 더 거슬러 가면 낭떠러지에서 떨어지겠지요. "옛날 옛적에"라는 관용적 표현은 우화를 현재 시점에서 떼어내어 아주 멀리, 인간의 역사에 더는 속하지 않는 듯이 안개 자욱한 신화적 영역에 밀어 넣습니다. 그것은 특정한 시공간 안에 이야기를 설정하는 것을 의도적으로 피하고, 그렇게 함으로써 이야기에 초시간성과 보편성의 분위기를 부여합니다. 『빨간 모자』[3]에서 주인공이 버클리 대학교에서 석사 학위를 받았다든지 늑대가 방콕의 감화원에 한동안 감금되어 있었다는 사실을 알려준다면 독자는 그 우화에 그리 매료되지 않을 것입니다. "옛날 옛적에"는 이야기가 사실인지 아닌지, 그것이 어디서 일어났는지, 콘플레이크가 만들어지기 전인지 후인지 같은 질문을 던지지 말라고 독자에게 보내는 신호입니다.

이와 마찬가지로 "태초에"라는 관용적 표현은 어느 시점

---

3 Little Red Riding Hood. 프랑스 작가 샤를 페로의 동화로 빨간 모자를 쓰고 다니는 어린 소녀가 늑대의 꾐에 빠지는 이야기.

에 사건이 일어났는지를 묻지 말라고 독자에게 지시합니다. 그 표현은 무엇보다도 "시간 그 자체의 시작"을 뜻하기 때문이지요. 그리고 시간 그 자체가 어떻게 특정한 시점에 시작될 수 있을지는 이해하기 어렵습니다. 우주가 수요일 오후 세 시 십칠 분 정각에 창조된다는 것은 상상하기 어렵지요. 이와 마찬가지로, 흔히들 사람이 죽을 때 영원이 시작되리라고 하는 말은 기묘하기 짝이 없습니다. 영원이란 시작할 수 없는 것이니까요. 혹시 사람이 시간에서 영원으로 옮겨 갈 수 있더라도, 그것은 영원 안에서 일어나는 사건일 수 없습니다. 영원에는 사건이 없으니까요.

그렇지만 신이 태초에(처음에) 우주를 창조했다고 독자에게 알려주는 이 멋진 첫 행에는 한 가지 문제가 있습니다. 신이 어떻게 완결을 짓지 않을 수 있을까요? 신은 우주를 중간까지 창조했을 리 없습니다. 어떤 것이 태초에(처음에) 창조되었다는 말은 그것이 그 기원에서 유래했다는 말과 같습니다. 같은 말의 반복인 셈이지요. 그러므로 『성서』의 첫 세 단어, "태초에"를 떼어내더라도 의미의 손실은 별로 없습니다. 그것을 쓴 사람은 시간이 어느 시점에서 시작되었고 시간이 시작되었을 때 신이 우주를 창조했다고 상상했을 겁니다. 그러나 오늘날 우리는 우주 없이는 시간도 없다는 것을 알고 있습니다. 시간과 우주는 동시에 별안간 태어난 것이지요.

『창세기』는 신의 창조 행위를 혼돈 상태에서 질서를 끌어 낸 것으로 간주합니다. 처음에는 사방이 어둡고 비어 있었 지만, 나중에 신이 그것에 형체와 물질을 부여했습니다. 이 런 의미에서, 이 이야기는 일반적인 서사의 전후관계를 전 도합니다. 수많은 이야기는 질서처럼 보이는 것으로 시작하 고, 그러다가 질서가 어떻게든 붕괴됩니다. 어떤 격동이나 혼란이 없다면, 이야기는 결코 궤도에 오르지 못할 것입니 다. 제인 오스틴의 『오만과 편견』에서 다시 씨가 오지 않았 으면 엘리자베스 베넷은 영원히 미혼으로 남았겠지요. 올리 버 트위스트는 죽을 더 달라고 요청하지 않았으면 페이긴을 만나지 않았을 테고, 햄릿은 비텐베르크에서 학업에 전념했 더라면 그처럼 불쾌한 종말을 맞지 않았을 겁니다.

『성서』의 또 다른 첫 문장은 수사적 장려함에 있어서 「창 세기」의 첫 행에 뒤지지 않습니다. 바로 「요한복음」의 도입 부 문장입니다. "태초에 말씀이 있었고, 그 말씀은 하느님과 함께 있었고, 그 말씀이 하느님이었다." "태초에 말씀이 있 었다."는 삼위일체[4]의 두 번째 분을 암시합니다. 그러나 그

---

4 성부인 하느님과 성자인 예수와 성령을 동일한 신격으로 여기는 교의.

것이 단락의 시작 부분에서 갑자기 튀어나오기 때문에, 우리는 이 도입부에 대해서도 생각하지 않을 수 없습니다. 이 도입부 또한 말의 문제이지요. 이것은 첫 번째 말씀(Word)에 대한 첫 번째 말(words)입니다. 「창세기」의 첫 행과 마찬가지로, 텍스트와 텍스트가 말하려는 바가 순간 서로를 비추는 듯합니다. 또한 구문의 극적 효과도 주목하십시오. 이 문장은 전문용어로 병렬이라 불리는 기법, 즉 작가가 여러 절을 등위 접속사나 종속 접속사로 연결하지 않고 나란히 늘어놓는 기법을 보여줍니다. (이런 문장은 헤밍웨이 아류의 많은 미국인의 글에서 찾아볼 수 있습니다. "그는 리코의 술집에서 나와 광장으로 향했고 카니발이 끝나고 아직 여기저기 남아 있는 몇 사람을 보았고 간밤에 마신 위스키의 시큼한 맛을 여전히 입 안에서 느꼈다.") 병렬은 어조의 변화가 거의 없도록 여러 절을 구별 없이 나열하기 때문에 단조로워질 위험이 있습니다. 하지만 사도 요한의 말은 다음에 나올 말에 대한 독자의 궁금증을 일으키는 짧은 서술로 제시되므로 단조로움에서 벗어납니다.

모든 훌륭한 서사가 그렇듯이, 이 문장의 끝부분에는 독자를 위해 놀라운 것이 마련되어 있습니다. 우리는 말씀이 태초에 있었고, 다음으로 그 말씀이 하느님과 함께 있었고, 그 다음으로 전혀 뜻밖에도 그 말씀이 하느님이라는 것을 알게 됩니다. 이것은 "프레드가 그의 삼촌과 함께 있었고, 프레드는 그의 삼촌이었다."는 문장처럼 혼란스럽기 그지없습니다. 말씀이 어떻게 하느님과 함께 있으면서 또한 하느님일 수 있을까요? 『맥베스』의 마녀들의 경우에 그랬듯이 여기서 우리는 다름과 동일성의 모순에 직면합니다. 태초에 모순이, 상상할 수 없는 것이, 언어를 압도하는 것이 있었다—다시 말해서, 이 특정한 말씀은 그야말로 인간의 말로는 도저히 이해할 수 없는 것입니다. 이 문장의 구문은 이 놀라움을 강조합니다. "태초에 말씀이 있었다(In the beginning was the Word)."는 구절과 "그 말씀이 하느님과 함께 있었다(and the Word was with God)."는 구절은 길이(각각 여섯 개의 단어)가 같고 리듬의 패턴도 같습니다. 그래서 우리는 두 구절과 균형을 이룰, 가령 "그 말씀이 진실 안에서 빛났다(and the Word shone forth in truth)."와 같은 구절을 기대하게 됩니다. 그런데 돌연히 "그 말씀이 하느님이었다(and the Word was God)."가 이어집니다. 이 행은 이 강력한 계시를 위해서 리듬의 균형을 깨뜨려버린 듯합니다. 처음 두 구절이 매끄럽게 흐르다가 간결하고, 단호하고, 딱 부러지는 선언, 왈가왈부할 수 없는 것처럼 들리는 선언에 이른 것이지요. 구문으로 보자면 이 문장은 일종의 하강으로 끝나면서 끝부분의 화려한 수사에 대한 우리의 기대를 어그러뜨립니다. 하지만 의미론적으로 (의미론은 의미의 문제와 관련되어 있으므로) 보자면, 그 끝맺음은 강력한 충격을 가하지요.

영문학에서 가장 유명한 도입부 중 하나는 다음과 같습니다. "많은 재산을 소유한 독신 남자가 아내를 얻고자 한다는 것은, 보편적으로 인정된 진실이다." 제인 오스틴의 『오만과 편견』의 첫 문장은 대체로 아이러니의 걸작으로 간주됩니다. 그렇다고 아이러니가 지면에서 즉시 시선을 끄는 것은 아닙니다. 아이러니는 말의 표면적 내용—'부유한 남자는 아내를 원한다고 모두들 동의한다'—과 그것의 명백한 의미—'이렇게 가정하는 사람은 대개 부유한 남편감을 찾는 미혼 여성들이다'—의 차이에 존재합니다. 이 반어를 뒤집어 보면, 이 문장에서 부유한 총각들이 느낀다는 욕망은 실은 궁핍한 미혼 여성들이 느끼는 것이지요.

부유한 남자가 아내를 필요로 한다는 말은 보편적 진리로 제시되고, 그래서 그 말은 기하학 원리처럼 왈가왈부할 수 없는 것인 듯이 여겨집니다. 대자연의 엄연한 사실로 제시되는 것이지요. 만일 그것이 실로 대자연의 엄연한 사실이라면, 미혼 여성들이 부유한 남자의 장차 신붓감으로 중뿔나게 나서더라도 비난해서는 안 됩니다. 그것은 그야말로 세상이 돌아가는 방식이니까요. 그들은 부유한 총각들의 욕구에 반응하고 있을 뿐입니다. 그러므로 오스틴의 빈틈없는 전략적 발언은 젊은 아가씨들과 그들의 뻔뻔스러운 어머니들이 탐욕적이라든가 계층 상승을 꾀한다는 비난을 받지 않게 보호해줍니다. 이런 명예롭지 못한 동기를 점잖게 덮어 가려주지요. 그런데 이 문장은 이런 일을 하고 있음을 독자가 들여다볼 수 있게 해줍니다. 바로 이 부분에 아이러니가 숨어 있는 것이지요. 사람은 자신의 비열한 욕망을 자연 질서의 한 부분으로 합리화할 수 있을 때 더 편안해한다고 이 문장은 암시합니다. 이런 잘못된 생각에 빠져 있는 사람들을 지켜보면서 느낄 수 있는 재미도 있지요. 이 문장의 언어는 추상적이고 아름답게 세련되고 오스틴의 익숙한 스타일로 약간 천연덕스러운데 이 부드러운 아이러니 덕분에 활기를 띠게 됩니다. "얻고자 한다는 것은" 다음에 나오는 쉼표가 이 문장이 현대 영어가 아니라는 점을 보여줍니다. 현대 영어에서는 쉼표가 필요 없다고 여겨지겠지요.

오스틴의 아이러니는 가시 돋친 듯 신랄하고 날카로울 수도 있는데, 그녀의 도덕적 판단도 간혹 그렇습니다. 오스틴이 『설득』에서 암시하듯이, 자신의 어떤 인물은 태어나지 않았더라면 더 나았을 거라고 암시할 작가는 많지 않을 겁니다. 그보다 더 신랄하기는 어렵지요. 이와 달리 『오만과 편견』의 첫머리의 아이러니는 기분 좋게 부드럽습니다. 제프리 초서의 『캔터베리 이야기』 서문의 도입부에도 그런 아이러니가 새겨져 있습니다.

사월이 감미로운 빗줄기로
삼월의 가뭄을 뿌리까지 파고들어
모든 이파리를 물기로 적시고
그리하여 꽃들이 피어날 때,
또한 서풍이 달콤한 숨결로
온 숲과 황야의 어린 가지에
숨을 불어넣고, 젊은 태양이
백양궁을 반쯤 달려가고,
뜬눈으로 온 밤을 지낸 작은 새들이
노래를 지저귈 때—
자연이 이처럼 용기를 자극해서—
이럴 때 사람들은 순례를 갈망한다.

봄이 땅을 소생시킬 때 사람들은 자신들의 핏속에서 꿈틀대는 똑같은 생기를 느낍니다. 그들로 하여금 순례를 떠나도록 자극하는 것의 일부는 그것이지요. 대자연의 자비로운 순환과 인간의 정신 사이에는 은밀한 친화력이 있습니다. 하지만 사람들이 봄철에 순례를 떠나는 것은 날씨가 좋기 때문이기도 합니다. 한겨울에 캔터베리까지 힘겹게 걸어가고 싶지 않을 테니까요. 그렇다면 초서는 자신의 위대한 시를 시작하면서 인간에게 경의를 표함과 동시에 풍자적으로 인간의 콧대를 꺾어버립니다. 인간은 나약하기 때문에 순례에 나서고, 이 나약함은 뼛속까지 얼어붙지 않을 계절에 여행에 나서는 것을 선호한다는 점에서도 드러납니다.

『오만과 편견』의 첫 문장이 전설적이라면, 미국 문학에도 똑같이 유명한 도입부가 있습니다. "나를 이스마엘이라고 불러달라(Call me Ishmael)."(이 문장에 쉼표를 넣어 "Call me, Ishmael."이라고 쓰면 현대적 문장이 된다는 제안도 있습니다.) 멜빌의 『모비 딕』을 여는 이 간결한 첫 문장은 앞으로 나올 내용의 전조가 될 수 없습니다. 전체적으로 이 소설은 화려하고 장황한 문체로 유명하니까요. 이 첫 문장은 또한 약간 아이러니합니다. 이 소설에서 화자를 이스마엘이라고 부르는 사람은 단 한 명뿐이니까요. 그런데 그는 왜 독자에게 그렇게 불러달라고 요청하는 걸까요? 그것이 그의 진짜 이름이라서? 아니면 그 이름의 상징적 의미 때문에? 『성서』에 나오는 이스마엘은 아브라함이 이집트인 하녀 하가르에게서 낳은 아들인데 버림받은 추방자이자 방랑자였습니다. 그러므로 이스마엘은 경험 많은 대양의 여행자에게 적합한 가명이 될 수도 있겠지요. 아니면 화자는 진짜 이름을 감추고 싶어 하는 걸까요? 만일 그렇다면, 왜 그럴까요? 개방적으로 보이는 그의 태도가 (그는 자기 이름을 불러달라고 독자에게 친근하게 요청하면서 이야기를 시작합니다. 실로 그것이 그의 이름이라면 말이지요.) 어떤 신비로운 비밀을 숨기고 있는 걸까요?

마리아라는 이름을 가진 사람은 대체로 "나를 마리아라고 불러줘요."라고 말하지 않습니다. "내 이름은 마리아예요." 라고 말하죠. "나를 X라고 불러달라."는 말은 일반적으로 애칭으로 불러달라는 요청입니다. 가령 "내 진짜 이름은 앨저넌 딕비-스튜어트이지만 나를 루루라고 불러도 돼요." 같은 식이지요. 대개는 다른 사람들의 편의를 위해서 이렇게 말합니다. "내 진짜 이름은 도리스이지만 나를 퀜틴 클래런스 에스터헤이지 3세라고 불러도 돼요."라고 말한다면 이상하게 들리겠지요. 하지만 "이스마엘"은 애칭처럼 들리지 않습니다. 그러니 그것이 화자의 진짜 이름이거나 아니면 그가 방랑하는 추방자로서 자신의 처지를 드러내기 위해 선택한 가명일 거라고 가정하게 됩니다. 만일 후자의 경우라면 그는 진짜 이름을 우리에게 숨기고 있고, 그것도 그가 아주 친근하게 요청하는 듯한 순간에 숨기는 것입니다. 서구 세계에 이스마엘이라는 이름을 가진 사람은 도리스라는 이름을 가진 사람만큼 차고 넘치도록 많지 않다는 사실을 생각하면 그 점이 보다 확실해지는 듯합니다.

"나를 이스마엘이라고 불러달라."는 독자에게 건넨 말이고, 독자에게 건네는 말이 모두 그렇듯이, 그것은 작품의 허구성을 폭로합니다. 독자의 존재를 소박하게 인정하는 것은 그것이 소설이라고 고백하는 것이지요. 사실주의 소설은 대체로 그 사실을 인정하지 않으려 합니다. 소설이 아니라 실제 삶의 기록인 척하려고 대체로 노력하지요. 독자의 존재를 인정하게 되면 실제적 분위기를 깨뜨려버릴 위험을 무릅쓰게 됩니다. 『모비 딕』이 전적으로 사실주의적인 작품인지는 달리 따져봐야 할 문제지만, 이 도입부의 첫 문장이 소설 전체를 대표할 수 없을 정도로 대체로는 사실주의적 작품입니다. 어떤 소설가가 "친애하는 독자여, 가엾게도 실수를 저지르는 어리석은 이 시골 의사를 불쌍히 여겨주시오."라고 쓴다면, 실수를 저지르든 말든 간에 실제로는 시골 의사가 존재하지 않고 그 소설은 시골 생활을 그대로 보여주는 한 단면이 아니라 한 편의 말솜씨라는 것을 "친애하는 독자"

라는 구절에서 함축적으로 인정하는 것입니다. 이런 경우에 우리는 그 어리석은 의사를 실제 인물로 알고 있거나 가정할 때보다 덜 동정하겠지요. (덧붙여 말하자면, 어떤 문학 이론가는 독자가 허구적 인물을 실제로 동정하거나 경탄하거나 두려워하거나 혐오할 수 없고 다만 "허구적으로" 그런 감정을 경험할 수 있다고 주장합니다. 공포영화를 보면서 새파랗게 질린 얼굴로 서로에게 매달리는 사람들은 진정한 공포가 아니라 허구적 공포를 느낀다는 것이지요. 이것은 또 다른 문제입니다.)

"이스마엘"은 실제 이름이라기보다 문학적 이름으로 들리기 때문에, 그 이름은 우리가 허구에 직면하고 있음을 알려주는 또 다른 신호일 수 있습니다. 다른 한편에서 보면, 그 이름은 화자의 진짜 이름이 아니라 가명이기 때문에 허구적으로 들릴 수 있지요. 어쩌면 그의 진짜 이름은 프레드 웜인데, 그것을 보완[5]하기 위해서 더 이국적인 이름을 선택했을지 모릅니다. 그가 실제로 이스마엘이라고 불리지 않는다면 독자는 그의 진짜 이름이 무엇인지 궁금하겠지요. 그런데 그의 진짜 이름이 독자에게 밝혀지지 않는다면, 그에게는 이름이 없습니다. 멜빌이 그 이름을 숨기는 것 같지는 않

---

[5] 벌레(웜)라는 뜻의 성을 숨기기 위해 멋진 이름을 선택했으리라는 의미.

습니다. 존재하지 않는 것을 숨길 수는 없으니까요. 한 인물로서 이스마엘에게 존재하는 것은 지면 위에 박힌 일련의 검은색 기호뿐입니다. 가령 그의 이마에 흉터가 있는데 소설이 그 사실을 언급하지 않았다고 주장한다면 그 주장은 이치에 닿지 않겠지요. 소설이 그 사실을 언급하지 않으면, 그것은 존재하지 않습니다. 어떤 소설은 한 인물이 진짜 이름을 가명 아래 숨기고 있다고 말할 수 있겠지요. 그러나 우리가 진짜 이름을 실제로 알게 되더라도, 그 이름은 가명 못지않게 허구의 일부입니다. 찰스 디킨스의 마지막 소설 『에드윈 드루드의 비밀』에 나오는 한 인물은 명백히 변장을 하고 있는데, 그는 우리가 이 소설의 다른 부분에서 만난 사람일지 모릅니다. 그러나 디킨스가 이 소설을 끝내기 전에 죽었으므로 우리는 그 변장이 어느 얼굴을 숨기고 있는지 절대로 알지 못하겠지요. 변장 아래 누군가가 있다는 것은 사실이지만, 그것이 특정한 어떤 사람이든 될 수 있는 것은 아닙니다.

겉으로 보이는 것과
늘 똑같은 것은 아니다

· · ·

존 키츠
필립 라킨
에밀리 디킨슨
로버트 로웰
존 밀턴 『리시다스』

다시 시로 넘어가서 유명한 시 여섯 편의 도입부를 잠시 살펴보기로 합시다. 첫 번째는 존 키츠의 「가을에게」의 첫 행, "옅은 안개와 농익은 과일의 계절(Season of mists and mellow fruitfulness)"입니다. 이 시행에서는 지극히 풍부한 소리의 짜임새가 두드러집니다. 마치 바스락거리는 스(s) 소리와 웅얼거리는 음(m) 소리가 넘치는 교향곡의 화음으로 세밀하게 작곡된 듯하지요. 거칠거나 날카로운 자음은 거의 없고 모두 마찰음으로 부드럽게 흐릅니다. "과일"의 f들은 예외지만 함께 발음되는 r 덕분에 부드러워집니다. 여기에 대구(對句)와 미묘한 변주로 가득한 소리의 화려한 태피스트리가 짜이는 것이지요. "안개"의 m은 "농익은"의 m에 반사되고, "of"의 f는 "과일"의 f에서 메아리칩니다. "안개"의 s음은 다시 "과일"의 ness에서 이어지고, 한편 "계절"의 e와 "안개"의 i, "농익은"의 e는 같음과 다름의 뒤얽힌 패턴을 이룹니다.

이 시행의 극도의 밀집성도 시선을 끕니다. 물리거나 넌더리 날 정도로 감미롭지 않으면서도 가급적 많은 음절을 채워 넣습니다. 이 감각적 풍요로움은 무르익은 가을의 풍경을 떠올리려는 의도로 제시되었고, 그래서 그 언어는 그것이 묘사하는 풍경의 일부가 되는 듯합니다. 이 시행은 풍부한 의미로 가득 차 있으므로, 이 시가 계속해서 가을을 바로 이런 용어로 묘사하더라도 놀랍지 않지요.

이끼 낀 시골집 나무들을 매달린 사과로 휘게 하고
모든 과일을 옹어리까지 달콤하게 익힌다.
조롱박을 부풀리고, 개암나무 껍질을
달콤한 알맹이로 불룩하게 만든다.
싹을 더 틔우고, 더욱이, 벌을 위해 때늦은 꽃을 피워서,
벌들은 따뜻한 날이 결코 끝나지 않으리라고 생각한다,

여름이 끈적끈적한 벌집에 넘쳐흘렀으니.

어쩌면 이 시는 여기서 가을을 묘사하면서 부지불식간에 그 자체에 대해 말하고 있는지도 모릅니다. 시 자체는 끈적 거리고 넘쳐흐르는 것을 피하지만, 그런 위험을 무릅쓸 준 비가 되어 있지요. 가을과 마찬가지로 이 시는 성숙이 늘 (가을의 경우에는 성장의, 이 시에서는 언어의) 숨 막히는 잉여로 넘어가는 시점에서 균형을 잡고 있습니다. 어떤 내적 억제력에 의해 그처럼 불쾌한 과잉에서 물러서는 것이지요.

후세의 영국 시인 필립 라킨도 그의 시 「나무들」에서 자연의 성장에 대해 썼습니다.

나무들이 이파리 속으로 들어서고 있다
거의 속삭여지는 무엇처럼…

대체로 침울한 라킨의 시에서 이 부분은 과감하게 직설적인 이미지를 보여줍니다. 싹이 돋는 이파리를 입에서 막 나오려는 말처럼 그리고 있지요. 하지만 어떤 의미에서는 그 이미지가 스스로를 해체합니다. 나무가 완전히 이파리를 틔우면, 이 비유는 더는 들어맞지 않을 테니까요. 나무가 지금은 중얼거리다가 그때 가서 소리를 지르지는 않겠지요. 꽃을 피우려고 애쓰는 나무를 무언가를 말하려고 애쓰는 사람과 유사하게 생각할 수 있지만, 잎이 무성한 나무를 명확히 발화된 말로 상상하기는 어렵습니다. 그러므로 이 비유는 지금은 적절하지만, 나중에 온 과정이 완결되면 유효하지 않겠지요.

이 시행의 한 가지 두드러진 점은 독자로 하여금 잔가지와 나뭇잎과 큰 가지들로 형체를 이룬 나무를 언어의 비가시적 뿌리의 시각적 이미지로 보게 한다는 것입니다. 마치 발화의 근저에 놓인 과정들이 엑스선으로 찍히고 물질화되어 시각적 용어로 투사된 것 같지요.

이보다 더 칭송을 받은 라킨의 시 「성령 강림절의 결혼식」은 이렇게 시작합니다.

그 성령 강림절에, 나는 늦게 떠나고 있었지.
그때까지는 아니고,
화창한 토요일 한 시 이십 분쯤 되어서야
사분의 삼은 비어 있는 기차가 역을 빠져나왔지…

약강오보격인 첫 시행은 의도적으로 단조롭고 평이하며

구어적입니다. 이 행을 문맥에서 떼어놓고 우연히 보게 된다면 어느 누구도 그것을 시라고 생각하지 않을 겁니다. 하지만 이 시는 그 점을 의식하는 듯이 즉시 정반대로 나아갑니다. 우리가 완벽한 오보격을 예상하고 있었던 곳에서 행의 절반에 불과한 "그때까지는 아니고"가 나옵니다. 갑자기 이 행은 운율을 교묘하게 다루는 솜씨를 보여주고, "그래, 당신이 2초 전에는 그렇게 생각하지 않았겠지만 이건 정말로 시야."라는 신호를 보내는 것이지요. 그 밖에도 시라는 것을 암시하는 다른 것이 있을까요? 운율이 있습니다. 운율이 의도적인 일상적 언어에 역행하면서 조심스럽게 형체를 부여합니다.

이 작품은 결국 예술입니다. 그 사실을 억누르는 데 어느 정도 열중하고 있지만 말이지요. 과묵한 중산층 영국인은 자신의 은행 잔고나 성적 무용담을 자랑하지 않듯이, 파리 멋쟁이들의 심미주의적 방식으로 자신의 예술적 기교를 과시하지 않습니다.

비평가들은 늘 모호한 표현을 찾아 헤매는데, 에밀리 디킨슨의 시 「내 삶은 끝나기 전에 두 번 종결되었네(My life closed twice before it's close)」의 첫 행에 주목할 만한 표현이 있습니다. 디킨슨은 구두점을 약간 별나게 찍었기에 "its"

대신에 "it's"(오늘날에는 '식료품상의 아포스트로피'[1]라고 부르겠지요.)라고 씁니다. 또 "upon"(위)의 철자를 "opon"으로 썼습니다. 위대한 작가들도 우리처럼 실수를 저지르곤 한다는 사실을 알면 언제나 안도감을 느끼게 되지요. W. B. 예이츠는 더블린에서 교수직을 얻는 데 실패한 적이 있었는데, 지원서에 "교수"라는 단어의 철자를 잘못 썼기 때문이었습니다.

시제는 기이한 묘기를 부릴 수 있습니다. 디킨슨의 시행은 아마도 "내가 죽기 전에 죽음 그 자체와 비교될 만큼 슬프고 지독한 경험을 두 번 겪었을 것이다."라는 뜻일 겁니다. 그러나 그녀가 아직 죽지 않았으면, 단 두 번의 경험만 있을 것인지를 어떻게 알겠습니까? 이 진술의 동사("종결되었네")는 두 번의 상실의 순간이 이미 일어났기 때문에 과거 시제로 되어 있습니다. 그러나 그 시제 때문에 시인도 이미 죽은 듯이 보이게 합니다. "내 삶이 끝나기 전에, 그것은 이미 두 번 끝났을 것이다."라고 쓴다면, 너무 투박하겠지요. 이 시행의 의미가 바로 그런 것이더라도 말입니다. 그래서 디킨슨이 무덤에서 우리에게 말을 건네는 듯한 기이한 느낌이 듭니다. 만일 그녀가 자신의 삶에 단 두 번의 비유적 죽음이 있었다

---

[1] 식료품 상인이 가령 사과의 복수형을 apple's라고 아포스트로피를 잘못 넣어 표기한 관행에서 유래한 표현.

는 것을 안다면, 그녀는 이미 죽었거나 아니면 적어도 임종을 맞고 있어야 합니다. 죽은 사람에게는 더 이상 사건이 일어날 수 없지요. 그들은 사건에서 전적으로 벗어나 있습니다. 그런데 글을 쓰는 것과 죽음은 양립할 수 없습니다. 그러니 디킨슨이 마치 죽은 사람인 듯이 글을 쓰더라도 이미 죽었을 리는 없습니다.

미국 문학에서 또 다른 놀라운 도입부는 로버트 로웰의 시 「낸터킷 섬의 퀘이커 묘지」의 탁월한 첫 몇 행입니다.

매더킷 해변의 널따란 염분 섞인 모래톱
바다는 여전히 격렬하게 부서졌고 밤이
증기를 내뿜으며 우리의 북대서양 함대에 들어섰을 때,
익사한 선원은 예인망을 움켜잡았지. 빛이
그의 헝클어진 머리와 대리석처럼 차가운 발에서 번뜩였고
그는 그물을 붙잡았지,
장애물을 넘는 뚤뚤 말린 허벅지 근육으로.

이 시의 첫 행은 대단히 장황합니다. 이 시행을 소리 내어 읽으면 거친 모음과 찌르는 듯한 자음 때문에 스테이크 조각을 씹는 느낌입니다. "매더킷"이라는 지명은 이 시의 억센

근육질적 언어에 완벽하게 들어맞습니다. 그 언어는 그것이 묘사하는 거친 물적 환경을 반영하고 있습니다. "바다는 여전히 격렬하게 부서졌고 밤이" 행은 운율 패턴을 엉클어뜨리는 단어 "여전히"만 없었으면 꽤 규칙적인 약강오보격이 되었겠지요. 그러나 이 시는 구문에서 명백히 드러내듯이 매끄러운 흐름이나 균형미를 원치 않습니다.

바다는 여전히 격렬하게 부서졌고 밤이
증기를 내뿜으며 우리의 북대서양 함대에 들어섰을 때,
익사한 선원은 예인망을 움켜잡았지. 빛이
그의 헝클어진 머리와 대리석처럼 차가운 발에서 번뜩였고

바닷속뿐 아니라 시의 이 부분도 격렬하게 부서집니다. 셋째 행은 과감하게 한 문장을 끝내고 단 한 단어로 새 문장을 시작합니다. 내가 "단 한 단어로"라고 말한 것은 운율로 보아 이 행에는 단 하나의 단음절만 더 이어질 수 있기 때문이지요. 그래서 로웰은 행의 끝에 이르러 돌연히 "빛"이라는 단어로 과감하게 새 문장을 시작합니다. 그 결과 "움켜잡았지" 다음에 문장이 완전히 끝나는데, 짧지만 완전한 정지를 알립니다. 그런 다음에 "빛"이 나오지요. 그러고는 그 행의

끝에 부딪쳐서 다음 행의 시작으로 넘어가면서 "빛"이라는 단어를 어중간한 상태에 둔 채 찰나적으로 다시 쉬어야 합니다. 구문과 운율 패턴이 서로 반목하면서 기억에 남을 만한 극적 효과를 만들어냅니다.

또한 "밤이 / 증기를 내뿜으며 우리의 북대서양 함대에 들어섰을 때"에서 기묘한 전도를 주목할 수 있습니다. 더 관습적으로 표현하자면 함대가 증기를 뿜으며 어둠 속으로 들어갔다고 말해야겠지요. 그런데 어둠이 바로 함대처럼 들립니다. 곧 충돌을 일으킬 배이겠지요. (셰익스피어의 작품에도 이와 비슷한 전도가 나옵니다. 가령 『줄리어스 시저』에서 "그의 비겁한 입술은 그 붉은색에서 날아갔다."는 이미지는 사실 지나치게 두뇌에 호소하는 작위적 표현이라서 설득력이 없습니다.) "장애물을 넘는 뚤뚤 말린 허벅지 근육"에서 "장애물을 넘는"은 "장애물 넘기 선수의 근육처럼"을 뜻하겠지요. 그러나 이 구절은 이 시 자체의 압축되고 단단하며 울퉁불퉁한 언어에도 적용될 수 있습니다.

문학 작품의 도입부는 겉으로 보이는 것과 늘 똑같지는 않습니다. 가령 존 밀턴의 『리시다스』의 격조 높은 도입부를 예로 들어보지요. 이 시는 바다에 익사한 동료 시인 에드워드 킹을 추모하는 애도시이고, 그가 바로 이 작품의 리시다스입니다.

하지만 다시 한 번, 오 월계수여, 그리고 다시 한 번,

결코 시들지 않는 덩굴에 감긴 갈색 도금양이여,

그대의 거칠고 떫은 열매를 따러 나는 왔노라

강요된, 미숙한 손가락으로,

무르익을 때가 되지 않은 그대의 이파리를 뜯어내려고.

쓰라린 압박과 슬프고도 중요한 일로 인해

어쩔 수 없이 그대의 한창때를 방해하려고.

리시다스가 죽었기에, 활짝 피어나기도 전에 죽어,

젊은 리시다스, 필적할 사람을 남기지 않았으니.

누가 그를 위해 노래하지 않겠는가?

그는 노래하고 고상한 시를 쓰는 법을 알았지.

그가 울어줄 사람도 없이 물속 관에서 떠다녀서는 안 되고,

선율적 눈물의 보상도 받지 못한 채

바싹 말리는 바람에 뒹굴어서도 안 된다.

"리시다스"라는 이름은 장례식의 종소리처럼 이 시행들 사이에서 슬프게 울립니다. 사실 이 도입부의 단어들은 메아리와 반복으로 점철됩니다. "하지만 다시 한 번 … 그리고

다시 한 번 "죽었기에, 한창 피어나기도 전에 죽어서" "누가 노래하지 않을까 … 그는 노래하는 법을 알았지." 이처럼 반복되는 표현들은 제식이나 의식의 효과를 자아내고, 비탄에 잠긴 가슴에서 터져 나오는 외침보다는 공식적으로 낭송되는 시에 훨씬 적합합니다. 밀턴은 킹을 그리 잘 알지 못했을 터이므로, 그가 킹의 요절에 조금이라도 고뇌를 느꼈으리라고 생각할 이유는 없겠지요. 어떻든 킹은 왕당파였던 반면에, 밀턴은 후에 찰스 1세의 처형을 강력하게 지지했습니다. 또한 킹은 성직자가 되기 위해 교육을 받았지만, 『리시다스』는 국교에 대한 맹렬한 공격을 펼칩니다. 당시에는 위험한 일이었지요. 밀턴이 이 시에 자기 이름의 첫 글자로만 서명한 것은 분명 이런 이유 때문이었습니다.

사실 이 우울한 시행은 울적함뿐만 아니라 지치고 내키지 않는 심정을 암호처럼 숨겨서 표현하고 있습니다. 시인의 상징인 월계수와 도금양의 설익은 열매를 따야 한다고 말할 때, 밀턴은 이 만가(輓歌)를 쓰기 위해 위대한 시인이 되려는 자신의 정신적 각오를 떨쳐내야 했다는 의미를 암시합니다. 이런 까닭에 열매를 따는 그의 손가락은 자기 뜻대로 자유로운 것이 아니라 어쩔 수 없이 강제된 것이지요. 또한 그런 까닭에 그 손가락은 글쓰기에 아직 충분히 숙련되지 않았다는 의미에서 미숙합니다. 실은 미숙하다고 주장하는 시행의 균형과 권위를 보면 그 주장은 충분히 논박되고도 남습니다. 이 시는 미숙하기는커녕 고도로 세련된 작품이니까요. 밀턴은 자기에게 주어진 의무의 부담감이 너무 크다고 느끼기에, 두 번이나 강요를 받은 듯이 들리도록 표현합니다. "쓰라린 압박"이 그로 하여금 펜을 잡도록 "강요"한 것입니다. "슬프고도 중요한 일"은 물론 킹의 죽음을 가리키지만, 밀턴이 동료를 추모하기 위해 정신적 동면에서 빠져나와야 했던 것에 대한 좌절감 또한 생각하고 있지 않은지 의아해집니다. 그는 불만감을 간신히 조의로 바꾸어 놓은 듯합니다.

킹의 때 이른 죽음과 시 자체의 미숙함 사이에는 유사성이 있는데, 그것은 "거칠고 떫은 열매"에서 드러납니다. 밀턴은 아직 성숙하지 않은 질료로 애도가를 써내야 합니다. 그는 시인으로서 미성숙한 자신의 의식을 월계수와 도금양에 투사하고 있는 듯합니다. 어쩔 수 없이 해야 한다고 느끼지 않았으면 그는 아마 이 걸작을 쓰지 않았겠지요. 그것은 자발적이지 않은, 의무의 문제입니다. 이런 각도에서 볼 때, "누가 리시다스를 위해 노래하지 않겠는가?"는 엄연히 부정직한 말입니다. 솔직하게 대답하자면, 노래하지 않을 사람 중하나는 존 밀턴일 테니까요. 그리고 기독교 왕국의 가장 위대한 시인이 결코 아니었던 킹이 필적할 시인을 남기지 않았다는 말이 실로 진실한 것일까요? 다시 말해서, 존 밀턴은 어떨까요? 이런 진술은 일반적인 과장일 뿐입니다. 이런 말을 강력한 진실로 받아들이리라고는 누구도 기대하지 않습니다. "그가 울어줄 사람 없이 물속 관에서 떠다녀서는 안 되고, 바싹 말리는 바람에 뒹굴어서는 안 된다."는 실로 다분히 동정적으로 들립니다. (이 시행에는 w 음이 과감하게 네 번이나 나오는데 지나치다는 느낌은 한 번도 들지 않습니다.) 하지만 이 부분은 누군가 킹을 애도해야 하므로 밀턴 자신이 하는 편이 낫겠다는, 그리 동정적이지 않은 의미도 함축할 수 있습니다.

덧붙여 말하자면, 물속 관의 이미지는 대단히 강렬합니다. 여러 비평가가 지적했듯이, 그것은 ("바싹 말리는 바람"에) 갈증으로 죽어가며 물속에서 뒤흔들리는 사람의 소름 끼치는 이미지를 불러일으키지요. "선율적 눈물"은 눈물이 피리 소리를 내거나 지저귀는 것이 아니므로 매우 과감한 이미지인데, 리시다스를 위해 눈물을 흘리며 시를 바치는 것이고 또한 그에게 물을 주는 행위이기도 합니다. 이 마지막 의미는 약간 기묘한 점이 있습니다. 왜냐하면 익사한 사람에게 대체로 물의 결핍은 전혀 문제가 되지 않으니까요. 여기서 "보상

(meed)"은 찬사를 의미합니다. 그런데 그 단어가 말 그대로 보상을 의미할 수도 있어서, 킹에게 그의 죽음에 대한 보상으로 이 시를 바친다는 좀 기괴한 의미를 암시할 수 있지요. 시인은 그 단어의 첫 번째 의미를 염두에 두었을 것입니다.

밀턴이 감동적인 작품을 마지못해 쓰고 있다는 것은 대수롭지 않은 사실입니다. 시인은 조금도 괴롭지 않은 심정으로 진정한 만가를 쓸 수 있습니다. 애욕을 전혀 느끼지 않으면서도 사랑에 대해 쓸 수 있는 것과 마찬가지이지요. 밀턴 자신의 마음은 동요되지 않았어도, 아니, 적어도 킹의 요절에 동요되지 않았어도, 그의 시행은 감동적입니다. 그는 자신이 열망하는 위대한 시인이 될 기회를 얻기 전에 자신도 한창때에 죽을 수 있는 가능성에 더 불안감을 느꼈을 수 있겠지요. 때 이른 킹의 죽음과 시인으로서 밀턴이 미성숙하다는 가정은 이 불안한 가능성을 상기시킵니다. 그가 지금 때 이른 동료의 죽음을 애도하기 위해 열매를 따고 있듯이 그 자신도 결국에는, 어쩌면 때가 되기 전에, "뽑혀 나갈"지 모르지요. 식물을 잡아 뜯는 것은 그것에 일종의 죽음을 가하는 행위입니다. 예술을 위해서, 그리하여 생활을 위해서, 그렇게 하더라도 말이지요.

밀턴은 각별한 애정을 느끼지 않는 동료의 장례식에 참석하듯이 『리시다스』를 써 내려갑니다. 이 부분에는 위선이 없습니다. 오히려, 느끼지 않는 슬픔을 가장한다면 위선이지요. 지인의 장례식에 참석할 때 우리는 그 의식 절차에 적합한 감정을 느끼리라고 기대합니다. 이와 비슷하게, 이 시에서 밀턴의 감정은 시의 언어 전략과 밀접하게 엮여 있습니다. 그 감정은 그 뒤에 숨어 있는 비탄으로 이루어져 있지 않습니다. 우리처럼 낭만주의 이후의 사람들은 감정과 관습이 별개라고 생각하는 경향이 있습니다. 진정한 감정은 인위적인 사회적 형식을 내던져버리고 가슴에서 직접 우러나오는 말을 하는 것이라고요. 그러나 밀턴은 아마도 이런 식으로 생각하지 않았을 것이고, 오늘날 비서구권의 많은 문화에서도 그런 식으로 생각하지 않습니다.

제인 오스틴의 관점도 그렇지 않았겠지요. 신고전주의 작가들에게 전반적으로 그렇듯이, 제인 오스틴에게도 진정한 감정이란 공적으로 표현되는 적합한 양식이 있었고, 그 양식은 사회적 관습에 의해 규제되었습니다. "관습(convention)"은 문자 그대로 "함께 모이는 것"을 뜻하는 단어인데, 내가 감정적으로 어떻게 행동하는가는 오로지 내게 달린 문제가 아니라는 의미를 함축합니다. 내 감정은, 밀턴과 오스틴의 사회보다 더 개인주의적인 사회에서 가정하듯이, 내 사유 재산이 아닙니다. 그 반대로, 어떤 의미에서 나는 공동의 문화에 참여함으로써 감정적 행위를 배웁니다. 시리아인과 스코틀랜드인은 애도하는 방식이 전혀 다릅니다. 관습과 예법은 인간의 삶에 대단히 깊이 파고듭니다. 오스틴에게 예법이란 바나나를 칼과 포크로 먹지 않는 매너뿐 아니라 타인에게 민감하고 정중하게 처신하는 것을 의미합니다. 공손함이란 포도주 잔에 침을 뱉지 않는 것 따위를 뜻하는 것이 아니라, 야비하거나 교만하거나 이기적으로 굴지 않고 젠체하지 않는 것을 뜻합니다.

관습이 반드시 감정을 억누르는 것은 아닙니다. 관습은 어떤 감정적 반응이 너무 지나치다고 판단할 수 있지만, 너무 미약하다고 판단할 수도 있습니다. 감정과 관습이 함께 엮여 있다고 믿는가 아니면 서로 적대적이라고 믿는가는 셰익스피어의 극에서 햄릿과 클로디우스가 벌이는 언쟁의 핵심적 문제입니다. 햄릿은 슬픔과 같은 감정은 사회적 형식을 무시해야 한다고 개인주의적 입장에서 주장하지만, 반면 클로디우스는 감정과 형식이 그보다 더 친밀한 관계여야 한다는 입장을 취합니다. 이것은 오스틴의 『이성과 감성』에 나오는 두 자매 엘리너와 메리앤 대시우드의 차이점이기도 합니다. 시는 감정과 형식이 반드시 반목하는 것은 아니라는 사실을 잘 보여줍니다. 형식은 감정을 억누르기도 하지만 감정을 강화시킬 수도 있습니다. 『리시다스』는 킹의 죽음에 대한 밀턴의 유감의 표현이 아닙니다. 오히려 그것은 그 자신의 유감의 표현이지요. 이 시는 그 상황에 적합하게 충실하고, 격식에 맞는 만가입니다. 내가 여러분이 아침을 어떻게 보낼 것인가, 라는 문제보다 더 절박한 문제로 마음이 옥죄는 상황에서 여러분에게 좋은 아침 시간을 보내라고 말하더라도 가식적이지 않은 것처럼, 여기서도 가식의 문제는 없습니다.

독자를 언어의 세계로 불러들이는 선언들

• • •

사뮈엘 베케트 『고도를 기다리며』
플랜 오브라이언 『세 번째 경찰관』
앤서니 버지스 『지상의 권력』
조지 오웰 『1984』

어쩌면 20세기의 가장 유명한 희곡, 사뮈엘 베케트의 『고도를 기다리며』는 다음의 암울한 행으로 시작합니다. "할 일이 전혀 없어." 이 말을 하는 사람은 에스트라공이고, 지독한 권태와 줄지 않는 비참함 속에서 블라디미르와 벗하며 지냅니다. 20세기에 이 이름을 가진 가장 유명한 인물은 블라디미르 레닌인데 그는 『무엇을 해야 하는가?』라는 제목의 혁명적 논문을 썼습니다. 이것은 우연의 일치일 수도 있지만, 베케트의 글에서 치밀하게 의도되지 않은 것은 그리 많지 않습니다. 만일 그것이 의도적인 암시라면, 그 암시가 너무 명백히 드러나지 않도록 그 행을 블라디미르보다 에스트라공에게 넘겨주었겠지요. 그렇다면, 시간을 초월한 인간 조건을 실제로 묘사하기 위해 역사와 정치를 배제한다고 일반적으로 여겨지는 이 희곡 작품은 현대의 정치적 사건 중 가장 중요한 사건, 볼셰비키 혁명을 은밀히 시사하면서 시작한다고 볼 수 있습니다.

베케트 자신이 비정치적 인물이 아니었으므로 사실 이것은 그리 놀랍지 않은 일입니다. 그는 제2차 세계대전 중 프랑스 레지스탕스를 위해 용감하게 싸웠고, 후에 프랑스 정부는 그의 용기에 명예훈장을 수여했습니다. 그는 자신처럼 용맹한 아내와 함께 게슈타포에게 사로잡힐 위험에서 구사일생으로 탈출한 적도 있습니다. 그의 작품에서 일반적으로 잘 알려지지 않은 면은 그의 유머인데, 장중한 어조에서 갑자기 익살조로 바뀐다든지 천연덕스럽게 현학적인 어조를 늘어놓는다든지, 독설적인 위트와 음울하고 날카로운 풍자, 그리고 초현실적으로 비약하는 상상력에 있어서 독특하게 아일랜드적인 특성이 있습니다. 더블린 출신의 베케트에게 파리의 한 언론인이 영국인인지 물었을 때 그는 "정반대"라고 대답했지요.

아일랜드적 특성과 관련된 또 다른 작품은 플랜 오브라이언의 뛰어난 소설 『세 번째 경찰관』입니다. 그 소설은 이처럼 소름 돋는 말로 시작합니다.

내가 필립 마허스 영감의 턱을 내 삽으로 후려쳐서 죽인 것을 모두들 아는 건 아니지만, 우선 내가 존 디브니와 어울렸던 것에 대해 말하는 게 좋겠는데, 그 녀석이 속이 빈 쇠막대로 직접 만든 자전거펌프로 영감의 목을 먼저 강타해서 쓰러뜨렸기 때문이다. 디브니는 건장한 시민이었지만 게을렀고 빈둥거리기를 좋아했다. 처음에 그런 생각을 해낸 것은 순전히 그 녀석의 책임이다. 내게 삽을 가려오라고 말한 것은 그였다. 그때 명령을 내린 것도 그였고, 설명을 해야 했을 때 설명한 것도 그 녀석이었다.

나는 오래전에 태어났다. 내 아버지는 튼튼한 농부였고 어머니는 선술집 주인이었다.

이 단락의 영어 구사가 약간 이상하게 들린다면, 오브라이언이 아일랜드어로 몇몇 작품을 집필할 정도로 아일랜드어를 유창하게 구사한 것이 그 한 가지 이유이겠지요. 그는 적어도 윈스턴 처칠 정도로는 영어를 잘 구사했지만, 엄밀히 말해 이 작품에서 그는 모국어로 쓰고 있지 않습니다. 아일랜드에서 사용되는 영어를 지칭하는 하이버노-영어는 때로 표준 영어를 낯설게 뒤틀고 그럼으로써 문학적 효과를 낳는 풍부한 매체입니다. 가령 "마허스(Mathers)"라는 이름은, 아일랜드어의 "th"가 영어에서와 다르게 쓰이기 때문에 "마-허스"라고 발음됩니다. "나는 오래전에 태어났다."는 말은 "나는 늙었다."라는 의미를 뜻하는 특이한 표현이지요. 아일랜드에서 "튼튼한 농부"란 근육질의 농부가 아니라 많은 땅을 소유한 농부를 뜻합니다.

이 도입부의 언어는 『인도로 가는 길』의 도입부와 더할 나위 없이 다릅니다. 포스터의 산문은 부드럽고 세련된 반면에, 오브라이언의 산문은 분명 꾸밈이나 장식이 없습니다. 이 산문이 그려내는 인물들과 마찬가지로 산문 자체에도 거친 분위기가 감돕니다. 몇 줄이 넘도록 이어지는 두서없는 첫 문장이 적절한 예입니다. 그 문장은 상이한 많은 부분으로 나눠질 수 있지만 구두점이 단 두 개뿐이라서 화자가 되는대로 떠오르는 생각을 소리 내서 중얼거리거나 투덜거리는 듯한 인상을 줍니다. 내가 "되는대로"라고 말한 까닭은, "디브니는 건장한 시민이었지만 게을렀고 빈둥거리기를 좋아했다."와 같은 문장에 묘하게도 논리에 맞지 않는 구석이 있기 때문입니다. 그가 게으르고 빈둥거리기를 좋아한다는 점은 당면한 문제와 그리 관련이 없는 듯합니다. 사실, 이 단락에서 그는 꽤 활동적이고 해야 할 일을 민첩하게 잘하는 사람으로 보이니까요. 그러니 그 말은 화자의 부당한 혹평인지 모르지요. 그런데 우리는 화자가 남자일 거라고 가정하는데, 여자들보다 남자들이 살인을 더 저지를 것 같고 또한 여자들이 살인을 한다면 삽으로 희생자의 턱을 내려치는 방법을 택할 것 같지는 않기 때문이지요. 또한 화자와 디브니는 오래 알고 지낸 남자 친구들처럼 여겨지기 때문입니다. 남성 작가는 남성 화자를 선호하는 경향이 있습니다. 그러나 이 모든 추측은 외람된 것일 수도 있지요.

이런 종류의 기교가 없는 글은 상당한 기교를 필요로 합니다. 오브라이언의 산문은 다듬어지지 않은 분위기를 풍기지만 이 전체 단락은 최대한의 극적 충격을 위해 세밀하게 설정되어 있습니다. 가령 도입부의 고백("내가 필립 마허스 영감을 죽인 것을 모두들 아는 건 아니다")이 시선을 끄는 힘은 그것이 부정으로 되어 있다는 사실 때문에 더 커진다는 것을 주목하십시오. (공교롭게도 이 소설은 부정성에 큰 관심을 두고 있으므로, "아니다"라는 단어로 소설을 시작한 것이 잘 어울립니다.) "나는 필립 마허스 영감을 죽였다."라고 썼더라면 첫 문장의 충격적인, 천연덕스러운 기미가 사라질 것입니다. 이 문장이 독자를 불안하게 만드는 까닭은, 화자가 마허스를 죽였다고 독자에게 알려주는 동시에 뭔가 다른 것(모두가 그것을 알고 있지는 않다는 사실)에 관심이 쏠린 듯이 보이는 데서 일부 찾을 수 있습니다. 이 문장이 독자의 감수성을 거칠게 공격했다면, 그것은 약간 교활한 공격이기도 합니다. 화자가 중대한 선언을 하자마자 이 문장은 돌연히 그 선언을 제쳐두고 방향을 바꿉니다("우선 내가 존 디브니와 어울렸던 것에 대해 말하는 게 좋겠는데"). 이것 또한 도입부의 선언을 더 강력하게 만드는 교묘한 방법이지요. 화자가 자신이 방금 밝힌 사실이 충격적이라는 것을 알지 못하는 듯 태연히 다른 화제로 넘어가는 동안 독자는 어안이 벙벙한 채로 남게 됩니다. 첨언하자면, "내가 필립 마허스 영감을 죽인 것을 모두가 아는 것은 아니다."라는 구절에는 약간 묘한 구석이 있습니다. "모두가 아는 것은 아니다."는 말은 몇 명 이상은 알고 있다는 것을 암시하고, 따라서 그 살인이 어느 정도 공적으로 알려져 있음을 시사하지요.

그런 다음 화자는 스스로에 대한 변명으로 나아갑니다. 마허스의 턱을 박살냈다고 고백하고는 곧바로 그 책임을 디브니에게 돌리는 데 열중하지요. 디브니가 먼저 일격을 가했고 "처음에 그런 생각을 해낸 것은 순전히 그 녀석의 책임"이라고 합니다. 소설이 끝날 때까지 이름이 밝혀지지 않는 이 화자는, 독자가 "내게 삽을 가려오라고 말한 것은 그였다."에서부터 "설명을 해야 했을 때 설명한 것도"까지 읽고 나면 그가 방금 스스로를 살인자로 낙인찍었다는 사실을 잊으리라고 기대하는 듯합니다. 이와 같은 태도의 일변에는 음험하게 코믹한 면이 있습니다. "내게 삽을 가려오라고 말한 것은 그였다."라고 자기 정당화를 미약하게 시도한 것도 그렇지요. 이런 말을 듣고 자비롭게 조처해야겠다고 생각할 배심원은 상상하기 어렵지요. "설명을 해야 했을 때 설명한 것도"라는 구절의 모호함도 우스운 면이 있습니다. 어떤 설명일까요? 마허스를 살해하려는 이유를 화자에게 (그는 이미 이유를 알고 있지 않을까요?) 설명한 것일까요? 아니면 그것을 실행에 옮길 방법에 대한 설명일까요? 아니면 그 행위가 발각될 때 늘어놓을 설명일까요?

부조리는 아일랜드에서 드물지 않은 문학 양식이고, 이 억센 문장들에는 많은 부조리가 내재해 있습니다. 디브니는 왜 온갖 터무니없는 흉기 가운데 자전거펌프로 마허스 영감을 살해할까요? (이 소설은 자전거에 사로잡혀 있습니다.) 속 빈 쇠막대로 자전거펌프를 만드는 것이 어느 정도나 쉬운 일이고, 무엇보다도 디브니는 대체 왜 그것을 만들까요? 자전거는 당대의 아일랜드에서 가장 흔한 교통수단이었으므로 펌프가 부족했을 리 없습니다. 화자는 디브니가 마허스를 쓰러뜨리려는 특별한 목적을 갖고 쇠막대로 자전거펌프를 만들었다는 뜻으로 말했을 리 없습니다. 이 터무니없는 가능성을 완전히 배제할 수는 없지만 말이지요. 대신에 그냥 쇠막대를 사용하면 안 될까요? 디브니가 쇠막대를 개조한 것은 그 이전이었겠지만 독자는 그 이유를 여전히 궁금해할 것입니다. 무슨 까닭에 화자는 희생자를 삽으로 넘어뜨려서 치명적인 타격을 가하지 않고 먼저 디브니가 넘어뜨린 다음에 나섰을까요? 자전거펌프를 흉기로 썼다는 믿기 어려운 이야기는 죄를 디브니에게 뒤집어씌우려는 서툰 변명일 뿐이고 디브니가 실제로는 범죄에 가담하지 않은 것일까요? 적어도 이 가능성은 배제할 수 있습니다. 책을 더 읽어보면 디브니가 실제로 자전거펌프를 휘둘러 마허스를 쓰러뜨렸다는 것을 알게 되니까요. (덧붙여 말하자면, 디브니가 공격할 때 화자는 노인이 땅에 쓰러지면서 "대화하듯이 조용히 뭔가 중얼거리는 소리"를 듣습니다. "난 샐러리를 좋아하지 않아."라든가 "안경을 싱크대에 뒀어."처럼 들리는 말이지요.)

『세 번째 경찰관』의 도입부는 대단히 흥미를 끌지만, 앤서니 버지스의 『지상의 권력』의 첫 문장보다 더 강렬하게 눈을 사로잡는 도입부는 상상하기 어렵습니다. "내 여든한 번째 생일날 오후였는데, 내 미동과 침대에 있을 때 대주교가 날 보러 왔다고 알리가 알려줬다." [미동(catamite)이란 남색의 상대 소년입니다.] 단 한 문장으로 이 소설은 유쾌하게 물의를 일으킬 장면을 설정합니다. 소년과 침대에 있는 여든한 살의 노인은 하인(알리가 하인일 거라고 가정할 수 있겠지요.)을 거느리고 또 대주교의 방문을 받을 만큼 유명하고 신분이 높은 사람입니다. 폭스 텔레비전 방송에서 자주 듣지 못하는 "미동"이라는 단어를 사용할 정도로 교양 있는 사람이기도 하지요. 그가 그 상황에 당황하지 않은 듯이 보인다는 사실은 일면 영국인의 침착성을 암시할 수 있습니다. 이 문장이 이뤄낸 한 가지 성취는 태연하게 군말 없이 이 모든 정보를, 말의 과잉이라는 느낌이 전혀 들지 않도록 단번에 제공한다는 것입니다. 알리는 외국인의 이름이므로 소설의 배경이 외국의 적절히 이국적인 곳이리라고 가정할 수 있습니다. 또한 리즈나 롱아일랜드보다 그런 곳에 미동이 훨씬 많이 공급되리라는 것은 동양에 대한 서구의 고정관념 중 하나이지요. 우리는 화자가 그런 지역의 쾌적한 유흥시설을 불법적으로 이용하는, 모종의 식민지 관리일 거라고 추측할 수 있습니다.

실은 화자가 유명한 작가라는 것을 우리는 곧 알게 됩니다. 사실은 영국 작가 W. 서머싯 몸을 모델로 삼아 그려진 인물입니다. 몸은 "영국의 당당한 호모 중 하나"라고 묘사된 적이 있었지요. 이 첫 문장은 몸의 문체를 장난스럽게 풍자한 것입니다. 하지만, 한 비평가가 암시했듯이, 몸이 쓴 그 어떤 글보다도 탁월한 풍자입니다. "비엔나"라는 단어가 "빈"보다 더 시적이듯이, 사본이 원본보다 더 빛을 발하는 것이지요. 이 소설의 첫 문장은, 그렇다면, 소설가가 쓴 것으로 가정되는데, 이것은 사건 전체에 대한 단서를 우리에게 제공합니다. 화자는 오로지 선정성에서 모든 다른 작품을 능가할 문학적 도입의 실마리를 찾아내려고 애쓰고 있는 것입니다. 그래서 어떤 의미에서는 이 첫 번째 선언이 소설 자체에 대해 은밀히 선언하는 것이지요.

하지만 그것이 순전히 문학적 효과를 내기 위해 꾸며낸 것은 아니라는 (물론 앤서니 버지스가 꾸며낸 것이지만) 점이 재미를 주기도 합니다. 독자는 당연히 그것을 실제 상황의 기록으로 여겨야 합니다. 다시 말해서, 소설을 쓰는 그 화자는 또한 우리가 소설에서만 마주칠 수 있을 호화롭고 방탕한 삶을 살고 있습니다. 이 부분에서 허구와 실제의 상호작용이 참으로 현기증을 일으킬 정도로 복잡해집니다. 화자는 소설가인데 소설 속의 한 인물처럼 행동하고, 공교롭게도 그는 바로 소설 속 인물입니다. 그런데 그는 허구적 인물이더라도 실제 인물에 기반을 둔 인물입니다. 그러나 그의 원형인 작가(서머싯 몸)는 많은 관찰자에게 비현실적인 느낌을 주는 사람으로 보였습니다. 이제 독자는, 미동이 있든 없든 간에, 잠자리에 들고 싶어지겠지요.

이 상스러운 첫 문장에서 독자의 눈살을 찌푸리게 하려고 의도적으로 넣지 않은 단어는 거의 하나도 없습니다. 이와 대조적으로 조지 오웰의 『1984』의 첫 문장에서는 단 한 단어만 그런 의도로 쓰였습니다.

사월의 화창하고 차가운 날이었다. 시계가 열세 시를 울리고 있었다. 윈스턴 스미스는 지독한 바람을 피하려고 가슴팍에 턱을 붙이고는 빅토리 맨션의 유리문을 재빨리 미끄러지듯 지났다. 그렇지만 모래 섞인 먼지 소용돌이가 함께 들어가지 못할 정도로 민첩하진 못했다.

이 문장은 다른 점에서는 주목할 만하지 않은 묘사에 "열세 시"라는 단어를 신중하게 집어넣음으로써 효과를 얻습니다. 그 단어를 통해서 이 장면이 어떤 낯선 문명이나 미래에 설정되어 있음을 암시하지요. 어떤 점은 변하지 않았지만 (사월이라 불리는 달이 아직 있고 바람은 여전히 모질게 불 수 있지요.) 변한 것도 있고, 이 문장의 효과는 이처럼 일상적인 것과 낯선 것의 병치에서 생기기도 합니다. 오웰의 소설을 펼치는 독자 대부분은 이 소설이, 우리의 미래가 아니라 작가의 미래이기는 하지만, 미래를 배경으로 삼고 있음을 알게됩니다. 하지만 기이하게 울리는 시계가 약간 지나치게 **작위적**(voulu)이라고 느끼겠지요. 이 단어는 '의도적'이라는 의미의 프랑스어인데, 지나치게 계산되거나 의도적인 효과를묘사하는 데 쓰입니다. 시계 묘사가 너무 부자연스럽게 자리 잡고 있습니다. 그것은 "이건 공상과학소설이야."라고 좀너무 요란하게 선언하는 것이지요.

이 소설은 과거의 역사에서부터 시민의 사고 습관까지 모든 것을 조종할 수 있는 전능한 국가에 대한 디스토피아(유토피아의 정반대를 뜻합니다.) 소설입니다. 의심할 바 없이 빅토리 맨션에 승리를 축하하는 이름을 붙인 것은 국가입니다. 하지만 이 문단의 세 번째 문장은 이 음울한 상황에 약간의 희망을 제공할지 모릅니다. 윈스턴 스미스가 맨션에 들어갈때 모래 섞인 먼지 소용돌이가 그를 따라 들어가 건물에 스며듭니다. 비록 이 소설은 모래의 침투를 (바람은 "지독"하게 불어댑니다.) 불길한 의미로 여기는 듯하지만, 독자는 이 모래

돌풍을 그리 불길하지 않게 느낄 수 있습니다. 먼지와 모래는 임의적이고 우연적인 것을 나타냅니다. 그것들은 까닭도 이유도 없는 요소를 대변하고, 총체적이거나 의미심장한 계획을 구성하지 않습니다. 그러므로 그것들은 이 소설이 그려내는 전체주의적 체제의 정반대라고 볼 수 있겠지요. 마찬가지로, 바람은 인간의 통제에 반항하는 힘으로 볼 수 있습니다. 바람은 제멋대로 이쪽저쪽으로 불지요. 그것 또한 까닭도 이유도 없습니다. 그 국가는 적어도 자연만은 그 목적에 맞게 이용할 수 없는 듯합니다. 그리고 전체주의 국가는 무력으로 압박하여 질서정연하고 통제 가능하게 만들 수 없는 것은 뭐든지 불편해하지요. 빅토리 맨션이 먼지를 완전히 내몰 수 없듯이, 그 체제는 우연적 요소를 완전히 쫓아낼 수 없을 것입니다.

틀림없이 어떤 독자는 이런 해석이 터무니없이 기발하다고 생각하겠지요. 해석이란 엄밀히 말해서 당연히 기발한 것이기 때문에 그렇습니다. 오웰이 먼지를 긍정적 이미지로 그리려 했거나 그런 생각을 혹시라도 떠올린 적은 없었을 것입니다. 그러나 독자는 작가의 의도일 거라고 짐작하는 바에 늘 순응해서는 안 된다는 것을 뒤에서 살펴보겠습니다. 그럼에도 불구하고, 다른 이유 때문에 그 해석이 맞지 않을 수 있겠지요. 우리가 책을 더 읽어가면서 알게 되는 사실과 맞지 않을 수 있습니다. 바람이 언제나 악의 이미지로 제시된다는 것을 알게 될 수도 있습니다. 반면에 그렇지 않을 수도 있겠지요. 그럴 경우에 회의적인 독자들은 그것이 텍스트에 대한 엉뚱한 해석이라고 판단할 다른 근거를 찾아야겠지요. 그 결론이 결코 불가능한 것은 아닙니다.

이 간단한 비평 연습에서 나는 문학 비평에 관련될 다양한 전략 몇 가지를 보여주려 했습니다. 독자는 한 단락의 소리 구조를 분석할 수도 있고, 의미심장한 모호함처럼 보이는 표현에 집중할 수도 있고, 혹은 문법과 구문의 작용 방식을 살펴볼 수도 있습니다. 여러분은 한 단락이 스스로 제시하는 것에 대해 어떤 감정적 태도를 취하는지 검토할 수 있고, 또는 감춰진 부분을 밝히는 역설이나 불일치, 모순에 초점을 맞출 수 있습니다. 이야기에서 표현되지 않은 의미를 추적하는 것도 때로 중요할 수 있습니다. 한 단락의 어조와 그것이 변화하고 동요하는 방식을 판단하는 것도 똑같이 풍부한 결실을 낳을 수 있습니다. 한 편의 글의 정확한 특성을 정의하려고 노력하는 것도 도움이 될 수 있지요. 그 특성이란 음울하거나 천연덕스럽거나 교활하거나 구어적이거나 생동감이 있거나 넌더리가 났거나 입심 좋거나 연극적이거나 반어적이거나 간결하거나 꾸밈없거나 거칠거나 관능적이거나 근육질이거나 기타 다른 것이 될 수 있습니다. 이 모든 비평 전략의 공통점은 언어에 대한 고양된 감수성입니다. 심지어 느낌표도 몇 문장의 비평적 논평에 달하는 가치가 있을 수 있습니다. 이 모든 것은 문학 비평의 "극소한(마이크로)" 측면이라고 부를 수 있습니다. 그러나 인물, 플롯, 주제, 서사와 같은 "큰(매크로)" 문제들도 있습니다. 이제 이런 문제들로 넘어가도록 합시다.

Chapter 2

"오늘날 '캐릭터'라는 단어는 문학 속의 인물뿐만 아니라 기호나 문자 혹은 상징을 뜻하기도 합니다. 캐릭터라는 단어의 의미가 한 개인의 독특한 특징에서 개인 그 자체로 바뀐 것은 온 사회의 역사와 얽혀 있습니다. 한마디로 말하면, 그것은 현대 개인주의의 성장과 관련됩니다. 개인은 이제 그의 서명이나 독특한 성품처럼 그의 특이한 점에 의해 정의됩니다. 우리를 서로 구분해주는 것은 우리가 공유하는 것보다 더 중요합니다."

인물

희곡이나 소설의 "문학적 성격"을 간과하는 가장 흔한 방법 중 하나는 작품의 인물들을 실제 사람처럼 다루는 것입니다. 확실히 어떤 의미에서는, 이런 일을 피하기가 거의 불가능합니다. 리어 왕을 으스대기 잘하고 성미가 급한데다 자기기만에 빠진 인물로 묘사하다 보면 현대의 언론사 거물에 대한 묘사로 들릴 수밖에 없으니까요. 하지만 리어와 거물의 차이점은, 리어는 종이 위에 찍힌 검은 점들의 패턴에 불과하지만 거물은, 더욱 유감스럽게도, 그렇지 않다는 것이지요. 거물은 우리가 그와 마주치기 전에도 존재했지만, 문학 속의 인물은 그렇지 않습니다. 연극이 시작하기 전에 햄릿은 사실 대학생이 아니었지요. 그 연극은 그가 대학생이라고 하지만 말입니다. 햄릿은 아무것도 아니었지요. 헤다 가블레르[1]는 무대에 등장하기 일 초 전에는 존재하지 않습니다. 그리고 우리가 그녀에 대해 알게 되는 것은 입센의 희

---

1 1890년에 발표된 입센의 희곡 『헤다 가블레르』의 주인공.

곡이 알려주기로 결정한 사실밖에 없습니다. 다른 정보의 원천에 접근할 수 없으니까요.

히스클리프가 워더링 하이츠에서 사라져서 불가사의하게도 오랫동안 모습을 드러내지 않을 때, 소설은 그가 어디로 달아났는지 우리에게 말해주지 않습니다. 그가 처음에 어린 아이로 발견되었던 리버풀에 돌아가서 노예무역으로 부자가 되었다는 가설이 있습니다만, 그가 리딩에서 이발소를 차렸을 가능성도 똑같이 존재합니다. 사실 그는 결국 지도상의 어디에도 나타나지 않습니다. 대신 어딘지 모를 불특정한 지역으로 떠나지요. 현실 세계에는 그런 지역이 없고, 인디애나 주의 개리도 없습니다. 그러나 픽션에는 존재하지요. 우리는 히스클리프의 이빨이 몇 개였는지 물을 수도 있을 텐데, 이 질문에 대해서 불특정한 숫자로 대답할 수밖에 없습니다. 그에게 이빨이 있다고 추론하는 것은 타당하지만, 그렇다고 몇 개인지 알 수 있는 것은 아닙니다. 한 유명한 비평문의 제목은 "맥베스 부인은 자녀를 몇 명이나 두었나?"였습니다. 그 희곡에서 그녀가 적어도 한 명은 낳았을 거라고 추론할 수 있지만 자녀가 더 있는지에 대해서는 알 수 없습니다. 그러니 맥베스 부인의 자녀 수는 불명확하고, 그렇다면 육아수당을 신청할 때 편리하겠지요.

문학 속의 인물은 그 이전의 역사가 없습니다. 해럴드 핀터의 희곡을 상연하려고 준비하던 한 연극 감독이 그 극작가에게 그의 인물들이 무대에 오르기 전에 무엇을 했는지 넌지시 알려달라고 요청했습니다. 핀터는 "우라질, 당신 일이나 신경 쓰시오."라고 대답했습니다. 제인 오스틴의 소설 『엠마』의 주인공 엠마 우드하우스는 누군가 그녀에 대해 읽고 있는 동안에만 존재합니다. 어떤 시간대에 그녀에 대해 읽는 사람이 아무도 없다면 (이 소설의 탁월함과 수십억에 달하는 영어권 독자를 고려하면 이런 경우는 있을 법하지 않은데) 그녀는 비존재에 빠져듭니다. 엠마는 『엠마』의 결말 너머까지 존속하지 않습니다. 그녀는 호화로운 시골 대저택이 아니라 텍스트 안에 살고 있고, 텍스트는 그 자체와 독자의 계약입니다. 책은 아무도 집어 올리지 않아도 존재하는 물적 사물이지만, 텍스트는 사정이 다릅니다. 텍스트는 의미의 패턴이고, 의미의 패턴은 뱀이나 소파처럼 자기 나름의 삶을 영위하지 않습니다.

일부 빅토리아 소설은 등장인물들의 미래를 다정한 눈으로 엿보면서 그들이 장난꾸러기 손자들 사이에서 기뻐하며 희끗희끗 늙어가는 모습을 상상하며 결말을 맺습니다. 부모들이 자식을 떠나보내는 것을 어렵게 느끼듯이, 그런 소설들은 그들의 인물들을 보내는 것을 어렵게 느끼지요. 하지만 인물들의 미래를 다정하게 엿보는 것은, 물론, 문학적 장치일 뿐입니다. 문학 속의 인물들은, 투옥된 연쇄 살인범과 마찬가지로, 미래가 없습니다. 셰익스피어는 우리가 이미 살펴본 『템페스트』의 아름다운 마지막 단락에서 이렇게 주장합니다.

기뻐하시오, 귀하.
우리의 주연은 끝났소. 이 배우들은,
이미 예고했듯이, 모두 다 정령이고,
공기 속에, 연무 속에 녹아들었소.
이 환영이 자아낸 근거 없는 건조물처럼,
꼭대기에 구름이 덮인 탑들과 호화로운 궁전들,
장엄한 성전, 거대한 지구 그 자체,
그래, 환영을 이어받은 모든 것이 녹아들 거요.
흐릿하게 사라진 이 실체 없는 야외극처럼,
조각구름 하나 남기지 않소. 우리는
꿈속의 환영과 같고, 우리의 하찮은 삶은
잠에 둘러싸여 있소.

이 연극이 결말에 이르면 그 인물들과 사건들은 옅은 공기 속으로 사라집니다. 픽션이므로 달리 갈 곳이 없기 때문이지요. 이것들을 만든 작가도 런던 극장에서 물러나 자신이 태어난 스트랫퍼드의 고향으로 돌아가려 합니다. 흥미롭게도 프로스페로의 이 말은 무대의 비실제성과 견고한 육신을 가진 현실의 남녀를 대조시키지 않습니다. 그 반대로, 부서지기 쉬운 극적 인물들의 취약성을 포착해서 실제 인간 삶의 덧없고, 환상에 지배된 속성을 비유합니다. 셰익스피어가 상상해낸 에어리얼이나 캘리반 같은 허구적 인물뿐 아니라 우리 인간도 꿈으로 이루어진 존재입니다. 이 지상의 구름 덮인 탑이나 화려한 궁전들은 결국 무대 장치일 뿐이지요.

이 연극은 우리에게 어떤 진실을 가르쳐줄 수 있습니다. 그런데 그것은 우리 존재의 환영적 속성에 관한 진실입니다. 그것은 우리 삶의 꿈같은 속성, 인생의 짧음과 무상함, 확고한 기반의 결핍을 우리에게 경고할 수 있지요. 그 자체로서 연극은, 죽음을 피할 수 없는 우리의 운명을 상기시킴으로써 우리에게 겸손의 미덕을 키워줄 수 있습니다. 이것은 귀중한 미덕입니다. 우리의 많은 도덕적 고충이 우리가 영원히 살 거라는 무의식적 가정에서 비롯되니까요. 사실 우리의 삶은 『템페스트』의 결말과 같은 절대적 결론에 직면할 것입니다. 이 말이 실망스럽게 들리더라도 그리 실망스럽지 않은 것일 수 있습니다. 우리 존재가 프로스페로와 미란다처럼 부서지기 쉽고 덧없다는 사실을 받아들인다면 그렇게 함으로써 어떤 이득을 얻을 수 있으니까요. 우리는 긴장과 불안을 줄이는 방식으로 삶에 애착을 갖고, 스스로 더욱 즐겁게 지내면서 다른 사람들에게 해를 덜 입힐 수 있겠지요. 프로스페로가 문맥에 다소 어울리지 않게 기뻐하라고 강조하는 것은 어쩌면 이런 이유 때문일 것입니다. 사물의 무상함이 순전히 안타까운 것만은 아닙니다. 사랑과 샤토뇌프 뒤 파프 포도주[2]가 사라진다면, 그와 더불어 전쟁과 독재자도 사라지니까요.

오늘날 '캐릭터(character)'라는 단어는 문학 속의 인물뿐만 아니라 기호나 문자 혹은 상징을 뜻하기도 합니다. 이 단어는 독특한 표시를 만드는 '타발 금형'을 뜻하는 고대 그리스어에서 유래하는데, 그런 뜻에서부터 개인의 서명처럼 개인의 각별한 특징을 의미하게 되었습니다. 오늘날의 추천서(character reference)라는 단어에서 쓰이듯이 캐릭터라는 말은 한 개인이 어떤 인물인지 보여주는 표시나 초상화, 묘사

---

2 프랑스 남부 론 지방의 최고급 포도주.

를 뜻했고, 그러다가 얼마 후에 개인 그 자체를 의미하게 되었지요. 개인을 나타내던 표시가 개인 그 자체가 되었습니다. 그 표시의 독특함은 그 인물의 고유함을 나타내게 되었지요. 그러므로 "캐릭터"라는 단어는 부분이 전체를 대표하는, 제유법이라는 비유법의 일례입니다.

이 용어에 대한 관심은 전문적 관심사에 불과한 것이 아닙니다. 캐릭터라는 단어의 의미가 한 개인의 독특한 특징에서 개인 그 자체로 바뀐 것은 온 사회의 역사와 얽혀 있습니다. 한마디로 말하면, 그것은 현대 개인주의의 성장과 관련됩니다. 개인은 이제 그의 서명이나 독특한 성품처럼 그의 특이한 점에 의해 정의됩니다. 우리를 서로 구분해주는 것은 우리가 공유하는 것보다 더 중요합니다. 톰 소여를 톰 소여로 만드는 것은 그가 헉 핀과 공유하지 않는 속성입니다. 맥베스 부인을 그녀 본연의 존재로 만드는 것은 그녀의 맹렬한 의지와 공격적 야심입니다. 그녀가 고통받고 웃고 슬퍼하고 재채기를 해서가 아니지요. 이런 것은 그녀가 다른 인간들과 공유하는 일이기 때문에 실로 그녀 성격의 일부로 여겨지지 않습니다. 극단적으로 보면, 다소 기이한 이 인간관은 인간 존재와 행위의 많은 부분, 어쩌면 대부분이 실로 그 **사람을** 보여주지 않는다고 암시합니다. 그것은 그의 독특한 점이 아니니까요. 성격이나 개성은 비길 데 없는 것이라고 여겨지므로, 그것은 성격의 일부로 간주될 수 없습니다.

오늘날 '캐릭터'라는 용어는, 포클랜드 전쟁에서 총을 맞은 경험이 "품성(캐릭터)을 길렀다."는 앤드루 왕자의 언급에서처럼, 개인의 정신적, 도덕적 자질을 의미하기도 합니다. 그는 자신의 품성을 더 자주 도야하고 싶을지 모르지요. 이 단어는 물론 소설이나 희곡, 영화 등의 등장인물을 가리킵니다. 하지만 "바티칸 궁전 창밖으로 토하고 있는 저 인물들이 누구였지?"라는 말에서처럼 지금도 실제의 사람에 대해서 쓰기도 합니다. 그 단어는 또한 "맙소사, 그는 인물이야!"라는 말에서처럼 변덕스럽거나 특이한 괴짜를 뜻할 수도 있습니다. 흥미롭게도 이런 표현은 여자보다 남자에게 더 많이 쓰이고, 기발한 것을 좋아하는 지극히 영국적인 성향을 반영합니다. 영국인은 동료에게 순응하지 않는 것을 중요시하는 비순응주의자를 심술궂게 경탄하는 경향이 있습니다. 그런 별종은 그 자신 외에는 아무것도 될 수 없어서 마음에 드는 것이지요. 어깨에 담비를 걸치거나 머리에 누런 종이봉투를 쓰고 다니는 사람들은 괴짜(character)라고 불리는데, 그 말은 그들의 비정상적 행위를 너그럽게 받아들여야 한다는 것을 암시합니다. '괴짜'라는 단어에 대한 관용적인 풍조가 널리 퍼져 있습니다. 그 덕분에 어떤 사람들은 보호 감독을 받지 않아도 되는 것이지요.

찰스 디킨스의 소설에서 보이듯이, 이 괴벽은 사랑스러운 것에서부터 순전히 불길한 것에 이르기까지 다양합니다. 디킨스의 작품에는 또한 그 두 가지 사이의 어딘가에서 맴돌며 우스꽝스러운 약점투성이이지만 동시에 일말의 불안감을 일으키는 인물도 있습니다. 그들은 세상을 자신의 관점 외에는 누구의 관점으로도 볼 수 없는 듯합니다. 이런 식으로 도덕적 사시(斜視)이기 때문에 그들은 코믹하지만 또한 무시무시한 괴물이 될 잠재력이 있습니다. 활발하고 독자적인 마음과 자신의 자아에 갇혀 다른 사람들로부터 차단된 마음 사이의 경계는 매우 흐릿합니다. 너무 오랫동안 자기 안에 갇혀 있으면 결국 일종의 정신 이상에 이르지요. 새뮤얼 존슨의 생애에서 암시되듯이, '괴벽'이 일종의 광기와 동떨어진 것은 결코 아닙니다. 매력적인 것과 괴이한 것은 그저 딱 한 발자국 떨어져 있을 뿐입니다.

기준이 없으면 일탈도 없습니다. 괴벽스러운 사람들은 완고하게 자신을 내세우는 데 자부심을 느낄 수 있지만, 어떤 의미에서 볼 때 제멋대로 굴려는 그들의 아집은 '정상적' 남녀의 존재에 달려 있습니다. 상도에서 벗어났다고 간주되는 것은 표준적 행위라고 간주되는 것에 좌우되지요. 또다시 디킨스의 세계에서 이 점이 명확히 드러나는데, 그의 인물들은 인습적 인물과 기괴한 인물로 나눠지는 경향이 있습니다. 『골동품 가게』에 리틀 넬 같은 따분한 미덕의 전형적 인물이 있다면, 불붙은 시가를 씹으며 아내를 때리겠다고 위협하는 야만적 난쟁이 퀼프도 있습니다. 니콜라스 니클비 같은 정체불명의 젊은 신사가 있는 반면 외눈박이 괴물 같은 악당 교장 웩퍼드 스퀴어스 같은 인물도 같은 작품에 등장합니다. 그는 짓밟힌 학생들에게 "창문"의 철자를 가르치기보다는 학교 창문을 청소시키는 인물이지요.

문제는, 정상적 인물들이 온갖 미덕을 갖고 있다면 변덕스러운 인물들은 생명력을 갖고 있다는 점입니다. 페이긴과 맥주를 마실 수 있다면 누구도 올리버 트위스트와 오렌지 주스를 마시지 않겠지요. 못된 장난은 점잖은 인습보다 더 유혹적입니다. 빅토리아 시대의 중산층이 검소함과 신중함, 인내심, 정절, 온순함, 자기 절제, 근면함을 정상적인 것으로 규정하자, 악마가 최고의 재미를 다 누리게 된 것이지요. 이런 상황에서 탈선은 분명 노려볼 만한 선택입니다. 그러므로 포스트모더니즘은 흡혈귀와 고딕 공포물, 변태적이고 말초적인 것에 사로잡히게 되었고, 이런 것이 과거의 검소함이나 정절만큼 정통적 관행이 되었습니다. 『실낙원』을 읽은 독자는 밀턴의 하느님을 좋아하지 않을 겁니다. 그 신은 끓어오르는 불만을 쏟아내며 도전하는 사탄에게 꽉 막힌 공무원처럼 대답하니까요. 실은, 영국 역사에서 미덕이 지루해지고 악덕이 재미있게 여겨진 첫 순간을 꼭 집어내는 것이 거의 가능합니다. 철학자 토머스 홉스는 17세기 중반에 용기와 명예, 영예와 관대함 같은 영웅적이거나 귀족적인 자질을 경탄하는 글을 썼습니다. 철학자 존 로크는 17세기 말에 근면, 검소, 절주, 절제와 같은 중산층 미덕을 옹호했지요.

그렇기는 하지만, 디킨스의 기괴한 인물들이 규범을 위반한다는 주장이 전적으로 옳은 것은 아닙니다. 그들이 관습적 행위 양식을 조롱하는 것은 분명합니다. 그러나 그들은 자신들의 행동 방식에 푹 빠져 있고 너무나 강박적으로 일관성 있게 자신들의 엉뚱한 행위에 집착하므로, 그들 내면의 규범을 대변하게 됩니다. 점잖은 인물들이 관습의 포로이듯이, 그들은 자기들의 이상스러운 습관의 포로이지요. 우리에게 제시된 사회에서 모든 사람은 자신의 척도가 됩니다. 자기 아내를 때리든지 아니면 호주머니의 동전을 쨀랑거리든지 모두들 그저 자기 나름의 일을 하는 것이지요. 하지만 이것은 진정한 자유와는 무한히 동떨어진 것입니다.

공동의 기준이 거의 무너졌고, 그와 더불어 진정한 의사소통도 와해되었습니다. 등장인물들은 사적인 용어로 모호한 은어를 쓰면서 말합니다. 그들은 서로 관계를 맺기보다는 되는대로 서로 충돌합니다. 이 모든 것이 18세기 로렌스 스턴의 위대한 반소설 『트리스트럼 섄디』에 예시되어 있습니다. 이 소설에는 일단의 괴짜, 강박증 환자, 편집증 환자, 감정 장애자들이 살고 있습니다. 이 소설이 영국 문학의 위대한 희극풍 걸작에 속하는 몇 가지 이유 중 하나는 이것이지요.

문학 속의 덕스러운 인물들이 정확히 말해서 매력적이지는 않지만, 이런 사실을 의식하는 듯이 보이는 소설이나 희곡이 있습니다. 제인 오스틴의 『맨스필드 파크』의 여주인공 패니 프라이스는 충실하고, 나무랄 데 없이 품행이 방정한 아가씨이고 (많은 독자가 느꼈듯이) 몹시 창백합니다. 그녀는 유순하고, 수동적이며, 상당한 골칫거리이지요. 하지만 이 소설은 그런 점을 지적할 정도로 분별없는 사람에게 반격할 준비를 갖추고 있는 듯합니다. 그렇지 않으면 돈이나 사회적 지위, 혹은 책임감 있는 부모도 없는 젊은 아가씨가 이 소설이 그려내는 약탈적 사회에서 스스로를 어떻게 지키겠습니까? 패니에게 활력이 부족한 것은 그런 사회적 질서에 대한 내재적 비판 아닐까요? 결국 그녀는 부유하고 매력적이고 신분이 높아서 자기 마음대로 할 수 있었던 엠마 우드하우스 같은 아가씨가 아니니까요. 강력한 사람은 남들의 기대를 무시하고 자기 뜻대로 할 수 있지만, 가난하고 무방비 상태인 사람은 스스로 조심해야 합니다. 더 심각한 비난을 피할 수 있도록 활기가 없다는 비난을 자초해야 합니다. 만일 패니가 진절머리 나게 하는 아가씨라면, 그것은 그녀의 잘못이 아닙니다. 그녀를 그려낸 작가의 잘못도 아니지요. 오스틴은 쾌활한 젊은 아가씨도 잘 그려낼 수 있으니까요.

우리는 샬럿 브론테의 제인 에어에 대해서도 거의 같은 감정을 느낄 수 있습니다. 독선적이고, 도덕적이며, 약간 자학적인 제인 에어는 택시를 함께 타고 싶을 만한 유쾌한 여주인공은 아닙니다. 어느 비평가가 새뮤얼 리처드슨의 파멜라에 대해서 말했듯이, 그녀가 음모를 꾸미는 것보다는 **무의식적으로** 음모를 꾸미는 것이 더 문제입니다. 하지만 그녀가 처한 억압적 상황에서 어떻게 그녀가 솔직하고 활기차게 행동할 수 있는지 알 수 없는 노릇이지요. 아프리카에서 요절하도록 끌고 가려는 세인트 존 리버스 같은 종교적 광신자뿐만 아니라 중혼을 저지르려는 로체스터 같은 인물이 주위에 있는 한, 제인처럼 고아인 데다 돈 한 푼 없는 아가씨에게 도덕적 경계심을 풀어놓으라고 말한다면 고약한 충고가 되겠지요. 쾌활함이란 그것을 누릴 여유가 있는 사람들에게나 가능합니다.

또한 영국 문학의 가장 위대한 여성 인물 중 하나인 새뮤얼 리처드슨의 클래리사도 마찬가지입니다. 그녀만큼 비평가들에게서 혹평을 받은 인물은 흔치 않습니다. 방탕한 귀족과의 잠자리를 거부하다가 그에게 강간을 당하는 클래리사를 비평가들은 매우 다양하게 묘사해왔지요. 얌전한 체한다든가, 지독히 깐깐하다든가, 음침하다든가, 자기애가 강하다든가, 자기 현시적이라든가, 성적 도착증이라든가, 위선적이라든가, 자기기만에 빠져 있다든가, 그리고 (어느 여성 비평가의 표현으로는) "폭력을 부르는 잘 무르익은 유혹물"로 평가되었습니다. 빛나는 미덕의 모범적 인물이 이처럼 진심에서 우러나오는 반감을 받은 경우는 거의 없었지요. 리처드슨의 여주인공이 경건하고 고결하며 약간 자기기만에 빠져 있는 것은 사실입니다. 하지만 그녀가 실제로 하는 일은 야만적인 가부장적 세계에서 자신의 정조를 지키는 것뿐입니다. 셰익스피어의 바이올라[3]나 새커리의 베키 샤프[4]와 달리 클래리사는 술집을 순례할 때 흔쾌히 따라가고 싶은 여자가

---

3 『십이야』에 나오는 인물.
4 『허영의 시장』에 나오는 악녀.

아니라면, 이 소설은 그녀가 왜 그렇게 처신할 수 없는지를 명확히 보여줍니다.

방종하고 무절제한 사회에서 순진함은 늘 조금 우습게 보이기 마련입니다. 18세기의 소설가 헨리 필딩은 조셉 앤드루스와 『파멜라』의 애덤스 목사처럼 자신의 선량한 인물들을 좋아하지만, 그들을 비웃는 것도 좋아합니다. 순진한 사람은 속기 쉽고 고지식해서 늘 풍자적 코미디의 풍부한 소재가 되지요. 선량한 사람은 잘 속게 되어 있습니다. 미덕이 어떻게 스스로를 위해 경계할 수 있고 그러면서 미덕일 수 있습니까? 순진하다는 것은 경탄스럽기도 하지만 그만큼 어리석은 것이지요. 그래서 필딩은 선량한 인물들을 통해 주위의 불량배나 악당을 폭로하면서 동시에 그들의 비세속적 순진성을 조금 부드럽게 조롱합니다. 소설이 그들에게 행복한 삶을 마련해주지 않는다면, 그들은 1장이 끝나기도 전에 흔적도 없이 사라질 존재들이지요.

유형은 인물의 개성을 보존하며
더 넓은 배경을 부여한다

• • •

플로베르『보바리 부인』
셰익스피어『오셀로』
제임스 조이스『율리시스』
T. S. 엘리엇『황무지』

앞서 나는 특이한 인물들을 "유형"이라고 언급했는데, 그것은 약간 모순된 표현인 듯합니다. [덧붙여 말하자면, 유형 (type)이라는 단어는 캐릭터와 마찬가지로 인쇄된 글자를 뜻하기도 합니다.] 개인의 유형을 정한다는 것은 그들을 비길 데 없는 존재로 인식하는 것이 아니라 그들을 어떤 범주 안에 넣는 것입니다. 하지만 괴짜 유형이란 더할 나위 없이 이해가 잘 되는 말입니다. 특히 그런 인물들이 주위에 많기 때문이지요. 얄궂게도, "기이한" "별난" "야릇한" 같은 단어들은 일단의 그룹이나 부류를 가리키는 용어, 즉 총칭 용어입니다. 그런 단어들은 "독신"이나 "용감한" 같은 단어 못지않게 총칭적입니다. 우리는 괴짜의 다양한 유형에 대해서도 말할 수 있습니다. 그러므로 기이한 사람들이 분류될 수 없는 것은 아니지요. 괴짜들도 암벽 등반가나 우파 공화주의자처럼 서로 간에 공통점이 많이 있을 수 있습니다.

우리는 개인을 유일무이한 존재로 생각하기를 좋아합니다. 하지만 이 생각을 모든 인간에게 적용한다면, 우리 모두는 특유함이라는 동일한 자질을 공유하게 됩니다. 우리가 공통으로 가진 것은 우리 모두가 비범하다는 사실입니다. 모든 사람이 특별하지요. 이 말은 곧 누구도 특별하지 않다는 뜻입니다. 하지만 사실 인간은 어느 정도까지만 비범합니다. 한 인간에게만 특이한 자질은 없습니다. 유감스럽게도, 오로지 한 개인만 성미가 급하거나 양심이 깊고 혹은 치명적으로 공격적인 세계란 있을 수 없습니다. 이것은 인간이 근본적으로 서로 그리 다르지 않기 때문이지요. 이 사실을 포스트모더니스트들은 인정하지 않으려 합니다. 우리는 인간이기 때문에 엄청난 공통점을 공유하고 있습니다. 이것은 우리가 인간의 성격을 논하기 위해 사용하는 어휘들을 통해 밝혀집니다. 우리는 심지어 우리 자신을 개체화하게 되는 사회적 과정도 공유합니다.

개개인이 이 공유된 자질들을 매우 다른 방식으로 결합하는 것은 사실입니다. 이것이 그들을 매우 독특하게 만드는 것의 일부이지요. 그러나 그 자질들 자체는 공용 통화와 같습니다. 누구도 그렇지 않지만 오로지 나만 미친 듯이 질투할 수 있다는 주장은 합리적이지 않겠지요. 내 호주머니 속의 동전이 10센트라고 주장하는 것과 마찬가지입니다. 초서와 포프는 틀림없이 이런 사실을 당연하게 여겼겠지만, 오스카 와일드와 앨런 긴즈버그는 그러지 않았을 겁니다. 문학 비평가는 개인을 비교할 수 없는 존재로 생각할 수 있지만, 사회학자들의 생각은 다릅니다. 대부분의 인간이 유쾌하게도 예측할 수 없는 존재라면, 사회학자들은 모두 직업을 잃겠지요. 사회학자들은 스탈린주의자들과 마찬가지로 개인에 관심을 두지 않습니다. 그 대신 공유된 행위 패턴을 탐구합니다. 슈퍼마켓의 계산대 앞에 늘어선 줄들의 길이가 언제나 대략 비슷하다는 것은 사회학적 진실입니다. 사람들은 식료품값을 지불하는 일처럼 지루하고 비교적 사소한 일에 시간을 많이 허비하기 싫어한다는 점에서 같으니까요. 순전히 재미 삼아 줄을 선 사람이라면 심각한 이상 징후를 보이는 사람이겠지요. 사회 복지 단체에 그 사람을 알려주는 것이 친절한 행위일 겁니다.

한 개인의 "본질"—개인을 독특한 그 사람 자신으로 만드는 것이라는 의미에서—을 포착하려고 애쓰다 보면 총칭 용어를 사용할 수밖에 없다는 것을 알게 됩니다. 일상 언어에서도 그렇고 문학에서도 그렇습니다. 때로 문학 작품은 무엇보다도 구체적이고 특정한 것과 관련된다고 여겨지지요. 작가는 파악하기 어려운 사물의 본질을 정확히 밝히기 위해 수많은 구절과 수많은 형용사를 쌓아 올립니다. 그러나 그가 인물이나 상황을 묘사하는 데 언어를 많이 쏟아부을수록, 그것은 더더욱 많은 일반론 밑에 파묻히는 경향이 있습니다. 혹은 언어 그 자체 밑에 더더욱 숨기게 되지요. 가령, 귀스타브 플로베르의 소설 『보바리 부인』에서 그 유명한 샤를 보바리의 모자를 예로 들어봅시다.

그의 모자는 검은 털가죽 모자와 창기병 모자, 중절모, 나이트캡, 수달모의 특징을 찾아볼 수 있는 합성된 모자 중 하나였다. 백치의 얼굴처럼 아둔하고 보기 흉하면서도 표현력이 매우 풍부한, 애처로운 물건이었다. 고래 뼈를 바깥쪽으로 벌어지게 만든 타원형체로서 그 모자는 세 개의 털실 방울이 달려 있고, 이어서 마름모꼴의 벨벳과 토끼털은 붉은 띠로 나눠진 채 번갈아 붙어 있었다. 그다음에 자루 같은 것이 있었고 그

끝의 다각형의 판지 위에 복잡하게 꼬인 끈이 얹혀 있었다. 여기서 너무나 가늘고 긴 끈의 끝에 작은 금실 한 다발이 술처럼 늘어졌다. 그것은 앞 챙이 반짝거리는 새 모자였다.

이것은 극심한 말의 과잉입니다. 비평가들이 지적했듯이, 샤를의 모자를 눈앞에 떠올리는 것은 거의 불가능합니다. 이 세부 묘사를 합쳐서 전체를 그려보려고 애써봐야 상상력을 좌절시키지요. 이 모자는 문학에서만 존재할 수 있는 물건입니다. 오로지 언어의 산물이지요. 거리에서 그런 모자를 쓰고 다니는 것은 상상할 수 없습니다. 너무나 터무니없이 상세하게 묘사함으로써 플로베르의 묘사는 그 자체를 해체합니다. 작가는 자세히 말할수록 더 많은 정보를 제공합니다. 하지만 많은 정보를 제공할수록, 독자에게서 서로 다른 해석이 나올 여지가 더 커집니다. 그리고 그 결과는 선명함이나 명확함이 아니라 흐릿함과 모호함이지요.

이런 의미에서, 글을 쓴다는 것은 상당한 바보짓입니다. 플로베르의 단락은 과학이 아니라 기호로 우리를 눈멀게 하면서 장난스럽게 이 점을 주장하는 듯합니다. 그것은 독자를 농락하는 것이지요. 그 모자에 적용되는 것은 인물에도 적용됩니다. 문학의 인물들은, 적어도 사실주의 소설에서는,

가장 풍부히 개체화될 때 가장 훌륭하게 여겨집니다. 하지만 그 인물들이 어느 정도 유형으로서 우리가 이전에 마주친 특성을 밝혀주지 않는다면 이해할 수 없겠지요. 완벽하게 독창적인 인물이라면 언어의 그물 사이로 빠져나가서 그 어떤 말도 우리에게 남기지 않을 것입니다. 그렇지만 유형이 꼭 고정관념인 것은 아닙니다. 내가 주장하려는 바에서, 예술가가 여자를 영리하게 묘사하는 것은 부적절하다는 아리스토텔레스의 발언이 옳다는 결론이 도출되는 것은 아닙니다. 고정관념은 인간을 일반적인 범주로 격하시키는 반면, 유형은 그들의 개성을 보존하면서 거기에 더 넓은 배경을 부여합니다. 냉소적인 사람이라면 이 말이 아일랜드인은 늘 술에 취해 말다툼을 벌이지만 각자 자기 나름의 독특한 방식으로 싸운다는 뜻이라고 받아들이겠지요.

사실 문학, 어쩌면 특히 시는 우리로 하여금 달리 바뀔 수 없는 독특한 것을 대면하는 듯이 느끼도록 만들 수 있습니다. 하지만 그렇게 하려면 교묘한 솜씨가 필요합니다. 절대적으로 독특한 것은 없습니다. 독특하다는 것이 어떤 일반적 범주에도 들어맞지 않는다는 뜻이라면 말이지요. 우리는 사물의 정체를 오로지 언어를 통해서 밝힐 수 있고, 언어는 본래 일반적입니다. 그렇지 않다면, 세상의 모든 고무보트와 루바브 줄기 하나하나마다 다른 단어가 필요하겠지요. "이것" "여기" "지금" "지극히 독특한" 같은 단어들도 포괄적인 총칭입니다. 나만의 눈썹이나 변덕스러운 심술을 표현할 특별한 단어는 없습니다. "문어"라고 말하면 이 특정한 문어가 다른 문어와 비슷하다는 것을 함축합니다. 사실 어떤 점에서 보면 모든 사물은 그 밖의 다른 것과 유사성이 있습니다. 중국의 만리장성과 번민의 개념은 둘 다 바나나 껍질을 벗길 수 없다는 점에서 닮았지요.

어떻든 간에, 문학 작품이 추상적이고 일반적인 것이 아니라 눈앞에 분명히 실재하는 것을 다룬다는 견해는 꽤 최근에 나온 것입니다. 대체로 낭만주의자들에게서 유래한 견해이지요. 18세기의 비평가 새뮤얼 존슨은 독특한 것에 지나치게 관심을 두는 것은 양식의 쇠퇴라고 생각했습니다. 그에게는 보편적인 것이 훨씬 더 매혹적이었지요. 존슨의 생각이 오늘날의 어떤 사람에게는 삼각법이 섹스보다 더 흥미진진하다는 말처럼 기이하게 들리겠지요. 이것은 낭만주의가 독특한 것에 대한 열정을 통해서 우리의 감수성을 얼마나 많이 은밀하게 변모시켜왔는지를 알려주는 징표입니다.

그러므로 그 어떤 것도 순전히 그 자체인 것은 아닙니다. 하지만 이것은 낭만주의 이후의 작가에게만 문제이고, 단테나 초서, 포프, 필딩 같은 작가들은 개체성을 이런 식으로 간주하지 않았습니다. 개체성을 일반성의 반대로 간주하지 않았지요. 그들은 인간 종의 공통적인 자질이 개체성의 형성에 기여한다고 인식했습니다. 사실, "개인(individual)"이라는 단어는 "나눌 수 없는(indivisible)"을 뜻하곤 했습니다. 그것은 개인이 더 큰 배경과 분리될 수 없다는 의미였지요. 우리는 오로지 인간 사회 안에 태어났기 때문에 개인적 인간이 될 수 있습니다. 어쩌면 이런 이유 때문에 "독자적인(singular)"이라는 단어는 "기묘한(strange)"의 뜻도 갖게 되었겠지요. 고대인에게 괴물이란 사회적 존재의 범위를 넘어선 생물을 뜻했습니다.

우리에게 전해져 내려온 가장 오랜 문학 비평 중 하나인 아리스토텔레스의 『시학』은 대체로 비극에 대한 논의이지만 그 초점은 결코 인물에 맞춰져 있지 않습니다. 사실 아리스토텔레스는 인물이 없는 비극도 가능하다고 생각한 듯합니다. 사뮈엘 베케트는 자신의 희곡 『숨결』에서 몇 걸음 더 나아가 플롯과 인물, 줄거리, 대화, 장면도 없고 (거의) 지속되는 시간도 없는 연극을 찾아냈습니다. 아리스토텔레스에게 특히 중요한 것은 플롯 또는 극적 행위입니다. 사실 개체적 인물들은 그것의 "조연"일 뿐입니다. 그들은 스스로를 위해 존재하는 것이 아니라, 아리스토텔레스가 공동의 사건이라고 생각하는 행위를 위해 존재합니다. 연극을 의미하는 고대 그리스어는 말 그대로 "일어난 일"을 뜻합니다. 인물들이 사건에 어떤 색채를 더해줄 수 있겠지만, 가장 중요한 것은 발생한 사건입니다. 비극을 관람하면서 이것을 간과한다면, 축구 시합을 외톨이 개인들의 경기로 보거나 혹은 그들 각자가 "개성"을 과시하는 기회로 간주하는 것과 같겠지요. 어떤 선수들은 축구 시합이 바로 그런 것인 양 행동하지만 그런 사실 때문에 우리의 관심이 이 점에서 벗어나서는 안 됩니다.

아리스토텔레스가 인물을 전반적으로 중요하지 않다고 생각한 것은 아닙니다. 그 반대로 그는 다른 저서 『니코마코스 윤리학』에서 분명히 밝히듯이 인물을 극히 중요하게 여겼습니다. 이 저서는 도덕적 가치, 인물의 자질, 고결한 개인과 사악한 개인의 차이 등에 관한 책입니다. 하지만 현실적 의미에서 인물에 대한 아리스토텔레스의 견해는 현대의 일부 견해와 다릅니다. 여기서도 그는 행위를 가장 중요한 것으로 여깁니다. 도덕적 관점에서 볼 때 가장 중요한 것은 인간의 행위, 즉 인간이 공적 무대에서 자신의 창조적 능력을 실현하거나 실현하지 못하는 방식입니다. 인간은 그야말로 단독으로는 고결해질 수 없습니다. 미덕이란 양말을 짜거나 당근을 씹는 것과 다릅니다. 고대의 사상가들은 현대의 사상가들처럼 개인이 빛나는 고립 속에 존재한다고 보지 않았습니다. 그들은 틀림없이 햄릿을 이해하기 어려워했을 것이고, 두말할 나위 없이 마르셀 프루스트나 헨리 제임스의 소설에 극히 곤혹스러워했겠지요. 오늘날에도 프루스트와 제임스의 소설에 곤혹스러워하는 사람들이 많이 있지만 좀 다른 이유에서이지요.

그렇다고 해서 고대의 작가들이 인간을 얼간이로 여겼다는 말은 아닙니다. 다만 그들은 인간의 의식이나 감정, 심리 등에 대해 우리와 좀 다른 생각을 갖고 있었다는 것이지요. 아리스토텔레스 같은 사상가는 인간에게 내면의 삶이 있다는 것을 더할 나위 없이 잘 알고 있습니다. 다만 그들은 대체적으로, 많은 낭만주의 작품이나 모더니즘 작품과 달리, 내적 삶에서 출발하지 않습니다. 그게 아니라 이 내적 삶을 행위와 친족 관계, 역사와 공적 세계의 배경 안에 정치시키곤 합니다. 우리에게 내적 삶이 있는 것은 오로지 우리가 언어와 문화 속에 있기 때문입니다. 물론 우리는 생각과 감정을 숨길 수 있지만, 이것은 우리가 배워야 하는 사회적 관행이지요. 아기는 어떤 것도 숨기지 못합니다.

아리스토텔레스는 또한 우리의 공적 행위가 우리의 내적 삶에 활발한 영향을 미친다는 사실을 인식했습니다. 고결한 행위를 하면 우리 자신이 고결해지는 데 도움이 됩니다. 호머와 버질은 실제적이고 사회적이며 구체화된 존재로서의 인간에서 출발해서 이런 각도로 인간의 의식을 바라봅니다. 아이스킬로스와 소포클레스도 그렇습니다.

이런 인간관이 점진적으로 소멸된 것은 우리의 사회의식의 쇠퇴와 긴밀히 얽혀 있습니다. 문학적 인물에 대한 현재 우리의 관념은 대체로 강력하게 개인주의적인 사회 질서에서 생성된 개념입니다. 그 관념은 또한 꽤 최근의 역사에서 유래한 것이지요. 그것이 인간을 그려내는 유일한 방법은 결코 아닙니다.

아리스토텔레스에게 인물은 복잡한 예술적 도안의 한 가지 요소입니다. 비평가들이 "오필리아의 소녀 시절"이나 "이아고는 아리조나의 훌륭한 주지사가 될 수 있을 것인가?" 같은 제목의 비평을 쓸 때 그렇듯이, 인물을 전후 관계의 맥락에서 거칠게 떼어내서는 안 됩니다. 사실, 현실의 사람들을 마주칠 때도 언제나 의미 있는 배경이 존재하기 마련입니다. 우리는 늘 서로를 이런저런 상황을 배경으로 하여 인식합니다. 인간은 어떤 상황에 처하지 않을 수 없습니다. 어떤 상황에 있는지 확실히 알 수 없을 때는 의혹이라는 상황에 처한 것입니다. 어떤 상황에서도 벗어났으면 사망 상태라고 하지요.

사실 어떤 사람들은 살아 있을 때보다 죽음에 의해 훨씬 더 극적인 시나리오를 만들어내기도 합니다. 하지만 이런 시나리오는 남들을 위한 것이지 자신을 위한 것이 아니지요. 그렇지만 현실의 사람들은 언어의 창조물에 불과한 존재가 아니므로, 자신의 환경에 대해 어느 정도의 자주성을 갖고 있습니다. 요제프 K나 바스의 여장부는 그렇지 못하지요. 실제 사람들은 자신과 자신의 상황을 명백히 밝혀서 상황을 변화시킬 수 있지만, 반면에 바퀴벌레와 문학적 인물들은 영원히 그 상황에 갇혀 있기 때문입니다. 바스의 여장부는 『캔터베리 이야기』에서 『음향과 분노』로 이사하겠다고 결정할 수 없지만, 반면에 우리는 언제라도 선더랜드에 작별 키스를 하고 새크라멘토로 이사할 수 있지요.

인간은 그저 환경의 작용에 불과한 존재가 아니므로 자신이 "자율적"이라고 믿을 수 있습니다. "자율"이라는 단어는 문자 그대로 "자신에게 적용되는 법"을 의미합니다. 인간은 자신을 서로에게서 그리고 그들의 사회에서 벗어난 자유로운 존재로 여길 수 있습니다. 이런 관점에서 볼 때, 그들의 행동의 원천은 바로 자신이고, 자신의 행위에 대해 홀로, 전적으로 책임져야 하며, 궁극적으로 자신에게만 의존합니다. 간단히 말해서 그들은, 코리오라누스에 대한 셰익스피어의 묘사처럼, "마치 인간이 스스로를 창조했고 / 다른 친족은 알지 못하는 듯이" 행동합니다. 미국의 아주 많은 사람이 사형수 감방에 수감될 처지가 되는 것은 모든 인간이 자신의 행동에 대해 홀로, 전적으로 책임져야 한다는 가정 때문입니다. 대다수의 고대와 중세 사상가들은 이런 인간관을 옹호하지 않았을 겁니다.

셰익스피어도 찬성하지 않으리라고 생각할 수 있지요. 가령 셰익스피어의 오셀로를 예로 들어봅시다. 오셀로는 물론 극중 인물이지만, 그는 극중 인물처럼 행동하고 스스로를 그렇게 간주하는 경향이 있습니다. 그의 말은 과장된 수사와 극적인 자기 과시로 가득 차 있지요. 또한 연극배우답게 카리스마가 넘치는 침착성을 갖고 있습니다. 연극의 초반부에서 그는 "네 빛나는 칼을 떨어뜨리지 마라. 이슬이 녹게 할 테니."라고 멋지게 울려 퍼지는 선언으로 결투를 끝냅니다. 이 말은, 마치 배우 역을 연기하는 배우의 말처럼, 인상적으로 관심을 사로잡는 대사이지요. 어쩌면 오셀로는 무대 옆에서 기다리는 동안 그 대사를 열심히 연습했을 겁니다. 이 말은 게세마네 동산에서 예수가 제자들에게 칼을 칼집에 넣어두라고 명했던 일을 넌지시 암시하고, 그래서 더욱 권위 있는 울림이 더해집니다. 이 남자는 최고의 배우일 뿐만 아니라, 신성한 삼위일체의 두 번째 인물의 특성마저 띠고 있습니다. 하지만 그는, 말하자면, 무대를 허풍스러운 자신의 개성을 과시할 기회로 간주하고 다른 사람들을 다소 어렴풋이 의식하는 구식 배우입니다. 협동 작업은 오셀로의 최고 강점이 아닙니다. 그는 꾸밈없이 자기-이미지를 먹고 삽니다. 그가 어니스트 헤밍웨이와 닮은 몇 가지 유사점 중 하나가 그것입니다. 헤밍웨이도 자살했다는 사실은 별도로 치더라도 말이지요. 오셀로는 배경이 없는 인물이고, 말 그대로 그렇습니다. 베르베르 부족과 아랍 혈통의 혼혈인 무어인으로서 그는 자신이 선택한 베니스 시에서 난민과 같은 신세입니다.

베니스의 무어인은 눈부신 존재이지만, 스스로에 대한 그 자신의 평가를 우리가 너무 흔쾌히 받아들이면 길을 잃을 수 있습니다. 그는 자신이 셰익스피어의 무운시를 읊고 있음을 기이하게도 의식하는 듯합니다.

아닐세, 이아고. 흑해의

차가운 해류와 휘몰아치는 물길이

물러나는 썰물을 결코 느끼지 않고, 곧바로

프로폰틱과 헬레스폰트로 계속 흘러가듯이,

그렇게 피 끓는 내 생각은 맹렬한 속도로 전진하며

절대 돌아보지 않고, 절대 시시한 사랑에 쏠리지 않을 걸세.

무엇이든 불사하는 전면적 복수로

그 생각을 삼켜버릴 때까지

비극적 영웅들이 대개 그렇듯이 오셀로는 작품이 끝날 무렵 죽음을 맞지만, 기어코 연극적인 의기양양한 분위기에서 물러나려 합니다.

이걸 적어두게.

덧붙여 이 말도 하게, 전에 알레포에서

터번을 두른 악랄한 터키인이

베네치아 사람을 패고 그 나라를 비방했을 때,

내가 할례받은 그 망나니의 목을 움켜잡고

죽였다고 ― 이렇게. (그는 스스로를 칼로 찌른다)

한 비평가가 빈정거리며 언급했듯이, 이것은 대단한 극적 효과를 노린 사건의 반전입니다. 이 남자는 스스로를 칼로 찌르는 행위조차도 자신을 찬미하는 제스처로 바꿀 수 있습니다. 죽는 순간에도 스스로를 이상화하는 것이지요.

오셀로를 그 희곡 전체의 맥락 안에 놓고 이 작품이 그의 특성을 묘사하는 방식이 주제와 플롯, 분위기, 이미지 등과 어떻게 섞여 짜였는지를 살펴봄으로써, 우리는 한 인물에 대해 그 자신의 관념과는 약간 다른 관념을 찾아낼 수 있습니다. 그는 더 이상 대단히 권위 있는 자율적 존재로 보이지 않습니다. 이런 방법을 통해서 여러분은 인물들이 여러분의 아파트 건물에 살고 있는 존재인 양 말하지 않을 수 있습니다. 햄릿은 그저 실의에 빠진 젊은 왕자가 아닙니다. 그는 극 전체가 어떤 성찰을 일으키는 계기이기도 하고, 그를 넘어서 멀리까지 이어지는, 사물을 바라보는 어떤 방식과 감정 양식을 구현한 인물입니다. 그는 수상쩍은 의붓아버지를 둔 대학생이 아니라 통찰력과 선입관의 복합체입니다.

우리는 인물을 만들어내는 기법도 검토할 필요가 있습니다. 한 개체적 인물이 단순히 어떤 유형이나 상징으로 제시되는지 아니면 미묘하게 심리학적으로 고찰되는지, 인물이 내면에서 포착되는지 아니면 다른 인물들의 관점에서 그려지는지, 또한 일관성 있게 보이는지 아니면 자기 모순적인지, 정적인지 아니면 서서히 변화하는지, 확고하게 각인되어 있는지 아니면 가장자리가 흐릿한지, 인물들이 입체적으로 보여지는지 아니면 다 배제되고 플롯의 기능만 남았는지, 인물들이 그들의 행위와 관계를 통해 규정되는지 아니면 육체에서 이탈된 의식으로 아련히 떠오르는지, 우리가 그들을 생생한 물적 존재로 느끼는지 아니면 본질적으로 말로 이루어진 존재라고 느끼는지, 쉽게 알 수 있는 존재인지 아니면 포착하기 어려운 심오함이 넘치는 존재인지를 살펴보아야지요.

스탕달과 발자크에서부터 톨스토이와 토마스 만에 이르기까지 위대한 유럽 사실주의 소설의 업적 가운데 하나는 이처럼 인물과 전후 상황이 밀접하게 엮인 관계를 예시한다는 것입니다. 이런 종류의 소설에서 인물은 복잡한 상호 의존의 관계망에 사로잡혀 있는 듯이 보입니다. 그들은 자신들보다 더 막강한 사회적, 역사적 힘에 의해 형성되고, 그들이 어쩌다 자각할 사회적 과정에 의해 빚어집니다. 그렇다고 해서 그들이 이런 힘의 장난감에 불과하다는 말은 아닙니다. 오히려 그들은 자신들의 운명을 형성하는 데 적극적인 역할을 합니다.

그러나 전체적으로 실제 상황은 멋지게 고립적으로 존재

하는 몇몇 위인의 배짱에서 생겨난 것이 아니지요. 조지 엘리엇이 표현했듯이, 광범위한 공적 생활의 영향을 받지 않은 사적 생활이란 존재하지 않습니다. 사실주의 소설은 개인의 삶을 역사와 공동체, 친족 관계, 제도를 통해 파악하려는 경향이 있습니다. 자아는 바로 이러한 틀 안에 박혀 있는 듯이 보입니다. 문학 작품을 만드는 데 작가 외에도 많은 것이 결부되어야 하듯이, 사실주의적 인물을 형성하는 데도 많은 것이 필요합니다. 이러한 사실주의적 기획과 모더니즘 소설은 상당한 차이가 있습니다. 모더니즘은 빈번히 홀로 고립된 의식을 제시하니까요. 가령 베케트의 『말론, 죽다』와 울프의 『댈러웨이 부인』을 생각해보십시오.

사실주의 전통에 속하는 인물은 일반적으로 복합적이고 신빙성이 있으며 대단히 입체적인 개인으로 제시됩니다. 그중 많은 인물은 옆집에 사는 사람보다 훨씬 더 진짜처럼 보입니다. 훨씬 더 호감이 가는 인물도 있지요. 일부는 신화적이고 전설적인 위상을 얻기도 한 이처럼 탁월하게 구현된 인물들이 없었더라면, 세계 문학은 지금보다 훨씬 더 빈약하겠지요. 그렇더라도 사실주의적 인물관은 몇 가지 관념 중 하나일 뿐이라는 것을 알아야 합니다. 어떤 문학 작품은 주인공이 아침 식사에 무엇을 먹었는지, 그의 운전수가 어떤 색깔의 양말을 신었는지를 알려주려는 열망이 그리 크지 않습니다. 『신약성서』는 예수를 일종의 인물로 묘사하지만, 그의 마음속을 탐구하는 데는 관심이 없습니다. 심리적 고찰은 『성서』의 목적과 무관하겠지요. 『성서』는 개인의 일생을 기록하려는 책이 아닙니다. 그것은 그 중심인물이 어떻게 생겼는지도 말해주지 않습니다. 만일 복음서의 저자들이 창작에 관한 강의를 듣는다면, 부끄럽게도 낮은 점수를 받았음을 알게 될 것입니다.

이처럼 사람의 의식 속에서 일어나는 일에 대해 비교적 무관심한 태도는 「이사야서」나 단테의 『신곡』, 중세의 신비극, 조너선 스위프트의 『걸리버 여행기』, 대니얼 디포의 『몰 플랜더스』, 베르톨트 브레히트의 『서 푼짜리 오페라』, 그 밖의 아주 많은 문학 작품에서 찾을 수 있습니다. 20세기의 가장 훌륭한 작가 중 한 사람인 에벌린 워는 "나는 글쓰기를 인물 탐구가 아니라 언어를 사용하는 훈련으로 여긴다. 나는 그것에 사로잡혀 있다. 특수한 심리학적 흥미를 느끼지 않는다. 내 흥미를 끄는 것은 드라마와 말, 그리고 사건이다."라고 진술한 적이 있습니다. 아리스토텔레스는 이 말의 의미를 이해했겠지만, 스콧 피츠제럴드는 약간 어리둥절했을 겁니다.

모더니스트들은 빅토리아 시대 이후의 시대에 적합한, 새로운 인물 묘사 양식을 추구했습니다. 개인이 어떤 존재인지에 대해서 조지 엘리엇과 프란츠 카프카는 전혀 다르게 생각했고, 『우파니샤드』나 「다니엘서」를 쓴 사람도 분명 다르게 생각했습니다. 조지 엘리엇은 인물을 "과정이자 전개"로 간주한 데 반해, 울프나 베케트는 전혀 다른 방식으로 인물을 간주했지요. 모더니스트들에게 인간이란 일관성이나 지속성이 거의 없는 존재입니다. 반면에 전형적인 사실주의적 인물은 꽤 견고하고 하나로 통합되는 경향이 있고, 조이스의 스티븐 디댈러스[1]나 T. S. 엘리엇의 게론티온보다는 에이미 도릿이나 데이비드 코퍼필드와 비슷합니다. 사실주의적 인물은 정체성이 대체로 오늘날만큼 문제가 되지 않았던 시대를 반영합니다. 그 시대의 사람들은 아직 스스로를 자기 운명의 주체로 볼 수 있었지요. 그들은 자신들이 중단한 곳에서 다른 사람들이 시작하는 것을 꽤 예리하게 의식했습니다. 그들의 개인적, 집단적 역사는 그 부침에도 불구하고 일관성 있는 변화를 암시했고, 그 변화는 재앙보다는 행복을 가져올 듯이 보였지요.

---

1 『젊은 예술가의 초상』의 주인공.

이와 대조적으로 모더니즘은 정체성이라는 개념 자체를 가차 없이 공격합니다. 제임스 조이스의『율리시스』의 두 주인공 스티븐 디댈러스와 레오폴드 블룸이 이렇다 할 목적 없이 더블린을 돌아다닐 때 그들은 자신들의 삶을 꽤 통제하고 있는 듯이 보입니다. 하지만 이것은 그들을 농락하는 것입니다. 그들의 많은 행위가 소설 내의 호머식 부차적 플롯에 의해 결정된다는 것을 독자는 의식하게 되니까요. 그들은 자신들의 삶의 대본이 이런 식으로 은밀히 쓰이고 있다는 것을 의식하지 못합니다. 자신들이 등장하는 소설의 독자가 아니기 때문이지요. 그래서 그들과 호머식 부차적 플롯과의 관계는 자아와 무의식의 관계처럼 보입니다. 인간사에 관한 일치하고 일관되고 가장 중요한 설명을 제공하는 것이 어려워지는 세계에서, 모더니즘이 정통적 서사 개념 자체도 문제로 삼는 것을 나중에 살펴보겠습니다. 가령『율리시스』에서는 일어나는 사건이 거의 없습니다. 아니면 적어도, 마라바 동굴의 경우처럼, 어떤 일이 일어나는지 그렇지 않은지를 말하기가 어렵습니다.『고도를 기다리며』에서는, 어느 비평가의 유명한 언급처럼, 처음 1막에서 그리고 2막에서 두 번이나 아무 일도 일어나지 않습니다.

이처럼 모더니스트들은 인물이라는 진부한 개념에 의문

을 제기합니다. 어떤 모더니스트는 고전적 의미의 인물이 해체될 정도로 인물의 심리적 복합성을 강조함으로써 의문을 제기합니다. 일단 인간의 의식이 헤아릴 수 없이 복잡한 것이라고 간주하기 시작하면, 그런 의식은 월터 스콧의 롭 로이[2]나 로버트 루이스 스티븐슨의 짐 호킨스[3]처럼 명확히 설정된 인물의 범위 내에 집어넣기 어렵지요. 그런 의식은 모서리 너머로 새어 나오기 시작해서 그 주위뿐 아니라 다른 자아에게 스며듭니다. 특히 버지니아 울프의 소설이 그러한데, 울프의 소설에서 정체성은 앤서니 트롤럽이나 토머스 하디의 소설에서보다 더 파악하기 어렵고 불확정적입니다. 이 불확정성이란, 포스트모더니스트들이 생각하듯이, 언제나 찬사를 받을 만한 것은 아닙니다. 그것은 트라우마를 일으킬 만한 상실감과 불안감을 내포할 수 있으니까요. 정체성이 너무 희박하면 너무 강할 때 못지않게 심각한 장애를 초래할 수 있지요.

변화하는 경험에 밀접하게 관련된 자아는 번연[4]의 만인이나 셰익스피어의 코리오라누스[5] 같은 인물의 통일성과 일관

---

2 월터 스콧의 소설 『롭 로이』(1817)의 등장인물.
3 『보물섬』에서 보물을 찾아나서는 주인공 소년.
4 『천로역정』의 저자. 만인(Everyman)은 이 소설의 주인공.
5 비극 『코리오라누스』의 주인공으로 기원전 5세기의 전설적 장군.

성을 갖지 못하게 됩니다. 이제 자아는 예전처럼 그 자체의 일관된 이야기를 해나갈 수 없는 것이지요. 그런 자아의 신념과 욕망은 반드시 서로 결합해서 이음새 없이 완벽한 전체를 이루지도 않습니다. 또한 그런 인물들이 등장하는 작품들도 마찬가지이지요.

아리스토텔레스부터 현재에 이르기까지 비평가들은 문학 작품이 빈틈없이 통합된 전체를 이뤄야 한다고 가정하곤 했습니다. 옆으로 빗나간 어정쩡한 상징이 하나라도 있어서는 안 되고 머리카락 한 올도 흐트러지지 않아야 한다고요. 그러나 그런 것이 반드시 가치 있게 여겨져야 할 이유가 있을까요? 갈등과 부조화도 마찬가지로 찬사를 받을 수 없을까요? 버지니아 울프가 때로 생각했듯이, 자아란 우연히 집적된 감각과 인식의 덩어리일 뿐이고 그 핵심에는 다만 공허가 존재할지 모르지요.

조이스의 레오폴드 블룸은 이런 유형의 모더니즘적 마음을 갖고 있어서 단편적 감각에 반응하지만 지속성이 거의 없습니다. 사실 블룸은 충분히 입체적이고 힘들여 상세히 묘사된 인물이지만, 이는 무엇보다도 사실주의적, 자연주의적인 인물 개념의 모방이자 풍자일 뿐입니다. 만일 조지 엘리엇이 아침 식탁에 앉아 있는 인물을 그려낸다면, 조이스는 한 걸음 더 나아가 변기에 앉아 있는 주인공을 그려낼 것입니다. 블룸은 영국의 굳건한 사실주의자의 뺨을 찰싹 갈긴 아일랜드 반대자가 만들어낸 산물입니다. 또 다른 전복적 아일랜드인으로서 영국인을 지분거리며 그런 일로 출세한 오스카 와일드는 진실을 "가장 최근의 기분"으로 규정했습니다. 그에게 진정한 자유로움이란 일관성 있는 자아로부터의 자유를 의미했고 또한 영국 귀족의 아들들과 자유롭게 동침하는 것을 뜻했지요.

모더니즘 작품은 또 다른 방식으로 전통적인 인물 개념을 해체하려 합니다. 이것은 가장 깊은 차원에서 자아를 형성하는 어떤 힘을 일부 밝히려는 것이지요. D. H. 로렌스는 성격이나 인물에 관심을 두지 않는다고 선언했습니다. 그가 파헤치려는 자아의 심연은 의식적 에고보다 더 깊은 곳에 있기 때문이지요. 프로이트 이후로, 정통적인 정체성 개념은 의문시될 수밖에 없습니다. 의식적 삶은 이제 자아라는 빙산의 꼭대기에 불과하니까요. 로렌스가 탐구한 자아는 관념이나 감정, 성격, 도덕적 관점이나 일상적 관계를 넘어선 어딘가에 존재합니다. 모호하고, 원시적이고, 심원하며 비개인적 존재 영역에 속하는 것이지요. 그것은 사실주의 작가들이 발을 내디디려 하지 않았던 영역입니다. 로렌스에게 자아는 인간이 지배할 수 있는 것이 아닙니다. 자아는 그 나름의 수수께끼 같은 논리가 있고, 그 나름의 유쾌한 방식으로 나아갈 것입니다. 그렇다면 우리는 실로 자기 자신에게 이방인이 되는 셈입니다. 그리고 우리가 우리 자신을 소유하지 못한다면, 우리의 정체성을 다른 사람들에게 떠맡길 수 없겠지요. 그러므로 이런 식의 관점에는 어떤 윤리와 정치적 견해가 수반됩니다.

또한 T. S. 엘리엇은 단순한 의식을 경멸하고, 사적 인물에 대체로 무관심합니다. 그의 관심을 사로잡은 것은 사적 자아를 형성하는 신화와 전통입니다. 그의 작품은 개인의 자아보다 더 깊이 존재하는 힘을 끌어내고자 합니다. 그리고 이런 힘은 개인의 마음보다 훨씬 더 깊은 곳에, 일종의 집단적 무의식에 존재합니다. 그곳에서 우리 모두는 동일한 초시간적 신화와 정신적 지혜를 공유하지요. 그러므로 시 한 편이 의식적으로 드러내는 의미는 그리 중요하지 않습니다. 이런 이유 때문에 엘리엇은 자신의 시에서 독자들이 어떤 해석을 찾아내든 그리 개의치 않았습니다. 그의 가장 큰 관심사는 그의 시가 내장과 신경계와 무의식에 미치는 충격입니다. 그렇다면 엘리엇이 위협적으로 지성적인 작가라고 종종 간주되어온 것은 역설적인 현상이지요. 그의 시는 수수께끼 같은 상징과 박학다식한 간접적 언급으로 채워져 있습니다. 그러나 그의 글을 묘사할 때 "지성적"이라는 단어는 절대 쓰일 수 없습니다. 그의 시는 관념이 아니라 단어와 이미지, 감각으로 이루어져 있으니까요. 사실 그는 시인이 자신의 시에서 사고를 할 수 있다고는 생각하지 않았습니다.

이러한 반지성주의에 충실하게, 엘리엇은 자신의 이상적 독자는 교육받지 않은 사람일 거라고 말한 적이 있습니다. 그 스스로는 이탈리아어를 읽지 못해도 단테를 원문으로 읽을 것을 주장했습니다. 여러분은 자신이 바보라서 『황무지』와 『네 개의 사중주』에서 무슨 말을 하고 있는지 전혀 어림짐작도 못한다고 생각하겠지요. 그러나 잠재의식의 어떤 차원에서 여러분은 모두 다 이해하고 있습니다. 다른 무엇보다도, 운 좋게 유럽에 사는 사람은, 스스로 의식하건 그렇지 않건 간에, 유럽의 마음이라 불리는 그 무언가의 일부이기 때문이지요. 그러나 인도네시아의 어부도 『황무지』의 의미를 이해할지 모릅니다. 그 어부는 그 시가 이끌어내는 위대한 정신적 원형에 대한 직관적 앎을 갖고 있으니까요. 그가 영어를 읽을 수 있으면 도움이 되겠지만, 그것은 본질적인 문제가 아닙니다. 우리가 굳이 애쓰지 않아도 『황무지』를 이해할 수 있다는 것은 모든 문학도에게 큰 위안이 되는 소식입니다. 어쩌면 이 논리를 일반 상대성 이론에도 똑같이 적용할 수 있겠지요. 우리 모두는 내장 속 어딘가에서 핵물리학자일지 모릅니다.

발자크나 호손이 알고 있던 인물의 개념이 현대에는 더 이상 적합해 보이지 않는 또 다른 이유가 있습니다. 대중문화와 대량 교역의 시대에 인간은 점점 더 몰개성적이고 쉽게 교체될 수 있는 존재로 보이게 되었기 때문이지요. 오셀로와 이아고는 쉽게 구별할 수 있지만 베케트의 블라디미르와 에스트라공은 구별하기 어렵습니다. 『황무지』의 인물들은, 엘리엇 스스로도 언급했듯이, 사실 서로 구분되지 않습니다. 레오포르 블룸은, 이미 보았듯이, 선명하게 개체화된 인물이기는 하지만, 거의 모든 사람의 생각과 감정을 대변할 수 있는 익명의 만인이기도 합니다. 그의 마음은 진부하기 그지없지요. 버지니아 울프의 인물들은, 한 개인의 감정과 감각이 옆의 개인에게 진동처럼 퍼져나가면서 흐릿해지고 서로에게 흡수되는 경향이 있습니다. 특별한 경험의 소유자를 찾아내기가 점점 더 어려워집니다. 조이스의 『피네간의 경야』에는 일종의 인물이 등장하기는 하지만, 그들은 꿈속의 인물처럼 끊임없이 합쳐지고 나눠지고 해체되고 재결합하는 듯이 보이며 자아의 온갖 파편과 잠정적 정체성을 내부에서 분비하는 듯합니다. 모더니즘 계열의 수많은 글에 대해서, 그것의 진정한 주인공은 이런저런 인물이 아니라 언어 그 자체라고 말할 수 있습니다.

시대가 아직 받아들일 준비가 되지 않았던 인물

• • •

토머스 하디 『무명의 주드』

이제 특정한 인물을 조금 자세히 살펴보기로 합시다. 토머스 하디의 『무명의 주드』에 나오는 수 브라이드헤드는 빅토리아 시대의 소설에서 가장 놀랍도록 독창적으로 묘사된 여성에 속합니다. 하지만 이 소설은 방심하는 독자가 걸려들 만한 덫을 놓습니다. 독자가 수를 비뚤어진 성미에 바람둥이에다 짜증스럽게도 변덕스러운 여자로 인식하도록 일부러 유혹하는 듯합니다. 많은 독자가 순순히 그 덫에 걸려들었지요. 수에 대해서 단호히 비판적인 한 비평가는 이렇게 썼습니다.

결국 수를 변호해보려고 해도, 그러기 위해서 할 수 있는 말이 많지 않다. 그녀는 첫 애인의 죽음을 재촉한 후 사랑받는 기쁨을 누리려고 주드를 유혹한다. 그러고는 수상쩍은 동기로 기이하게도 무감각하고 무심하게 필롯슨과 결혼하며 그 과정에서 놀랍게도 냉담하게 주드를 대한다. 필롯슨과의 잠자리를 거부한 후 그녀는 그를 버리고 다시 주드에게 돌아감으로써 그 교장의 경력을 일시적으로 파탄 내고 주드와의 잠자리도 거부한다. 그런 다음에 아라벨라에 대한 질투심 때문에 주드와 결혼하기로 동의하고, 또다시 마음을 바꿔서 결국에는 필롯슨에게 돌아가고 주드가 죽도록 내버려둔다. … 문제는 수가 시시한 술책이나 쓰고 도발적으로 토라지기 잘 하는, 성미가 비꼬인 바람둥이에 불과한 아가씨가 아니라고 우리가 느낄 수 있겠는가 하는 점이다. 어떤 관점에서 보면 그것이 그녀에 대한 정확한 묘사라는 것을 부정할 수 없겠기 때문이다.

사십 년 전쯤 출간된 이 소설의 뉴 웨섹스 판본의 서문에서 내가 이렇게 썼을 때 이 논평은 흠잡을 데 없다고 여겨졌을 겁니다. 하지만 지금 돌아보면 참담하게도 얼토당토않은 논평으로 보입니다. 수는 도발적으로 토라지기 잘 하는 여자가 아닙니다. 소설에서 그녀는 딱 한 번 토라지는데, 그것도 전혀 도발적이지 않습니다. 또한 "시시한 술책"이란 말이 암시하듯이 그녀가 음모나 꾸미는 여자는 아닙니다. 그리고 그녀가 첫 애인의 죽음을 재촉했는지의 여부는 전혀 분명하지 않습니다. 그 애인은 그녀가 큰 실망감을 줬다고 주장하는데, 그 말은 상식에 꽤 어긋난 비난입니다. 실연의 특별한 고통으로 죽는 사람은 많지 않습니다. 특히 수의 첫 애인처럼 어떻든 중병을 앓고 있는 경우에는 그렇지요. 또한 수는 주드를 "놀랍게도 냉담하게" 대하지 않습니다. 필롯슨이 교장직에서 쫓겨난 것은 그녀의 잘못이 아닙니다. 그러므로 이 논평은 거짓투성이입니다. 오늘날에 수가 살아 있다면 명예훼손으로 나를 고소하겠지요. 하지만 그녀는 D. H. 로렌스에게서 더 많은 손해 배상금을 받아낼 수 있을 겁니다. 로렌스는 자신의 『토머스 하디 연구』에서 그녀를 "거의 남성적"이고, "남성의 원칙"을 고수하며, "여자라고 볼 수 없는" "노파 유형의 마녀"로 낙인찍으니까요. 좀 기묘하게도, 로렌스는 그녀를 심지어 "신체적 발기불능"이라고 비난합니다. 그러니 수가 실은 남자인데, 진짜 남자가 아닌 남자라는 겁니다. 성적으로 이보다 더 혼란스럽기는 어렵겠지요.

(젊은 시절의 나를 조금이나마 공정하게 평가하자면) 사실 나는 수에 대한 이런 해석을 가능한 해석들 중 한 가지로만 제시

했습니다. 그녀가 질투를 하거나 변덕을 부리고, 짜증스럽게도 모순된 행동을 할 수 있다는 것은 사실입니다. 하지만 이런 것들이 교수형을 당할 만한 범죄는 아니지요. 수의 행위에서 많은 부분이 일단 성에 대한 깊은 두려움에서 기인한다는 것을 알고 나면 이해가 됩니다. 그녀가 빅토리아 시대의 정숙한 체하는 여자이기 때문이 아니라 정확히 정반대의 이유 때문이지요. 그녀는 개화된 젊은 여성으로서 결혼과 성에 관한 대담하게 진보적인 견해를 갖고 있습니다. 종교적 신앙에 관해서는 회의주의적이기도 합니다. 역설적인 점은 그녀가 인습에 구애되지 않는 자신의 견해 때문에 성을 경계한다는 것이지요. 그녀는 결혼과 성이 여자의 독립성을 뺏는 덫이라고 간주합니다. 그리고 소설은 그녀의 이런 견해를 충분히 지지합니다. "여자들이 비난을 받아야 하는 거요? [주드가 말했다.] 아니면 정상적인 성적 충동이 진전을 바라는 사람을 올가미에 씌우고 억누르는 집안의 지독한 덫이 되어버리는 부자연한 체제가 문제인 거요?"(현실 생활에서 이런 식으로 말할 사람이 과연 있을지는 다른 문제이지요.) 만일 그녀가 두 남자에게 재난을 초래하면서 주드에 대한 사랑을 거부하려 한다면, 그것은 그녀가 냉혹해서가 아니라 이런 사회 상황에서는 사랑이 억압적 힘과 분리될 수 없다는 것을 인식하기 때문입니다. 성애는 종속과 관련됩니다. 하디가 『광란의 무리를 떠나서』에서 썼듯이, "남자들이 주로 자신들의 감정을 표현하기 위해서 만든 언어로 여자가 자기 감정을 정의하기는 어렵습니다."

수가 주드에게 헌신하기 어렵다고 느낀다면, 그것은 그녀가 바람둥이어서가 아니라 자신의 자유를 소중하게 여기기 때문입니다. 그녀는 말괄량이(tomboy)로 성장했다는 얘기가 나옵니다. 이 양성 통칭적 또는 무성적 자질 때문에 그녀는 관습적인 성적 행태의 범주 밖에 존재하므로, 자신에 대한 남자들의 성적 감정을 이해하기 어렵지요. 그래서 그럴 의도가 없으면서도 남자들에게 상처를 줄 수 있습니다. 그녀는 남자들과 오로지 친구로 어울리는 편을 선호하겠지요. 놀라운 통찰력으로 이 소설은 후기 빅토리아 시대 사회의 성적 제도가 남녀 간의 동료 관계의 가능성을 파괴했음을 보여줍니다. 그녀의 외견상의 외고집은 그녀의 진보적인 성적 견해가 부분적으로는 불가피하게 어느 정도 이론적이라는 사실에서 비롯됩니다. 여성 해방은 아직 초기 단계에 있었지요. 그래서 그녀의 신념은 사회적 압력에 쉽사리 굴복합니다. 그녀는 부적절한 행위 때문에 대학에서 쫓겨나고, 그러고 나서는 그로 인한 대중의 야유에 겁을 집어먹고 약간 불쾌한 인물 필롯슨과 결혼함으로써 사회에서 존중되는 의견과 타협을 맺으려 합니다. 그 결과는 예상할 수 있다시피 재난을 가져오지요.

이 소설의 처음부터 끝까지 수는 스스로를 우울하게도 낮게 평가합니다. 그녀는 스스로 생각하는 것보다 훨씬 경탄스러운 여자입니다. 이 소설은 그녀의 실제 모습과 맞지 않는 그녀의 자기혐오를 보여줍니다. 주드와 수의 양아들이 그 커플의 다른 자식들을 목매달고 스스로도 자살할 때, 소설이 현실적으로 설득력 있게 제시하려고 애쓰지도 않는 이 사건으로 말미암아, 스스로를 보잘것없게 생각하는 수의 인식은 병리학적 극단으로 치닫습니다. "온몸을 핀으로 찔러서 내 속의 악을 빼버리면 좋겠어."라고 그녀는 절규합니다. 죄의식과 자기혐오에 몸부림치며 그녀는 주드를 버리고 필롯슨에게 돌아가고, 주드가 비참하게 홀로 죽도록 내버려둡니다. 이 사실을 나는 앞에 인용한 서문에서 언급했는데, 수가 배우자를 떠나는 행위를 이해할 만한 충분한 이유가 있다는 점을 언급하지 못했지요. 그처럼 기괴한 방식으로 자식들을 잃고 어떻든 악의적인 대중의 매서운 질책을 받는 여자가 아이들의 죽음을 자신의 자유분방한 생활방식에 대한 신의 처벌로 받아들이고 결국 정통 도덕에 굴복한다는 것은 놀랍지 않은 일입니다. 특히 수의 성적 해방은 아직 배아 단계에 있는 불확실한 것이었기에 잘 이해할 수 있습니다. 그것은 완성된 입장이 아니라 진행 중의 과제입니다. 그녀가 사회 전반에서 아무런 지지도 받지 못하고 상당한 편견과 적대감을 견뎌내면서 혼자 힘으로 나아가야 했을 때, 어떻게 그렇지 않을 수 있을까요?

이 소설의 비극은 수와 주드가 동료 관계 같은 방식으로 살아가려 하지만 결국 가부장제의 압력에 좌절한다는 것입니다. 그들의 사랑처럼 깊고 한결같은 사랑도 체제에 굴복하여 진실에서 벗어납니다. "성적 관능이 피에 물들었다."고 이 소설의 한 평론가는 말했습니다. 더없이 용감한 이 소설은 성적 관능의 함정과 환상만이 아니라 그것의 불가능함을 다룹니다. 하지만 소설은 이 커플이 어떻게든 실패할 운명이었다고는 인정하지 않습니다. 그들의 실패는 자연이나 은총, 악의적인 신과는 전혀 상관없습니다. 다만 그들의 실험이 시기상조였던 것이지요. 역사가 아직 그것을 받아들일 준비가 되어 있지 않았습니다. 노동자로서 옥스퍼드 대학에 들어가려 한 주드의 불행한 시도도 마찬가지입니다. 그 계획도, 그가 스스로 인정하게 되듯이, 실패할 운명이었던 것이 아니라 다만 시기상조였던 것입니다. 그가 죽은 후 오래

지나지 않아 노동자를 위한 대학이 옥스퍼드에 설립되었고, 지금도 존재하고 있습니다. 어떻든 이 소설은, 옥스퍼드 대학처럼 시대에 뒤진 조직에 파고 들어가려는 주인공의 시도는 노력을 들일 만한 가치가 없다는 것을 사실주의의 냉엄한 눈으로 암시합니다. 그는 자신을 배척한 대학의 담장을 수리하는데, 하디의 눈에는 그 수리 작업이 담장 안에서 일어나는 대부분의 교육보다 더 유용한 것이지요.

비평가들이 수를 불감증에다 신경과민인 여자로 간주하기 쉬운 한 가지 이유는, 그녀가 대체로 다른 사람들의 눈을 통해 보이기 때문입니다. 우리는 그녀의 내면에 거의 접근하지 못합니다. 대부분의 서술에서 그녀는 자기 나름의 권리가 있는 인물이 아니라 주드가 겪는 경험의 한 가지 함수로 존재합니다. 그녀가 몹시 감질나게도 불투명하게 보인다면, 그것은 그녀가 주인공 주드의 욕구와 욕망, 망상을 통해 여과되기 때문입니다. 한 비평가가 말했듯이, 그녀는 자기 나름의 주체가 아니라 주드의 비극의 도구로 존재합니다. 주드가 죽은 후 그녀의 모습이 전혀 보이지 않는 것은 놀랍지 않은 일이지요. 그 정도로 소설 스스로도 여주인공을 바깥으로 내모는 데 공모합니다. 하지만 그녀를 제시할 때는 특히나 예리한 통찰력을 보여주었지요.

감정 이입 vs. 비판적 이성의 고양

· · ·

소포클레스 『오이디푸스』
베르톨트 브레히트 「코이너 씨 이야기」

『무명의 주드』는 우리가 수 브라이드헤드에게 공감하도
록 이끌어가지만 또한 그녀를 단순히 이해할 수 없다는 것
을 보여주려 합니다. 소설 속의 누구도 그녀를 진정으로 소
유할 수 없다면, 독자도 마찬가지이지요. 우리는 수에게 공
감을 보여주라는 요청을 받지만, 그녀의 모순적인 면을 해
소하는 방식으로 공감해야 하는 것은 아닙니다. 때로 주드
를 포함해서 일부 다른 인물들은 그녀의 포착하기 어려운
면을 여성의 영원한 수수께끼로 오해합니다. 하지만 전반적
으로 소설 자체는 이런 식의 선심 쓰는 듯한 관점을 거부합

니다. 수의 "수수께끼"는 성적 관능이 억압적으로 이용되는 사회 질서에서 그 관능의 복합적이고 자기 모순적인 성격에서 기인합니다.

많은 사실주의 소설은 독자가 그 인물들과 동일시하기를 요청합니다. 독자는 다른 사람이 된다는 것이 어떠할지 느끼리라고 예상됩니다. 우리가 실제로 다른 사람이 된다는 생각을 기쁘게 받아들이지 않더라도 말이지요. 사실주의 소설은 우리가 상상을 통해 다른 인간의 경험을 재창조하게 함으로써 우리의 인간적 공감을 확장하고 심화합니다. 이런 의미에서, 소설이란 실제로 도덕적 설교가 필요하지 않은 도덕적 사상(事象)입니다. 사실주의 소설은, 굳이 따져보자면, 내용뿐 아니라 형식에 있어서도 도덕적입니다. 현대의 취향으로 보자면 조지 엘리엇은 사실 설교를 너무 많이 늘어놓는 작가이지요. 하지만 그녀 자신은 소설 형식을 바로 이런 시각에서 보았습니다. "내가 내 글을 통해서 이루고자 열망하는 단 한 가지 효과는, 그 글을 읽는 독자가 몸부림치며 실수를 저지르는 인간이라는 명백한 사실을 제외한 모든 점에서 자신과는 전혀 다른 사람의 고통과 즐거움을 더 잘 상상하고 느끼게 되는 것이다."라고 그녀는 한 편지에 썼습니다. 엘리엇에게 창조적 상상력이란 이기주의와 정반대되는 것입니다. 그런 상상력은 우리가 다른 사람의 내적 삶에서 배제되어 자신의 사적 영역에만 머무는 것이 아니라 그 안으로 들어가게 해줍니다. 그러므로 예술적인 것과 윤리적인 것은 아주 가까이 붙어 있지요. 우리가 다른 사람의 관점에서 세계를 파악할 수만 있다면, 그들이 어떻게 해서, 왜 그런 식으로 행동하는지를 보다 잘 이해할 수 있을 것입니다. 그러면 어떤 우월한 외적 관점에서 그들을 비난하려는 충동이 줄어들겠지요. 이해하면 용서하게 됩니다.

이처럼 자비로운 주장은 많은 장점을 갖고 있습니다. 그러나 거기에는 그릇된 점도 많이 있지요. 한 가지 잘못된 점을 들자면, 모든 문학 작품이 우리에게 등장인물과 동일시하기를 권유하는 것은 아닙니다. 또 다른 것을 들자면, 감정이입이 유일한 이해 방식은 아닙니다. 실은 문자 그대로 해석해 보면, 감정이입은 이해를 도모하는 형식이 전혀 아닙니다. 내가 당신이 "된다면" 당신이 어떤 사람인지를 알 수 있는 내 능력을 상실하니까요. 누가 뒤에 남아서 이해를 하겠습니까? 게다가, 우리가 『드라큘라』 같은 불쾌한 작품이나 『맨스필드 파크』의 노리스 부인 같은 사람에게 감정이입을 해야 할까요? (몇몇 중증의 괴짜들은 흡혈귀가 되는 것을 무엇보다도 좋아하겠지만, 우리 대부분은 오디세우스나 엘리자베스 베넷이 되는

쪽을 선호하겠지요.) 어떻든 내가 헥토르나 호머 심프슨[1]이 "된다면" 그들이 스스로를 이해해야만 내가 그들을 이해할 수 있을 텐데, 호머의 경우에는 전혀 그렇지 못합니다. D. H. 로렌스는 『미국 문학 연구』에서 감정이입에 대해 특히 냉소적이었지요. "월트 휘트먼이 어떤 것을 알았다 하면, 그는 당장 그것과 하나의 정체성을 이루었다. 어떤 에스키모가 카약에 앉아 있는 것을 알면, 당장 작고 누리끼리한 기름 범벅의 월트가 카약에 앉아 있었다."라고 로렌스는 썼습니다. 이 비판의 요지는 이 말 속에 우연히 끼어든 인종적 편견보다 더 오래 남습니다.

소포클레스는 독자가 오이디푸스에게 감정을 이입하기를 권유하지 않습니다. 그 연극은 우리가 불운한 운명의 주인공에게 동정심을 느끼리라고 가정하지만, 누군가에 대해서 느끼는 것(동정)과 그 사람으로서 느끼는 것(감정이입)은 차이가 있습니다. 만일 우리가 상상력을 통해서 우리 자신을 오이디푸스와 합친다면, 어떻게 그에 대한 판단을 내릴 수 있습니까? 확실히 이 문제는 비평 작업이 포괄하는 것의 중요한 부분입니다. 판단하려면 무언가에 대해 약간 거리

---

1 미국 애니메이션 시리즈 「심슨 가족」의 가장.

를 두고 있어야 하는데, 그 행위는 동정과는 양립하지만 감정이입과는 양립하지 않습니다. 고대 그리스의 문학 작품은 우리에게 창이 내장을 꿰뚫거나 자궁에 괴물이 있으면 어떤 상태일지 느껴보라고 요구하지 않습니다. 대신에, 우리가 평가하도록 인물과 사건을 나열하지요. 헨리 필딩 같은 신고전주의 작가도 그렇습니다. 우리는 톰 존스와 함께 잠자리에 드는 것이 아니라 그를 재미있게 여기거나 풍자적이거나 동정적인 눈으로 관찰하리라고 기대됩니다. 그와 잠자리에 든 사람이 이미 꽤 많지만 말이지요.

마르크스주의 극작가 베르톨트 브레히트는, 히틀러 시대에 글을 쓰면서, 무대 위의 인물들에게 감정이입을 한다면 우리의 비판 능력이 무뎌질 위험이 있다고 생각했습니다. 그것은 권력을 쥔 사람들에게 대단히 편리한 방편이 되겠다고 그는 생각했지요. 감정이입은 비판적 이성보다 감정을 고양시킵니다. 마르크스주의자로서 브레히트는 사회적 존재가 모순적인 것들로 구성되고 이 모순들이 사람들의 정체성의 핵심을 이룬다고 믿었습니다. 사람들의 모습을 있는 그대로 보여주는 것은 변덕스럽고 일관성이 없고 자기 분열된 존재를 보여주는 것과 같습니다. 인물이 통합되고 일관성 있다는 개념은 환상이라고 브레히트는 생각했지요. 그런 개념은 사회적 변화를 촉진할 자아 내부의 갈등을 억압합니다. 그의 단편소설 한 편[2]에서 코이너 씨는 오랫동안 고향 마을을 떠났다가 돌아왔는데 그의 이웃들이 그가 조금도 변하지 않았다고 쾌활하게 말해줍니다. 그러자 "코이너 씨의 얼굴이 핼쑥해졌다."고 브레히트는 씁니다. 스콧이나 발자크의 인물 개념 뒤에는 어떤 종류의 정치적 개념이 숨어 있습니다. 브레히트의 개념 뒤에는 다른 개념이 있지요. 그는 덴마크 공산당에 입당 신청을 하기도 전에 입당이 금지된 역사상 유일한 사람이었습니다.

만일 상상력을 통한 공감이 인물에 접근하는 유일한 방법이라면, 거기에는 보다 일반적인 몇 가지 한계도 있습니다. "창조적 상상력"이란 구절은 지상의 거의 모든 사람이 "우리는 내일 마라케시[3]로 떠나."라든가 "흑맥주 한 잔 더 마셔."라는 말처럼 의심의 여지없이 긍정적으로 받아들이는 말입니다. 하지만 상상력이 의문의 여지없이 긍정적인 것은 결코 아닙니다. 연쇄 살인을 저지르기 위해서는 고도의 상상력이 필요합니다. 상상력은 수많은 긍정적 시나리오뿐만 아니라 온갖 음험하고 병적인 시나리오도 그릴 수 있으니까

---

2 「코이너 씨 이야기」.
3 모로코 중남부의 도시.

요. 지금까지 발명된 모든 치명적 무기는 상상력을 발휘한 행위의 결과입니다. 상상력은 인간의 가장 고귀한 능력에 속한다고 간주되지만, 대개 가장 저급한 능력으로 간주되는 백일몽과 실망스럽게도 유사합니다.

어떻든, 여러분이 느끼고 있는 것을 내가 느끼려고 애쓴다고 해서 내 도덕적 성품이 반드시 고양되는 것은 아닙니다. 변태 성욕자는 자신의 희생자가 무엇을 느끼는지 알고 싶어합니다. 누군가는 여러분을 더 효과적으로 착취하기 위해서 여러분이 무엇을 느끼는지 알 필요가 있겠지요. 나치가 유대인을 죽인 것은 유대인이 느끼는 감정에 공감할 수 없었기 때문이 아닙니다. 유대인이 무엇을 느끼는지에 대해 관심이 없었지요. 나는 출산의 고통을 경험할 수 없습니다만, 그렇다고 해서 그런 경험을 하는 사람에게 냉담하게 무관심하다는 의미는 아닙니다. 어떤 경우이든 도덕은 감정과 거의 관련이 없습니다. 총탄을 맞아 머리 반쪽이 날아간 사람을 보고 여러분이 구역질을 느낀다는 것은, 여러분이 그들을 도우려고 노력하는 한 대수롭지 않은 일입니다. 역으로, 방금 맨홀에 빠진 사람을 보고 강렬한 동정심을 느꼈더라도 그를 끌어내주는 일을 피하려고 옆길로 재빨리 들어섰다면, 인도주의적 상을 받지 못하겠지요.

문학은 때로 "대리" 경험 양식으로 간주됩니다. 나는 스컹크로 사는 것이 어떤 느낌일지 알지 못하지만, 스컹크가 주인공으로 등장하는 흥미로운 단편소설이 이 점에서 제약을 극복하게 해줄지 모르지요. 그러나 스컹크로 사는 것이 어떤 느낌인지 알게 되더라도 특별한 가치는 없습니다. 상상력의 행위는 원래 그 자체가 소중한 것이 아닙니다. 내가 진공청소기가 되면 어떤 느낌일지 상상하며 온종일 시간을 보내더라도 내 숭고한 상상력이 입증되는 것은 아닙니다. 진공청소기가 되면 그 어떤 느낌도 들지 않겠지요. 또한 상상의 것을 실제의 것보다 늘 선호해서는 안 됩니다. 일부 낭만주의자처럼 상상의 것을 선호해야 한다는 가정은 일상적 현실에 대한 기이하게도 부정적인 태도를 함축합니다. 그 가정은 존재하지 않는 것이 존재하는 것보다 언제나 더 매력적이고 유혹적이라고 암시하지요. 여러분이 도널드 트럼프를 생각한다면 그것이 사실일 수 있겠지만, 넬슨 만델라를 생각한다면 그렇지 않습니다.

물론 우리는 문학 작품을 읽음으로써 우리의 경험을 유용하게 확장할 수 있습니다. 다만 이것은 실제로 보완할 수 있는 결핍을 보완하는 방법이 될 수 있다는 것이지요. 가령, 돈과 여가가 많은 사람은 파키스탄과 아프가니스탄의 산악 지대를 탐사할 수 있겠지요. 지상의 대부분의 사람은 이런 경험을 누릴 재원이 부족합니다. 그래서 공짜로 경험하려고 마지못해 알 카에다에 가담하지요. 그들은 그 대신에 여행 안내서를 읽는 것으로 만족해야 합니다. 하지만 부를 더 공평하게 나눌 수 있다면, 훨씬 더 많은 사람이 그 지역에 모여들겠지요. 피격될 위험을 기꺼이 무릅쓴다면 말입니다. 그 지역에 관한 『론리 플래닛』 안내서를 읽는 것의 장점은 여러분이 그 책을 읽는다고 해서 여러분에게 총알을 쏴댈 사람이 없으리라는 것이지요. 19세기에 문학은 사냥개를 앞세워 사냥을 나서거나 자작과 결혼하는 것이 어떤 것인지를 느껴보기 위한 수단으로 노동 계층에 때로 권장되었습니다. 현실에서 그들은 그런 일을 할 수 없었으니까요. 시와 소설이 왜 읽을 가치가 있는가에 관한 더 설득력 있는 주장들이 있습니다.

Chapter 3

"현대의 스토리텔링은 시인들이 한 종족의 신화적 기원을 구술하거나 전쟁의 승리를 노래하던 시절에 가능했던 필연성을 상실했습니다. 이제 이야기를 하는 것은 불필요하게 되었지요. 그것은 종족의 기원이나 국가의 역사에 담보되어 있으리라고 여겨지는 현실의 토대를 갖지 못합니다. 그러니 이야기는 자립적이어야 합니다. 이렇기 때문에 작가가 조작할 여지는 훨씬 더 커집니다. 하지만 그것은 부정적인 자유이지요. 우리가 살고 있는 세계는 서술될 수 없는 것이 없지만, 서술될 필요가 있는 것도 없는 곳입니다."

서사

픽션의 어떤 화자들은 전지(全知)하다고 묘사되는데, 그것은 그들이 자신의 이야기에 관해 모든 것을 알고 있고 독자는 그들의 말에 의문을 제기하지 않으리라고 가정된다는 뜻입니다. 만일 어떤 소설이 "뚱뚱한 벅 멀리간이 거울과 면도칼이 엇갈려 놓인 비누 거품 사발을 들고 계단 꼭대기에 당당하게 나타났다."라고 시작한다면, 독자가 "아냐, 그렇지 않았어!"라든가 "어떻게 알아?" 혹은 "그런 얘기하지 마!"라고 소리쳐도 아무 소용도 없겠지요. 우리가 표지에 박힌 "소설"이라는 단어를 방금 읽었다는 사실 때문에 이런 질문들은 소용없는 것으로 배제됩니다. 우리는 화자의 권위에 순종하기로 되어 있지요. 멀리간이 비누 거품 그릇을 들고 있었다고 화자가 말하면, 우리는 순순히 그 환상에 공모합니다. 화자가 순간적으로 재미 삼아 국제 통화 기금의 회장이 아장아장 걷는 아기라고 말하더라도 우리는 그 환상에 공모하겠지요.

하지만 화자의 권위에 순종하는 것은 위험 부담이 그리 크지 않습니다. 엄청난 일에 가담하는 것이 아니니까요. 사실 우리는 비누 거품 그릇을 든 벅 멀리간이라는 사람이 존재한다고 믿으라는 요청을 받는 것도 아닙니다. 그것을 믿는 척하라는 요청을 받는다는 말이 더 맞겠지요. 우리는 "소설"이라는 단어를 읽을 때부터 혹은 그 텍스트가 픽션으로 구성되었다는 것을 알 때부터, 그 작가가 우리를 속여서 그것을 실제로 일어난 사건으로 생각하도록 만들려는 의도가 아니라는 것을 압니다. 작가는 자신의 진술을 현실 세계에 대한 명제로 제시하지 않습니다. 조너선 스위프트의 소설 『걸리버 여행기』를 읽은 18세기의 한 주교는 분개해서 그 책의 단 한 단어도 믿지 않는다고 소리치며 책을 불 속에 던져버렸다는 이야기가 있습니다. 분명 그 주교는 그 이야기의 의도가 진실을 그려내려는 것이라고 생각했고, 그런데 그것이 꾸며진 이야기라는 의혹을 느꼈던 것입니다. 물론, 그것은 꾸며진 이야기이지요. 그 주교는 그것이 픽션이라고 생각했기 때문에 픽션을 배척했던 것입니다.

만일 멀리간에 대한 진술이 우리를 속이려는 의도로 나온 것이 아니라면, 그 말은 진실도 아니고 거짓도 아니라는, 다소 기묘한 주장을 펼 수 있겠지요. 그것은 오로지 실재에 대한 주장만 진실이거나 거짓일 수 있기 때문입니다. 이 문장은 그런 주장의 하나로 여겨지지 않습니다. 다만 그렇게 보일 뿐이지요. 이 문장은 그런 주장의 형식을 갖고 있지만 내용은 갖고 있지 않습니다. 그러므로 우리가 그것을 믿을 거라든지 또는 "객쩍은 소리 그만둬!"라든가 "허튼소리일 뿐이야!"라고 소리치리라고 예상되지 않습니다. 독자가 그렇게 반응한다면 작가가 세계에 대해 진실한 주장을 펼치려 했다고 가정하는 셈인데, 실은 분명 그렇지 않으니까요. 마찬가지로, "좋은 아침"이라는 말은 실제에 대한 진술("좋은 아침이다.")처럼 들리지만, 실은 소망의 표현("좋은 아침을 보내기 바란다.")입니다. 이 말은, "그만해둬!"라든가 "누굴 쳐다보는 거야?" 또는 "이 혐오스러운 배신자"라는 말처럼, 진실도, 거짓도 될 수 없습니다. 살인을 저지른 라스콜니코프라는 러시아 학생이나 윌리 로먼이라 불리는 보잘것없는 세일즈맨이 존재했다[1]는 것은 진실이 아닙니다. 하지만 문학 작품에서 그렇게 말하더라도 거짓은 아닙니다. 문학 작품은 그런 사람이 실제로 존재했다고 주장하는 것이 아니니까요.

전지한 화자는 작품 속에서 찾아낼 수 있는 인물이라기보다는 육체에서 분리된 목소리에 가깝습니다. 정체를 알 수

1 라스콜니코프는 도스토옙스키의 소설 『죄와 벌』의 주인공, 윌리 로먼은 아서 밀러의 희곡 『세일즈맨의 죽음』의 주인공.

없는 익명의 인물로서 화자는 작품 자체의 마음으로 작용합니다. 그렇더라도 화자가 작가의 생각과 감정을 그대로 대변한다고 가정해서는 안 됩니다. 이미 E. M. 포스터의 『인도로 가는 길』 도입부에서 일례를 보았지요. 전지한 화자가 구술하는 도입부에서 드러나는 태도는 포스터 자신의 것일 수도, 아닐 수도 있습니다. 찬드라포르 시는 실제로 존재하지 않는 곳이므로, 포스터가 그곳에 대해 어떤 의견도 갖고 있었을 리 없습니다. 포스터는 인도 전반에 대해 어떤 견해를 가졌을 수 있지만, 그가 이 단락에서 쓴 말은 그 견해를 반영한 것일 수도 있고, 문학적 효과를 위한 것일 수도 있습니다. 작가와 그들의 작품의 관계는 좀처럼 단순하지 않습니다. 숀 오케이시의 희곡 『쟁기와 별』은 마르크스주의 용어를 거침없이 쏟아내고 노동자들의 투쟁이 국가 해방보다 선행되어야 한다고 주장하는 코비라는 인물을 가차 없이 놀려댑니다. 하지만 오케이시 자신은 마르크스주의자였고, 코비가 부르짖는 주장을 바로 그대로 믿었지요. 조이스의 『젊은 예술가의 초상』은 주인공이 미학에 관한 길고 박학다식한 주장을 늘어놓는 것으로 끝을 맺습니다. 그런데 조이스 자신은 그 주장 중 일부를 받아들이지 않았을 거라고 우리는 꽤 확신할 수 있습니다. 하지만 소설은 그런 말을 하지 않지요.

한 편의 픽션에서 정확히 누가 서술을 하고 있는지 명료하게 드러나지 않는 때도 있습니다. 가령 솔 벨로의 소설 『헨더슨 레인 킹』의 한 단락을 살펴봅시다.

내 머리 위의 좁은 구멍에서 햇빛이 들어왔다. 이 빛은 원래 노란색이었지만 돌에 닿아 잿빛으로 변했다. 그 구멍에는 어린아이도 기어들 수 없도록 대못 두 개가 박혀 있었다. 내가 처한 상황을 살펴보다가 나는 화강암을 잘라 만든 작은 통로를 발견했다. 그것은 아래쪽으로 이어지다가 또 다른 돌계단에 이르렀다. 층계는 더 좁았고 더 깊은 곳으로 이어졌는데, 곧 부서진 계단에 이르렀다. 갈라진 틈새로 풀이 자랐고 흙이 새나왔다. "국왕" 나는 소리쳤다. "어이, 국왕, 거기 있소, 전하?" 그러나 저 아래에서 아무 대답도 들리지 않았고, 다만 따뜻한 공기가 밀려와 거미집을 봉긋 솟아오르게 했다. '대체 왜 이렇게 서두른담?' 나는 생각했다.

이 단락의 화자는 아마 이 소설의 주인공 헨더슨이겠지요. 하지만 헨더슨은 조야한 미국인이므로 "어이, 국왕"이라거나 "대체 왜 이렇게 서두른담?" 하고 소리치는 것은 당연하지만, 시적인 감흥에 젖어 노란빛이 바위에 닿아 잿빛으로 변한다는 묘사는 거의 하지 않을 겁니다. "내가 처한 상황을 살펴보다가 나는 화강암을 잘라 만든 작은 통로를 발견했다."처럼 비교적 딱딱한 산문도 쓰지 않겠지요. 이 서술은 헨더슨의 목소리가 작가의 더 세련된 어조와 섞여 짜인, 혼성물입니다. 이 소설의 언어 범위가 주인공의 의식 이상으로 뻗어날 수 없었다면 너무 답답하게 제한되었겠지요. 하지만 주인공 자신이 말하는 방식도 드러나게 할 필요가 있습니다.

앞에서, 전지한 화자는 자신의 이야기에 관해 알아야 할 것을 모두 알고 있다고 가정된다고 말했습니다만 여기에는 때로 예외가 있습니다. 가령 어떤 화자는 이야기의 어떤 부분에 대해 모르는 척할 수 있습니다. 『잠긴 문의 발자국』[2]이라는 이류 탐정소설에서 한 인물이 싸구려 담배에 불을 붙이는데 작가는 약간 거들먹거리면서 그 담배의 상표를 알지 못하는 척합니다. "척한다."고 말했지만, 그가 실제로 알고 있으면서 그 사실을 숨기는 것 같지는 않습니다. 그러나 독자에게 상표를 알려주지 않으면, 상표는 존재하지 않습니다. 여기서 우리는 희귀한 종류, 즉 상표 없는 담배(직접 말아 피우는 담배 같은 곤란한 문제는 젖혀두기로 하지요.)를 보게 됩니다.

---

2 영국 소설가 로널드 녹스의 1928년 소설.

문학에는 이런 종류의 담배가 존재할 수 있습니다. 고양이 없이 싱글거리는 웃음[3]만 남는다든지 알바니아 언어를 말하는 타조, 혹은 영국 버밍엄에서 위스키를 마시며 동시에 앨라배마 주의 버밍엄에서 뇌수술을 하고 있는 사람이 문학에 존재할 수 있는 것과 마찬가지이지요. 이 점에서 볼 때 실제의 삶은 그처럼 유쾌하게 다양하지 못합니다. 오스카 와일드가 말했듯이, 예술에서는 어떤 것이 옳을 수 있고 동시에 그 반대도 옳을 수 있습니다. 예술은 현실보다 더 효율적인 것이지요. 사뮈엘 베케트의 소설 『몰로이』의 마지막 문장을 생각해봅시다. "한밤중이다. 빗줄기가 창문을 내리치고 있다. 한밤중이 아니었다. 비가 내리고 있지 않았다."

전지한 화자도 있지만 믿을 수 없는 화자도 있습니다. 헨리 제임스의 『나사의 회전』의 화자인 가정교사는 정신이상자임이 거의 확실합니다. 제임스는 가정교사의 설명을 믿을 만한 근거를 충분히 제공하면서 동시에 그것을 믿을 수 없다는 은밀한 암시를 충분히 슬쩍 끼워 넣음으로써 독자를 위험하게 농락하고 있습니다. 『폭풍의 언덕』에서 넬리 딘의 이야기를 전적으로 믿을 수 없다는 것은 이미 살펴보았

---

3 a grin without a cat. 『이상한 나라의 앨리스』에 나오는 구절.

지요. 제인 에어가 들려주는 이야기는 자존심과 분노, 질투, 불안, 공격성, 이기심에 물들어 있습니다. 조셉 콘래드의 몇몇 화자는 자신들의 해석 능력에 한계가 있다는 사실을 주목합니다. 그들은 자신들이 구술하는 이야기에서 실로 무슨 일이 일어난 것인지를 어쩌다 혼란스럽게 이해할 뿐이지요. 콘래드의 『서구의 눈 아래서』의 화자는 신뢰할 수 없는 화자의 좋은 일례이고, 포드 매독스 포드의 『훌륭한 군인』과 토마스 만의 『닥터 파우스트』의 화자도 마찬가지입니다. 그런 화자들은 이야기의 의미를 독자보다도 잘 파악하지 못할 수 있습니다. 우리는 그들이 볼 수 없는 것과 그들이 볼 수 없는 이유도 알 수 있으니까요.

조너선 스위프트의 『걸리버 여행기』의 주인공은 믿을 수 없기로 유명한 화자입니다. 자신의 여행에서 아무것도 배우지 못하는 걸리버는 믿을 수 없을 뿐 아니라 얼간이 화자이지요. 얼간이 화자는 전혀 믿을 수 없지만, 믿을 수 없는 화자라고 해서 모두 얼간이는 아닙니다. 걸리버는 이 소설에서 풍자의 초점으로 작용합니다만 교묘한 이중 전략으로 인해 풍자의 대상이 되기도 합니다. 그는 주위에서 발견하는 이상한 생물들과 관계를 맺으려고 애처롭게 열망합니다. 가령 릴리풋에서는 작은 생물의 나라의 기준을 너무 열성적으로 받아들이려 합니다. 겨우 몇 센티미터밖에 되지 않는 릴리풋 여자와 성관계를 맺었다는 비난을 격렬히 부정하기도 하지요. 그는 자신의 변호를 위해 그런 일은 명백히 불가능하다는 사실을 제기하지도 않습니다. 또한 어리석게도 소인들이 자신에게 수여한 직함을 자랑스러워합니다. 간단히 말해서 걸리버는 숙맥이지요.

스위프트 자신은 영국계 아일랜드인이었고, 그런 까닭에 아일랜드에서도 영국에서도 온전히 편안하게 느끼지 못했습니다. 오스카 와일드가 후에 알게 되듯이, 이런 딜레마를 해소하기 위한 한 가지 방법은 영국인보다 더 영국적으로 행동하는 것입니다. 이 전략은 걸리버의 아첨적인 행동에 반영되어 있습니다. 소설의 결말 부분에서 말처럼 생긴 후이넘 종족과 얼마간 지낸 후에 그는 히힝 소리를 내며 주위를 속보로 뛰어다니지요. 자신의 서사 안에서 정신 나간 행태를 보이는 화자는 많지 않습니다. 하지만 걸리버는 자신의 문화적 편견에 맹목적인 태평한 얼간이 영국인으로서 지역의 관습에 지나치게 어긋나는 행동을 할 때도 있습니다. 그는 언제나 얼빠진 상태이거나 아니면 제정신을 차리더라도 어쩔 줄을 모릅니다. 스위프트는 화자를 이용해서 다른 사람들의 잔인함과 타락상을 폭로하지만 또한 화자의 이야기 안에서 화자를 조롱하는 것입니다.

여러분이 특정한 인물의 관점에서 이야기를 풀어간다면, 그 관점을 벗어나기 쉽지 않습니다. 개구리의 관점에서 쓰인 문학 작품은 그 자체를 개구리의 세계 안에 가둘 위험이 있습니다. 화자가 개구리인 경우는 많지 않지만, 어린이인 경우는 적지 않습니다. 『호밀밭의 파수꾼』의 십대 화자가 많은 사랑을 받았듯이, 이런 소설은 그 나름의 매력이 있습니다. 그렇지만 그 나름의 결점도 있을 수 있지요. 어린애의 관점에서 세상을 보면, 세상이 의미심장하게 낯선 곳으로 보일 수 있습니다. 워즈워스가 잘 알고 있듯이, 그것은 사물을 특히 신선하게 직접적으로 인지하는 방식이지요. 하지만 어린애의 시각은 당연히 제한되어 있습니다. (이 원칙의 예외로서 주목할 만한 화자는 헨리 제임스의 소설 『메이지가 알고 있었던 일』의 메이지 패런지인데, 작가만큼이나 전지한 인물로 보이는 어린 소녀입니다.) 디킨스의 데이비드 코퍼필드는 어린 시절에 자신이 볼 수 있었던 것은 전모가 아니라 부분들이었다고 말합니다. 역설적이게도, 디킨스 자신도 이런 방식으로 사물을 인식하는 경향이 있습니다. 현실에 대한 어린애의 시각은 선명하지만 단편적일 수 있는데, 디킨스의 시각도 그런 경우가 꽤 자주 있습니다. 그러므로 그가 빈번히 어린아이의 눈을 통해 세상을 바라본다는 사실은 특이하게도 적절한 면이 있습니다.

제한된 시각 때문에 어린 화자들은 자신의 경험을 조리 있게 이해하지 못하는 경우가 많습니다. 그렇지만 그렇기 때문에 재미있거나 놀라운 상황에 이를 수도 있지요. 하지만 올리버 트위스트 같은 경우에 자신에게 고통을 주는 체계를 전혀 이해하지 못하는 사태에 이르기도 합니다. 올리버는 오로지 당면한 문제에 대한 도움을 원하고, 그런 충동에 우리는 당연히 동정합니다. 하지만 그 체계가 어떻게 작동하는지, 그것을 어떻게 변화시킬 수 있을지를 이해하지 못한다면, 더 많은 아이들이 묽은 죽이라도 더 얻으려고 범블 씨의 뚱뚱한 배 너머로 올려다볼 수밖에 없겠지요. 이 초기 소설에서 디킨스는 여기서 문제되는 것이 개인의 잔인함이나 기본적 욕구만이 아니라는 점을 파악하지 못하는 듯합니다. 디킨스가 후에 인식하듯이, 여기 걸린 문제는 전체 사회의 냉혹한 논리입니다. 이것은 나중에 『위대한 유산』을 예로 들어 살펴보기로 하지요.

어떤 화자는 철저한 사기꾼이라고 불릴 정도로 믿을 수 없습니다. 애거사 크리스티의 탐정소설 『로저 애크로이드의 살인』의 화자는 실제로 살인자이지만, 이야기를 구술하는 화자로서 권위에 감싸여 있기 때문에 독자를 혼란스럽게 합니다. 탐정소설의 살인자는 대개 감춰져 있지만, 서술 행위 뒤에 숨은 것이 아니라 플롯에 의해 숨겨져 있지요. 플랜 오브라이언의 『세 번째 경찰관』의 결말 부분에 가면 우리는 화자가 그 소설의 대부분에서 이미 죽은 사람이었음을 알게 되고, 이와 비슷하게 윌리엄 골딩의 소설 『핀처 마틴』의 이야기를 들려주는 마틴이 첫 장에서 이미 익사했음을 끝부분에 가서야 충격적으로 알게 됩니다.

앤드루 마블의 시 「수줍은 연인에게」의 화자는 분명 죽음의 공포에 시달리는 남자인데, 사랑하는 여자에게 처녀다운 정숙함을 극복하고 둘 다 무덤에 이르기 전에 자기를 사랑해달라고 간청합니다. 정확히 말해서 그를 믿을 수 없는 화자로 볼 수는 없지만, 그의 연인이나 독자는 그 남자의 속내에 대해 의심을 품는 편이 분명 더 현명한 판단이겠지요. 그는 정말로 덧없이 지나가는 삶과 사랑에 괴로워하는 걸까요? 아니면 그저 연인과 동침하려고 꾀를 부리는 것일까요? 그의 논리가 여자와 동침하기 위해 동원된 지적 시도 가운데 인류 역사상 가장 영리한 것일까요? 화자는 죽어야 할 운명에 대해 진정으로 숙고하는 것일까요? 아니면 탐닉할 육체를 갖고 있는 동안에 육체의 쾌락에 탐닉하는 편이 더 낫다고 연인을 설득하려는 교묘한 방편으로 필사의 운명을 이용할 뿐일까요? 이 시는 우리가 두 가지 해석 중 하나를 선택하도록 허용하지 않습니다. 대신에 두 해석이 유희적이면서도 동시에 끈질긴 모순적 긴장 관계에서 공존하도록 내버려둡니다. 어쩌면 화자 스스로도 얼마나 진심으로 추구할 생각인지 모를 수도 있겠지요.

마리아 에지워스의 소설 『래크렌트 성』의 화자 태디 쿼크가 믿을 수 없는 화자인지에 대해서는 비평가들 사이에 몇 가지 의견이 있었습니다. 태디는 아일랜드의 귀족 래크렌트 가문의 하인이고, 겉으로 보기에는 충직하고 늙은 가신입니다. 그는 술주정뱅이에다 음흉한 상전들의 일대기를 순종적 애정을 갖고 자세히 기술합니다. 소설 전체에서 그는 상전들의 악행을 친절하게도 떠받드는 태도를 드러냅니다. 그 악행에는 키트 래크렌트 경이 아내를 7년간 침실에 가둬둔 일처럼 매혹적인 사소한 결함도 포함되어 있습니다. 그러므로 이 소설은 하인들이 주인에게 속아 넘어가서 주인들과 공모하는 방식에 대한 풍자로 읽을 수 있습니다. 하인들보다는 주인들에게 이득이 되는 공모이지요. 이런 의미에서 보면, 이 소설은 그릇된 대상에 대한 충성심에 관한 우화입니다.

하지만 이 소설을 이런 식으로만 해석할 수 있는 것은 아닙니다. 우리는 태디를 비굴함의 가면 아래 교묘히 반감을 숨기고 있는, 반역적인 아일랜드 농부의 한 유형으로 볼 수 있으니까요. 그는 지주를 타도하려고 은밀히 노력하고, 그리하여 평민이 땅을 되찾는 옛 게일인의 꿈을 실현하려고 애쓰고 있을지 모릅니다. 그런 계획을 암시하는 단서들이 소설에 산재해 있습니다. 그들은 그리 고의적으로 보이지 않을, 자기 잇속을 챙기기 위한 큰 실수와 실책을 많이 저지릅니다. 소설의 끝머리에서 그의 아들은 래크렌트 장원을 가까스로 손에 넣게 되는데, 그 부친의 은밀한 공모가 있었겠지요. 이렇게 해서 태디는 자기 주인뿐 아니라 독자를 조롱합니다. 그들에게 한순간도 자기 속내를 털어놓지 않은 것이지요. 이런 각도에서 볼 때 그는 낮에는 지주들에게 충성을 맹세하면서 밤이 되면 몰래 가축을 불구로 만드는, 겉으로 굽실거리면서 딴마음을 품은 아일랜드 농부의 상투적 인물입니다. 하지만 또 다른 방식으로 해석하자면, 태디는 독자를 속인다기보다는 오히려 자기 자신을 속이는 인물입니다. 전형적인 자기기만에 빠진 나머지 자신이 래크렌트 가문에 충실하다고 믿으면서 무의식적으로 그들의 몰락을 계획하는 것이지요. 그의 서술은 지주들의 경악스러운 소행을 부드럽게 누그러뜨리려고 애쓰지만, 그렇게 하려는 행위 자체에서 의도치 않게 그들에게 오명을 씌우게 됩니다. 이처럼 태디의 심중을 파악하려는 몇 가지 해석이 있습니다. 독자는 그중 어느 하나만 옳다고 선택할 수 없습니다.

삼인칭 전지적 서술은 일종의 메타언어입니다. 이 말은, 적어도 사실주의 소설에서는 그런 서술이 서사 안에서 비평이나 논평의 대상이 될 수 없다는 뜻입니다. 그것은 이야기 그 자체의 목소리이므로 문제시할 수 없어 보입니다. 서사가 잠시 중단되고 그 자체에 대해 숙고할 때만 그것에 대해 의문시할 수 있지요. 이런 일이 일어나는 유명한 경우는 조지 엘리엇이 『아담 비드』에서 이야기를 중단하고 한 장(章)을 끼워 넣어 사실주의와 인물의 성격, 하층민의 허구적 재현 등의 몇 가지 문제에 관해 숙고할 때입니다. 말하자면 이부분은 소설에 대해 성찰하는 소설이지요. 이른바 서한체소설, 즉 인물들이 서로 주고받는 편지로 구성되는 소설에서는 그런 메타언어 혹은 해설하는 작가의 목소리가 끼어들 수 없습니다. 또한 대부분의 드라마 형식에서도 그렇지요. 드라마에서는 작품 그 자체가 아니라 인물들의 말을 듣게 되니까요. 벤 존슨은 『볼포네』를 어떻게 이해할 것인지 말해주려고 끼어들 수 없습니다. 반면 새커리는 『허영의 시장』에서 그 소설의 가장 사랑스러운 인물 중 하나는 얼뜨기라고 거침없이 지적합니다.

이런 까닭에 희곡의 경우에는 어떤 관점을 옹호하거나 배척하는지를 알기 어렵습니다. 셰익스피어의 『베니스의 상인』에서 자비에 관한 포샤의 유명한 대사를 예로 들어봅시다.

자비심은 강요되지 않는 것,

하늘에서 부드러운 빗줄기처럼

땅 위에 떨어진다. 그것은 두 겹의 축복,

주는 자와 받는 자를 축복한다.

가장 강력한 자에게서 최강의 힘을 발휘하고,

왕좌의 군주에게 왕관보다 더 잘

어울리는 것.

이런 웅변에 설득되지 않기란 어렵겠지요. 하지만 포샤의 말은 겉으로 드러나는 것보다 훨씬 더 자기 본위적입니다. 그녀는 자신과 같은 베네치아의 기독교인인 안토니오를 혐오스러운 유대인 샤일록의 손아귀에서 구해내려고 애쓰고 있습니다. 베네치아의 기독교인들은 그 경멸스러운 이방인에게 특별한 자비심을 보여주지 않았고, 자신들에 대한 송사에서 그가 질 경우에 그를 가혹하게 처벌하겠지요. 하지만 지금 그들은 자칭 그들의 대변인 포샤를 통해서 노골적인 반유대주의자 안토니오를 위험에서 벗어나게 해달라고 샤일록에게 간청하고 있습니다. 그들이 샤일록의 자비로운 처사를 바라는 것은 그에게 공정하게 처신할 준비가 되어 있지 않기 때문입니다. 샤일록은 안토니오의 몸에서 일 파운드의 살을 잘라내도 된다고 명시하는 법적 서류를 갖고 있습니다. 야만적 거래이기는 하지만, 살을 베는 것은 법적으로 그의 정당한 몫입니다. 더욱이 안토니오도 그 거래에 동의했습니다. 그 상황에서 그것이 타당한 거래라고 인정하기도 했지요.

샤일록이 법의 자구에 완고하게 집착하는 것이 법률의 글자 뜻에 구애되는 것으로 보인다면, 그 계약은 피가 아니라 살만 베어낼 것을 허용한다고 지적함으로써 포샤가 승소할 수 있게 한 책략도 마찬가지입니다. 실제의 어떤 법정도 그처럼 터무니없는 트집을 인정하지 않겠지요. 법은 공동의 이해에 따라 작용해야지, 일구이언으로 시시한 트집을 잡는 데 따르면 안 됩니다. 어떻든 자비심은 강요되지 않을지 몰라도, 정의는 확실히 강요되지요. 가령, 처벌은 범죄에 비례해야 합니다. 자비로움은 실로 미덕이지만 그것이 정의를 조롱하도록 허용되어서는 안 됩니다. 이 사건에는 포샤의 유명한 대사가 암시하는 것보다 더 많은 의미가 담겨 있다고 생각할 만한 몇 가지 이유가 있습니다. 하지만 우리에게 무엇을 생각할 것인지를 해설해주는 목소리가 없기 때문에 우리는 스스로 결론을 끌어낼 수밖에 없지요.

『햄릿』에서 폴로니우스가 아들 래어티스에게 해주는 충고도 비슷한 문제가 있습니다. 그 충고는 자주 인용되는 행, "무엇보다도 너 자신에게 진실하라, / 그러면 낮이 지나고 밤이 오듯이 자연히 / 너는 누구에게도 거짓될 수 없을 테니."로 끝납니다. 이 충고가 실로 현명한 것일까요? 만일 선천적 사기꾼이 자기 본성에 충실하겠다고 결정한다면 어떻게 됩니까? 셰익스피어는 이 아버지의 조언에 대해 어떻게 생각했을지 알 길이 없습니다. 이 충고에는 일부 독자가 권위주의적으로 느낄 만한 독선적인 기미가 감돕니다. 다른 곳에서 폴로니우스는 가치가 의심스러운 불길한 발언을 때로 하곤 합니다. 어쩌면 이 연극은 빈번히 그랬듯이 여기서도 그를 조롱하고 있을 뿐일지 모릅니다. 아니면 희귀한 한 순간에 그가 젠체하는 습성에서 벗어나 진정한 도덕적 통찰을 얻었는지 모르지요. 셰익스피어는 이 충고가 건전한 것인지를 스스로에게 묻지 않았거나, 건전하다고 생각했지만

172

착각했을 수도 있습니다. 선천적으로 부정직한 사람들의 경우를 염두에 두지 않았을지도 모르지요. 우리는 셰익스피어에게도 어떤 결함이 있을 수 있다고 생각하기를 겁내지 말아야 합니다. 우리가 그의 희극을 보고 너무 우스워서 배꼽을 잡고 뒹구는 일은 거의 없습니다. 『십이야』를 보면서 웃다가 흥분한 나머지 경련을 일으켜 극장에서 실려 나와야 할 일은 대체로 없습니다.

서사는 주인공과 세계와 은밀히 공모한다

• • •

D.H. 로렌스 『아들과 연인』
조지 엘리엇 『아담 비드』
찰스 디킨스 『어려운 시절』
에벌린 워 『몰락과 멸망』
조지 오웰 『동물농장』
윌리엄 골딩 『파리대왕』
존 밀턴 『실낙원』

전지적 화자라고 해서 도전을 받지 않아도 되는 것은 아닙니다. 우리는 전지적 화자에게도 자기 나름의 편견과 맹점이 있으리라고 의심할 수 있습니다. 서사와 그 인물들의 관계를 예로 들어봅시다. 소설은 어떤 인물을 지나치게 이상화할 수 있고, 또한 어떤 관점을 지지하는 입장에서 줄거리를 지나치게 왜곡할 수도 있습니다. 픽션은 그것이 묘사하는 인물과 사건에 대한 태도를 명시적으로나 은연중에 밝힐 수 있고, 독자는 그것에 의문을 제기하고 싶을 수 있지요. 어느 예리한 비평가는 그레이엄 그린의 소설 『사건의 핵심』의 주인공 스코비가 소설이 제시하는 것보다 더 경탄스러운 인물이기도 하고 동시에 그보다 못한 인물이라고 논평한 적이 있습니다. 우리는 픽션의 말을 복음으로 여길 필요가 없습니다. 그것 말고는 다른 말이 없더라도 말이지요. 어떤 소설에서 여주인공의 눈에 녹색 반점이 있다고 말한다면, 그런 주장과는 말다툼을 벌이기 어렵습니다. 그러나 만일 소설이 그녀가 루크레치아 보르지아[1] 이후의 가장 음흉한 여자라고 암시한다면, 우리는 소설이 표명한 말과 달리 그녀에 대해 보여주는 것을 근거로 이 말에 의문을 제기하고 싶을 수 있습니다. 픽션이 어떤 인물에 대해 우둔하거나 다정하거나 순전히 야비하다고 믿는 듯이 보이더라도, 픽션도 언제나 착각할 수 있습니다. 스스로도 모르는 사이에 픽션은 그런 판단에 반대되는 증거를 우리에게 제공할 수 있지요.

　D. H. 로렌스의 『아들과 연인』을 일례로 들어봅시다. 이 소설은 주인공 폴 모렐을 암암리에 비판하고 있지만 그럼에도 불구하고 대체로 그의 관점에서 세상을 바라봅니다. 서사와 그 주인공이 은밀히 공모하고 있지요. 사실, 어떤 때에는 플롯이 그 주인공을 우리가 생각하는 것보다 더 높이 평가하

---

1 15세기에 교황 알렉산더 6세의 딸로 태어났고 수많은 남성과의 염문으로 인해 악녀의 전형으로 여겨짐.

는 듯이 보입니다. 세계가 대체로 폴의 발언을 통해 보이기 때문에, 그의 애인 미리엄은 대본을 충분히 받지 못합니다. 우리는 폴에 대한 그녀의 견해를 더 많이 알고 싶지만 그녀의 생각에 접근할 수 없습니다. 이 서사는, 다시 말해서, 그녀에게 매우 불리하게 구성되어 있습니다. 현실의 미리엄이라면, 서사의 구조 자체가 비뚤어졌다고 재빨리 지적하겠지요. 로렌스의 『채털리 부인의 사랑』에 대해서도 똑같이 지적할 수 있는데, 이 작품은 냉혹한 클리퍼드 채털리에게 마이크를 넘겨주기를 거부합니다. 그리고 클리퍼드는 거의 순전히 밖에서 본 모습으로 그려집니다. 클리퍼드 채털리에 대한 묘사와, 『안나 카레니나』의 매력적이지 못한 인물 카레닌에 대한 톨스토이의 섬세한 묘사를 대조해볼 수 있겠지요. 클리퍼드에 대한 묘사는 로렌스가 『사랑하는 여인들』에서 제럴드 크리치를 다룬 방식과도 현저히 다릅니다. 제럴드는 작가가 혐오스럽게 생각하는 많은 것을 대변하는 인물이지만 그럼에도 불구하고 탁월하게 실체화되어 있습니다. 제럴드에게 내보일 만한 정신적 내면이 있는 한 그의 내면으로부터 그려집니다. 이와 대조적으로, 클리퍼드 채털리는 진부한 인물로 단순화되고, 소설은 최소한의 노력으로 그를 묘사하고는 치워버립니다. 그는 또한 불구의 몸이 되는데, 휠

체어 신세를 지는 사람을 묘사할 때 로렌스의 솜씨는 결코 감탄스러운 수준이 아닙니다.

조지 엘리엇의 『아담 비드』에서 독자는 헤티 소렐의 내적 삶에 조금 접근할 수 있을 뿐입니다. 노동 계층 출신의 이 젊은 아가씨는 방탕한 시골 지주의 유혹에 빠져 사생아를 낳아서 그 아이를 죽이고는 결국 교수대에서 간신히 구조됩니다. 이처럼 극적인 드라마는, 헤티에게 파헤칠 만한 가치 있는 내면의 깊이가 없는 듯이, 대부분 밖에서 그려지지요. 그녀는 강렬한 비극적 인물이 아니라 동정의 대상입니다. 그녀의 성 소렐은 슬픔(소로우)을 암시하지만 구렁말을 뜻하기도 하는데, 경의가 담긴 성은 아니지요. 이 서사는 결국 헤티를 추방시킴으로써, 소설의 주인공 아담이 낙농장에서 젖짜는 머리 빈 여자보다 더 고상한 아내를 맞을 수 있도록 길을 열어줍니다. 엘리엇의 가장 훌륭한 소설 『미들마치』에는 그러한 불공평한 면이 없습니다. 이 소설의 화자는 공적 토론의 현명한 의장처럼 처신하면서 모든 인물이 하고 싶은 말을 하도록 해줍니다. 무기력한 캐서본조차 감정이 있고 고통을 느끼는 인물로 보이지요. 여기서는 마이크를 제 몫 이상으로 탐내는 일이 있을 수 없습니다.

엘리엇이 캐서본을 다룬 방식과 유사한 것을 『무명의 주드』에서 찾을 수 있습니다. 이 소설은 근엄하고 인습적인 필롯슨에 대해 독자가 어느 정도 혐오감을 느끼도록 유도합니다. 앞에서 살펴보았듯이, 자유사상을 가진 수 브라이드헤드가 가련하게도 그와 결혼합니다. 그러고 나서 수는 자유를 달라고 남편에게 간청하는데, 이 대단히 점잖은 시민이 틀림없이 거절하리라고 우리가 예상하는 순간에 그녀에게 자유롭게 떠나도록 허락해줌으로써 그는 우리를 놀라게 합니다. 그는 공적 여론을 존중하고 또한 사랑하는 여자를 잃는 것에 대해 사적으로 몹시 낙담하면서도 이렇게 행동하지요. 이 이타적인 행위로 말미암아 그는 교장으로서의 직업도 잃게 됩니다. 이 소설이 호감을 주지 못하는 이 인물을 악귀처럼 만들지 않는다는 것은, 인습에 대한 거부를 보여주는 일면입니다. 이 소설은 그가 아내의 불행에 대해 품위 있고 너그럽게 반응하도록 합니다. 로렌스라면 아마도 그에게 그런 관대함을 부여하지 않았겠지요. 그는 필롯슨에게 내면의 삶을 전혀 허용하지 않았을 겁니다.

이런 의미에서 하디의 인물들은 오스틴이나 디킨스의 인물들과 달리 우리를 놀라게 할 수 있습니다. 그의 인물들은 갑자기 창문에서 튀어나오고, 육체적으로 싫어하는 남자와 결혼하고, 오랜 시간 나무 위에 꼼짝 않고 앉아 있고, 궁지에 빠진 사람을 구하려고 절벽 위에서 속옷의 올을 풀어내고, 갑작스러운 변덕에 장터에서 아내를 팔고, 특히 명백한 이유 없이 칼싸움의 묘기를 보여주는 데 몰두하기도 합니다. 주드는 옥스퍼드의 술집에서 술에 취해『니케아 신경』을 암송하는데, 그것은 지방의 칵테일 바에서 흔히 일어날 만한 일이 아니지요. 하디의 소설은 그런 사건의 사실성이 부족하다는 점에 특별히 당황하거나 특히 주목하는 것 같지도 않습니다. 그의 소설은 사실적이거나 비사실적인 다양한 종류의 픽션이 하나의 양식으로 통일되도록 강요하지 않고 책 속에서 나란히 붙어 있는 것에 만족합니다.

하디가『더버빌 가의 테스』에서 테스 더비필드를 다룬 방식은 조지 엘리엇이 헤티 소렐을 다룬 방식과 뚜렷이 대조됩니다. 하디는 새뮤얼 리처드슨이 클래리사를 사랑하듯이 분명 자신의 여주인공 테스를 사랑하고 있고, 많은 능욕을 당한 이 젊은 여성을 공정하게 다루려고 노력합니다. 이런 의미에서 이 소설의 서사는, 몇몇 인물이 괘씸하게도 테스를 착취한 소행에 대해 그녀에게 사랑으로 보상해주려는 것으로 볼 수 있지요. 이 서사는 에인절 클레어처럼 그녀를 이상화하거나 알렉 더버빌처럼 그녀를 관능적 대상으로 삼지 않고 온전한 여자로서 그녀를 그려내려 합니다.

그런 노력이 관대한 것이기는 하지만 문제가 없지는 않습니다. 소설은 테스를 안에서부터 묘사하려고 노력하지만, 또한 테스를 그 자체의 호색적 눈길의 대상으로 만들어서 독자가 비슷한 눈으로 검토하도록 그녀를 보여줍니다. 여러 비평가가 지적했듯이, 이 이야기는 여주인공에게 집중하기가 어렵다는 사실을 알게 됩니다. 그녀를 투명하게 보여주려고 애쓰지만, 그녀를 명확하게 보려고 노력하는 과정에서 이야기의 목소리나 관점이 다른 곳으로 옮아간다는 것을 알게 되지요. 그녀의 관능성에는 묘사할 수 없는 무언가가 있습니다. 그녀가 유혹을 받는 순간처럼 결정적인 시점에, 독자는 테스의 의식에 접근할 수 없습니다. 그녀는 (암암리에 남성인) 화자가 그녀를 마음대로 전유하려는 방식에 저항합니다. 그녀에 대한 여러 상충하고 상반되는 관점들이 일관성 있는 하나의 전체로 용해되지 않고 서로 겹쳐집니다. 이 소설은 그녀의 성격을 보여주려 하면서 그녀에 대한 우리의 이해를 더욱 혼란스럽게 만들 뿐입니다. 화자가 마치 자신의 주인공을 완전히 소유하려는 애욕의 환상을 품고 있는 듯이, 이 소설은 찌르고, 꿰뚫고, 관통하는 이미지들로 가득 차 있습니다. 하지만 결국 그녀는 옴짝달싹할 수 없이 사로잡히지 않습니다.

소설은 각각의 주제를 두드러진 편견을 갖고 다룰 수도 있습니다. 가령 찰스 디킨스의 『어려운 시절』은 작품 배경인 영국 북부의 산업도시 코크타운을 편파적 관점에서 그려냅니다. 도시 자체는 영국 남부 출신의 관찰자가 기차를 타고 지나가면서 흘끗 바라보듯이 인상적으로 조망됩니다. 소설의 주인공 스티븐 블랙풀은 정중하고, 도덕적으로 양심적인 노동자입니다. 소설은 그가 파업 도중에 노조의 압력에 굴복하기를 거부하는 방식에 찬사를 보내도록 우리를 유도하지만, 사실 스티븐에게는 정치의식이 거의 없습니다. 그는 정치적 이유가 아니라 개인적 이유 때문에 동료 노동자들로부터 동떨어져 있지요. 그는 고독하게 죽음을 맞는데, 그가 편협한 노동 조직의 희생자로서 생을 마감한다는 전반적 인상이 남습니다. 그러나 그의 죽음은 실제로 정치적 의미가 전혀 없습니다.

『어려운 시절』은 노동 운동을 소란스럽고 파벌적이며 잠재적으로 폭력적인 것으로 그려냅니다. 이렇게 해서 소설은 스스로도 몹시 개탄한 사회적 부정에 도전한 빅토리아 시대 영국의 극소수 세력 중 하나에 대해서 쓰고는 지워버립니다. 소설에 그려진 파업은 실제 파업에 근거하고 있는데, 디킨스는 그 사건을 이 소설에서보다 자신의 일기에서 훨씬 더 공감적으로 묘사했지요. 사실 그는 파업 노동자들의 자제력을 칭찬했습니다. 『어려운 시절』은 디킨스의 영국에서 긴요한 사회 개혁에 실제로 책임져야 할 신조, 즉 공리주의를 맹렬히 풍자하기도 합니다. 공리주의의 제창자인 제러미 벤담은 동성애 금지에 반대했는데, 그 당시의 사람으로는 놀랍게도 개화된 입장이었지요. 공리주의는 사실에 대한 맹목적 숭배 외에도 많은 철학적 이론을 바탕으로 하고 있었지만, 소설은 공리주의를 터무니없이 단순하게 그런 식으로만 제시합니다. 디킨스의 가장 가까운 친구 중 몇 명이 공리주의자였으므로, 디킨스 자신이 공리주의를 이렇게 왜곡했다는 사실을 알지 못했으리라고는 믿기 어렵습니다.

소설은 그것이 다루는 주제에 대해, 독자들이 기대하고 있더라도, 어떤 태도도 취하지 않을 수 있습니다. 에벌린 워의 풍자 소설 『몰락과 멸망』이 이런 이야기에 해당되는데, 이 소설은 영국 상류사회의 이상야릇한 면을 드러내는 초점으로 주인공 폴 페니페더를 사용하지요. 페니페더는 상류사회의 세계에 들어가는 입구에 불과하므로 인물로서 구체화되지는 않습니다. 그는 소설의 중심에 있는 일종의 공백일 뿐이고, 그의 이름 페니페더[2]가 암시하듯이 하찮은 인물입니다.

---

2 Pennyfeather. 페니는 1펜스 동전으로 값싸고 하찮은 것을 의미하고 페더는 깃털로 가볍고 하찮은 것을 뜻함.

그는 자신의 경험을 조금도 판단하지 못하는 듯이 보입니다. 뛰어난 블랙코미디를 보여주는 한 부분에서 그는 다른 사람의 매춘과 백인 여성 매매 범죄의 희생양으로 7년간의 징역을 선고받습니다. 하지만 기이하게도 부당한 판결에 대해 그는 극히 미약한 항의의 기미가 담긴 말도 내뱉지 못합니다.

폴은 멍청함을 통해서 자기 주위의 피상적인 상류사회의 세계에 속하는 것이지요. 그러므로 그것은 그 세계의 체면을 몹시 손상시킵니다. 하지만 멍청하기 때문에 폴은 그 사회를 비판하지 않습니다. 주인공이 하찮은 인물에 불과하다는 사실은 이 소설의 풍부한 코미디의 한 부분이지만, 그가 상류계층 친구들의 소행에 의문을 제기하지 않도록 막아주기도 하지요. 이런 인물들에 대한 소설의 태도는 신중하게 중립적이고, 이처럼 진지하고 심각하게 표현함으로써 우스꽝스러움을 더해줍니다. 소설은 더없이 충격적이고 기괴한 사건들을 대수롭지 않은 듯이 무심하게 기술하면서, 입술을 꾹 다문 꿋꿋한 태도를 문학적으로 형상화하고 있다고 볼 수 있습니다. 하지만 이처럼 중립적인 어조는 에벌린 워처럼 상류계층에 대한 공감이 강한 사람에게 대단히 편리한 것이기도 합니다.

위의 코미디는 어느 정도는 사람들에게서 내면의 삶을 비워야만 효과적입니다. 하지만 그의 인물들에게는 우선 비워야 할 내적 삶이 별로 없을 수 있습니다. 그렇기 때문에 그들의 도덕적 얄팍함이 확연히 드러나고, 그래서 그들에게 불리하게 작용하지요. 하지만 그들이 실로 겉으로 드러나는 만큼 공허한 인물이라면, 그들의 수치스러운 행위에 대해 어떻게 책임을 지울 수 있을지 알 수 없습니다. 이것은 그들에게 유리한 점으로 작용합니다. 역설적으로, 이 빈둥거리는 게으름뱅이들이 가장 비판을 받아야 할 점, 즉 그들이 종이처럼 얄팍한 인물이라는 사실은, 그들이 비판받지 않게 면제해주는 면죄부가 되는 것이지요.

서사는 다양한 방식을 통해 그 자체를 유리한 입장에 놓을 수 있습니다. 조지 오웰의 『동물농장』은 동물들이 농장을 점령해서 스스로 운영하려다가 비참한 결과를 맞는 이야기이지요. 이 소설 자체는 소비에트 연방 초기의 사회주의적 민주주의의 붕괴에 대한 알레고리로 쓰였습니다. 하지만 실은, 동물은 농장을 경영할 수 없습니다. 손이 없고 발굽만 있을 때는 수표에 서명하거나 원료 공급자에게 전화하기 어렵지요. 사실 이런 이유 때문에 동물들의 실험이 실패하는 것은 아니지만, 그런 사실은 이 이야기에 대한 독자의 반응에 무의식적인 영향을 미칩니다. 그러니 이 이야기는 처음부터 기울어진 것입니다. 이야기가 그 조건을 설정한 방식이 그 목적을 입증하는 데 효과적인 것이지요. 이 알레고리는, 물론 좌파인 작가의 의도와는 반대로, 노동자들이 너무 어리석어서 자신들의 일을 제대로 처리하지 못한다는 의미를 함축할 수 있습니다. 첨언하자면, 이 소설의 제목은 반어적으로 읽힐 수 있습니다. "동물"과 "농장"은 당연히 잘 어울립니다. 하지만 여기서는 어울리지 않지요.

윌리엄 골딩의 『파리대왕』에서도 이와 비슷하게 유리한 여건이 미리 조성됩니다. 이 소설은 무인도에 표류한 일단의 남학생들이 차차 야만 상태로 되돌아가는 것을 그려냅니다. 이런 내용은 무엇보다도 문명이 표피적인 것일 뿐이라는 주장을 예시한다고 여겨집니다. 조셉 콘래드의 『암흑의 핵심』에서 그렇듯이, 인간은 한 꺼풀만 벗기면 모두 야만인이라는 것이지요. 이런 견해는 사회적 진보에 대한 모든 희망을 효과적으로 좌절시킵니다. 남학생의 살갗을 살짝 긁어보면 야만인이 나타난다는 것이니까요. 하지만 아이들을 등장인물로 선택하게 되면 그런 주장을 하는 것이 지나칠 정도로 쉬워집니다. 아이들은 어떻든 사회화가 절반밖에 되어 있지 않으니까요. 아이들은 자신들의 공동체를 운영하는 일처럼 복잡한 일을 아직은 할 수 없습니다. 사실, 이 점에서 볼 때 일부 아이들은 오웰의 돼지들보다도 발전되지 않은 상태입니다. 아이들이 무인도에 세우려는 사회적 질서가 곧 붕괴하는 것은 놀랍지 않은 일입니다. 이처럼 『파리대왕』은 그 자체에 다소 너무 쉬운 상황을 설정합니다. 이 소설이 그 상황을 설정한 방식 때문에 그 상황은 다른 경우보다 더 그럴듯해집니다. 골딩 자신이 믿었듯이 인간은 타락하고 파멸한 존재일 수도 있습니다. 하지만 겁에 질린 일단의 남학생들이 국제 연합 같은 것을 만들어내지 못하는 것을 보여주었다고 해서 그 점을 증명할 수는 없습니다.

어떤 서사가 보여주는 것과 말하는 것 사이에는 불일치가 있을 수 있습니다. 이러한 불일치가 특히 노골적으로 드러난 예는, 존 밀턴의 『실낙원』에서 아담이 죽음을 일으키는 사과를 나눠 먹음으로써 이브와 운명을 함께하려고 결정하는 장면에서 찾을 수 있습니다. 이 시가 그 사건을 제시하는 방식으로 볼 때, 아담이 이브에 대한 사랑으로 그런 결정을 내린다는 것은 의심의 여지가 없습니다.

아니, 아니야! 자연의 끈이
나를 끌어당기는 느낌이요. 내 뼈에서 태어난
그대는 살 중의 살, 축복이든 재난이든,

나 그대와 결코 헤어지지 않으리니.

아담은 이브에 대한 정절로 인해 자신의 생명을 위험에 내맡길 용의가 있습니다. 그러나 그가 사과를 먹을 때는 시의 어조가 뚜렷이 달라집니다.

그는 주저 않고 먹었다,
자신의 더 나은 판단력에 거슬러, 속아서가 아니라
어리석게도 여자의 매혹에 압도되어.

"어리석게도 여자의 매혹에 압도되어"는 조금 전에 시가 그려낸 아담의 마음 상태를 노골적으로 비틀어버립니다. 그의 용감한 자기희생을 예쁜 얼굴의 유혹으로 격하시키지요. 아담이 연인 옆에서 자기 목숨을 내던질 각오로 사과를 받을 때, 이 시는 갑자기 그에 대한 공감을 내버립니다. 대신 엄격한 재판관의 어조를 띠고는, 아담이 이 사건의 파국적 결과를 충분히 알면서 자기기만 없이 자유롭게 사과를 받았다고 주장합니다. 교리가 드라마를 압도하면서, 신학자 밀턴이 인문주의자 밀턴의 뒤를 이어받은 것이지요.

대니얼 디포의 소설에는 우리가 보는 것과 듣는 것 사이에 유사한 갈등이 있습니다. 디포의 소설은 일상의 물적 세계에 매료되어 있습니다. 우리는 그의 글에서 무엇보다도 "다음에 어떻게 될까?"라는 질문을 일으키는, 일종의 순수한 서사성을 발견합니다. 사건은 다른 사건으로 이어지는 한 중요합니다. 이 끊임없는 서사는 전체적 도안을 그리 의식하지 않고 앞으로 돌진합니다. 디포의 이야기에는 논리적 결론이나 자연스러운 결말이 없습니다. 자본가가 이윤 자체를 위해서 이윤을 축적하듯이, 그의 이야기는 서사를 그 자체를 위해 축적합니다. 이야기를 구술하려는 욕구를 도저히 다 채울 수 없는 것 같지요. 멈추면 정체되는 세계에서 침잠하는 것은 다시 날아오르기 위해서일 뿐입니다. 디포에게는 서사와 인물 둘 다 그렇습니다. 로빈슨 크루소는 섬에서 집으로 돌아오자마자 다시 여행을 떠나고, 또 다른 모험을 쌓아서 미래에 독자와 공유하겠다고 약속합니다. 몰 플랜더스 같은 인물은 너무 빨리 이동하면서 남편을 갈아치우고 시시한 범죄를 연달아 저지르기 때문에 지속적인 정체성이 없는 듯합니다. 대신 그들은 임기응변으로, 간신히, 그리고 (몰의 경우에는 말 그대로) '앉은 자리에 따라서'[3] 살아갑니다.

---

[3] "육감으로"라는 뜻인데, 여기서는 몰 플랜더스의 방탕한 편력을 시사하는 의미임.

디포는 분명 사실주의 그 자체를 즐깁니다. 제임스 조이스가 스스로에 대해 말한 적이 있듯이, 디포는 식료품상의 마음을 갖고 있습니다. 사실 영국 소설은 일상적 존재가 무한히 매혹적으로 보이기 시작한 시점에 발생하게 되었지요. 소설이 태어나기 이전의 비극이나 서사시, 만가, 목가, 로맨스 등의 문학 양식은 그렇지 않습니다. 이런 장르들은 신이나 고관대작, 특별한 사건을 다룹니다. 그러니 창녀와 소매치기에는 그리 관심이 없습니다. 몰 플랜더스 같은 창녀에게 자기 이야기를 늘어놓도록 허용한다는 것은 기린에게 이야기를 시키는 것처럼 도무지 생각할 수 없는 일이겠지요. 하지만 디포 같은 비국교도 기독교인에게 있어서 일상생활을 그 자체를 위해 음미한다는 것은, 그의 소설이 하는 일은 바로 그런 것이지만, 도덕적으로 용납할 수 없는 일입니다. 물질세계는 정신세계를 암시한다고 여겨지지요. 물질세계 그 자체를 목적으로 다루어서는 안 됩니다. 실제 사건을 정확히 살펴보고 도덕적이거나 종교적 의미를 밝혀야 합니다. 그래서 디포는 자신이 이처럼 물의를 일으키는 사건들(도둑질, 중혼, 사기, 간통 등등)을 기록하는 것은 우리가 거기에서 도덕적 교훈을 얻을 수 있게 하려는 것일 뿐이라고 선정적 저널리스트의 말투로 장담합니다. 그렇지만 실은 그렇지 않다는 것이 확연히 드러납니다. 스토리와 도덕이 터무니없이 어긋나니까요. 우리는 인간의 역사가 신의 은총으로 인도된다고 믿으라는 권유를 받지만, 그처럼 믿기 어려운 것도 없습니다. 역사는 연속되는 사건들에 불과하지요. 역사는 어떤 도덕적 계획에 의해 형성되는 것이 아니라 탐욕적인 자기 이익에 따라 결정됩니다. 미덕은 그것을 소유할 여유가 있는 사람들을 위한 것입니다. 소설이 말하는 것과 보여주는 것이 서로 들어맞지 않는 것이지요.

D. H. 로렌스는 『토머스 하디 연구』에서 표현했듯이 "냄비에 엄지를 넣는" 작가들에 대해 항의했습니다. 이 말은, 픽션 작품이 그 나름의 신비로운 자율적인 생명을 가진 힘들의 균형체이므로 작가가 거기에 자신의 목적을 강제로 넣어 이 미묘한 균형을 교란해서는 안 된다는 뜻이었지요. 톨스토이가 자신의 위대한 창조물인 안나 카레니나를 죽게 했을 때 바로 이런 일을 저질렀기 때문에 도저히 용서할 수 없다고 로렌스는 생각했습니다. 로렌스가 "유다" 같은 작가라고 불렀던 톨스토이는 당당하게 넘쳐흐르는 여주인공의 생명력에 겁을 먹고는 비겁하게도 그녀를 기차 아래 밀어 넣어 해치웠다는 것이지요. 주인공이 파멸하도록 내버려두는 작가는, 로렌스의 눈에는, 그야말로 "인생에 파렴치한 짓을 저지

르는"것입니다. 그러므로 비극은 일종의 책임 회피이지요.
사실, 비극에 대한 그의 반감은 모더니즘의 중요 작가들 중
에서 유난히 두드러집니다. 자기실현을 이룰 수 없는 로렌
스의 인물들은 대체로 비극적으로 여겨지지 않습니다. 그들
은 다른 인물들이 방해받지 않고 자기실현을 이룰 수 있도
록 방해되지 않는 곳으로 쓸려나가야 합니다.

톨스토이와 비극에 관한 로렌스의 생각은 옳지 않을 수 있
지만, 작가들이 빈번히 자신들의 목적에 맞춰 서사를 인위
적으로 조작한다는 그의 통찰은 옳습니다. 조지 엘리엇의
『미들마치』에서 여주인공 도로시아 브룩이 늙고 시들어빠
진 현학자와의 사랑 없는 결혼으로 덫에 빠진 듯이 보일 때,
소설은 직접 나서서 그에게 치명적인 심장마비를 일으켜 치
워버립니다. 신의 섭리의 현대적 형태는, 다시 말해서, 픽션
인 것이지요. 『제인 에어』는 이미 기혼자인 로체스터와 여주
인공을 결혼시키기를 간절히 열망합니다. 그래서 그의 미친
아내를 활활 타오르는 지붕 꼭대기에서 떨어뜨려 죽게 하지
요. 만일 인물 스스로가 살인을 내켜 하지 않으면, 서사가 항
상 끼어들어서 도와줍니다. 서사는 고용된 암살자 같아서,
인물들이 꽁무니를 빼는 더러운 일을 도맡아 처리해주지요.
데이비드 코퍼필드의 아내 도라는 다소 머리가 비고 어린애

같은 여자라서 분명 그에게 적합하지 않은 배우자이므로 소설 끝까지 살아남지 못하게 됩니다. 탐정소설의 초반에 동료 인물들을 마구 짓밟다가 칼에 찔려 인생을 마감할 횡포한 사업가처럼 그녀는 몰락할 운명에 처하는 것이지요.

스토리는 거의 확실한 곤경을 모면하기 위해 끼어들어서 적시의 유산 상속이나 바람직한 신랑감의 도착, 오랫동안 연락이 끊겼던 부유한 친척의 발견 같은 해결책을 제공하기도 합니다. 이런 부류의 사실주의적 서사의 임무는 고결한 사람에게 상을 주고 악당에게 당연한 벌을 주는 것입니다. 이런 서사는 현실의 크나큰 실수를 바로잡으려 합니다. 헨리 필딩의 작품에서 그렇듯, 이처럼 미덕과 악덕에 따라 상과 벌을 나눠줄 때 때로는 그 작위적 책략을 빈정거리는 의식이 수반되기도 합니다. 현실에서라면 주인공이 교수형에 처해질 수 있다고 소설은 은밀히 암시하지요. 하지만 소설에서는 주인공에게 그를 흠모하는 아내와 상당한 토지 재산을 반드시 확보해줘야 합니다. 만일 주인공이 그런 것을 얻기 위해 적극적으로 노력하는 모습을 보인다면, 우리는 그의 미덕을 대수롭지 않게 여기겠지요. 미덕이란 이기적이지 않은 것이라고 여겨지니까요. 그러니 그를 위해 대신 플롯이 작동해야 합니다. 필딩은 톰 존스가 행복을 누리도록 만들어주면서 그런 행복한 결과는 실제 생활에서 일반적으로 일어나는 것이 아니라고 우리에게 알려줍니다. 그는 선한 사람이 지상에서 보상을 받으리라는 훌륭한 도덕적 주장이 있다고 소설 도중에 언급하면서, 그 주장에 단 하나의 결함이 있는데 그것이 사실이 아니라는 것이라고 덧붙이지요.

이와 마찬가지로, 타락하고 음흉한 사람은 소설이 끝날 무렵에 대개 패배합니다. 그들의 계략은 좌절되고, 그들의 재산은 그들의 거친 손아귀에서 빼앗기고, 그들은 감옥으로 보내지거나 괴물 같은 사람과 결혼하지요. 가난한 사람은 좋은 것을 잔뜩 받고, 반면에 부자는 빈손으로 내쫓깁니다. 하지만 현실에서는 악당이 판사나 장관이 될 수도 있다고 신중하게 암시됩니다. 셰익스피어의 희극 몇 편의 결말에도 이와 비슷한 아이러니한 의식이 있고, 그래서 현실에서는 상황이 그런 식으로 귀결되지 않으리라는 것을 독자는 씁쓸하게 인식합니다. 『한여름 밤의 꿈』은 커플들이 서로 "적합한" 짝을 찾아 결혼하는 것으로 끝나는데, 그 이전에 성적 매력과 관련해서 적합성이라는 관념 자체를 문제 삼습니다. 그보다도 이 연극은 사람이 어떻게 다른 사람을 욕망할 수 있는지를 예시하고, 욕망에 내재하는 무질서한 속성이 질서 정연한 플롯에 위협이 될 수 있음을 보여줍니다. 심지어 요정 여왕은 당나귀(바보)를 사랑하게 되는데, 왕족 신분의 인물이 그런 일에 빠진 경우로서 유일한 것은 아니지요. 『템페스트』에서 프로스페로는 마술적 수단을 통해서만 적들과 화해할 수 있습니다. 샬럿 브론테의 소설 『빌레트』는 희극적 결말과 비극적 결말 두 가지를 제시합니다. 이 소설은 '독자가 굳이 원한다면, 해피엔딩을 제공하겠다. 하지만 그것이 반드시 그 문제의 진상이라고 상상하지 마라.'고 독자에게 중얼거리는 듯합니다.

비극적 결말을 겁내지 않았던 헨리 제임스는 자신의 에세이 『픽션의 기술』에서 수많은 사실주의 소설의 결말 부분에 등장하는 "마지막에 베풀어주는 보상이나 연금, 남편, 아내, 아기, 큰 재산, 첨부된 단락과 쾌활한 단평"에 대해 냉소적으로 언급합니다. 그런 결말의 목적은 위안을 주려는 것인 반면에, 많은 모더니즘 소설의 결말은 마음을 불안하게 합니다. 빅토리아 시대 사람들은 예술의 기능 중 하나가 독자의 사기를 북돋는 것이라고 믿었습니다. 우울함은 정신적 쇠약을 일으킨다고 여겨졌고, 심지어 정치적으로 위험한 것으로 보일 수 있었습니다. 활기 없는 사람은 불만을 품게 되니까요. 거의 모든 빅토리아 시대의 소설이 긍정적인 분위기로 끝나는 이유 중 하나는 이것입니다. 심지어 명백히 비극에 가까운 작품,『폭풍의 언덕』도 잠정적인 긍정적 결론을 가까스로 끌어냅니다. 해피엔딩은 실로 백일몽이고, 백일몽이란 프로이트가 말했듯이, "불만스러운 현실의 수정"입니다. 우리는 현실 세계에서 혜택이 분배되는 방식에 유감스러운 점이 많다는 것을 알고 있습니다. 경탄스러운 여자들은 너저분한 남편을 얻고, 부정한 은행가는 감옥에 가지 않고, 귀여운 아기들은 백인지상주의자들에게 태어납니다. 그래서 시적 인과응보가 조금 일어난다면 언짢지 않겠지요. 그런 인과응보가 일어날 수 있는 극소수의 영역 중 하나가 소설입니다. 이런 생각을 하면 그리 위안이 되지 않겠지요.

조셉 콘래드는『인생과 문학에 관한 기록』의 헨리 제임스에 관한 에세이에서 "보상과 처벌, 사랑의 성취, 행운, 부러진 다리나 돌연한 죽음에 의한 해결책"과 관련하여 소설의 관습적 결말에 대해 언급합니다. "이런 해결책은 그것이 결말에 대한 욕망, 우리의 마음이 지상의 빵 덩어리와 생선에 대한 갈망보다 더 큰 갈망으로 희구하는 결말에 대한 갈망을 충족시키는 한 정당하다. 인류의 단 하나의 진실한 욕망은 한가로운 시간에 그처럼 밝혀지면서 진정될 것이다."라고 콘래드는 이어갑니다. 종결에 대한 이러한 갈망, "결국 무슨 일이 일어나는가?"라는 한결같은 외침 때문에 우리는 열심히 계속 읽어갑니다. 우리가 스릴러나 괴기 소설, 연속 모험물, 고딕 공포 소설에 몹시 매료되는 이유 중 하나는 그것이지요. 콘래드가 이 말을 쓰고 난 지 오래되지 않아 지그문트 프로이트는 결말에 대한 우리의 갈망을 죽음 충동이라고 불렀습니다.

하지만 우리는 호기심을 충족시키고 싶더라도, 그 충족을 경계해야 합니다. 결말의 기쁨이 너무 일찍 나오면, 긴장의 즐거움이 깨질 수 있으니까요. 우리는 확언을 갈망하지만, 그것이 연기되기를 바라기도 합니다. 호기심을 채울 필요가 있지만, 결말을 알지 못하는 불안감을 즐기기도 하지요. 해결책이 잠정적으로 연기되지 않으면, 이야기는 성립될 수 없습니다. 해결책이 없기 때문에 서사가 계속 이어지는 것이지요. 하지만 우리는 잃어버린 강아지나 에덴동산처럼 그것이 복원되기를 갈구합니다. 콘래드의 『암흑의 핵심』의 화자는 소설 끝머리에서 커츠가 죽은 후 그의 약혼녀를 만났을 때 그녀를 위로하려고 거짓말을 합니다. 이 이야기는 그 약혼녀를 해피엔딩을 추구하는 전통적 독자로 취급하는 듯합니다. 하지만 콘래드 자신은 행복한 결말은 거의 없을뿐더러 어떤 경우에도 명확한 결말은 없다고 생각했지요.

질서가 와해된 곳에서 이야기가 태어난다

• • •

포드 매독스 포드 『훌륭한 군인』
엘리자베스 개스켈 『메리 바튼』
조셉 콘래드 『암흑의 핵심』
로렌스 스턴 『트리스트럼 샌디』

이미 살펴보았듯이, 스토리가 전개될 수 있는 까닭은 초반에 어떤 질서가 와해되었기 때문입니다. 뱀 한 마리가 행복한 정원에 슬쩍 들어서고, 이방인이 마을에 찾아오며, 돈키호테는 훤히 트인 대로에서 돌격하고, 러브레이스는 클래리사에 대한 연정을 품고, 톰 존스는 후원자의 시골 대저택에서 쫓겨나며, 로드 짐은 돌이킬 수 없이 배에서 뛰어내리고, 요제프 K[1]는 죄명도 모르는 범죄로 체포됩니다. 수많은 사실

---

1 카프카의 장편소설 『소송』의 주인공.

주의 소설의 결말은 이 질서를, 어쩌면 더 풍부한 형태로, 복원하고자 합니다. 원죄는 갈등과 혼란을 빚어내지만, 그런 상태가 결국에는 회복되겠지요. 에덴동산에서의 타락과 마찬가지로, 그것은 "복된 죄(felix culpa)" 혹은 다행스러운 결함입니다. 원죄가 없으면 이야기도 없을 테니까요. 따라서 독자는 위안과 용기를 얻습니다. 독자는 현실에 내재된 논리가 있으며 소설의 임무는 그 논리를 참을성 있게 밝혀내는 것이라고 확신하게 됩니다. 우리 모두는 어마어마한 플롯의 일부이고, 이 플롯이 희극처럼 행복한 결말을 가져오리라는 '좋은 소식(복음)'이 있습니다.

이 점에 있어서 서사를 일종의 전략으로 생각하는 것이 도움이 되겠지요. 다른 전략들과 마찬가지로 서사는 특정한 목표를 달성하기 위해서 어떤 자원을 동원하고 어떤 기법을 전개합니다. 상당수의 사실주의 소설은 문제-해결 장치로 볼 수 있습니다. 스스로 문제를 만들어낸 다음에 해결하려드니까요. 이런 일을 하는 사람은 정신 심리상담자로 불릴지 모르지만, 우리는 사실주의 소설에서 이런 종류의 일을 기대합니다. 그런데 서사의 긴장감이 있으려면, 골치 아픈 문제가 너무 빨리 해결되어서는 안 됩니다. 엠마 우드하우스가 나이틀리 씨의 품에 안기는 것으로 결말이 나야 하지만, 바로 두 번째 단락에서 그렇게 되어서는 안 되지요. 그렇지만 문학 작품은 한 가지 문제를 해결하면서 다른 문제를 만들어낼 수 있고 이어서 그 문제와 씨름할 필요가 생깁니다. 모더니즘과 포스트모더니즘 작품들은 대체로 해결책을 제시하는 데 그리 관심을 두지 않습니다. 그들의 목적은 오히려 어떤 문제를 폭로하는 것이지요. 그런 작품들은 일반적으로 방탕한 사기꾼이 가로등 기둥에 거꾸로 매달리거나 행복한 결혼에 이르는 결말로 끝나지 않습니다. 이 점에 있어서는 그런 계열의 소설이 대부분의 사실주의 소설보다 더 사실적이라고 말할 수 있겠지요.

고전적 사실주의에서는 세계 자체가 이야기로 형성됩니다. 이와 대조적으로 많은 모더니즘 소설에서는 독자가 스스로 구성하는 질서 말고는 다른 질서가 없습니다. 독자가 구성하는 질서는 임의적이므로, 소설의 시작과 결말도 그렇습니다. 신이 명한 기원도, 자연스러운 종결도 없습니다. 이 말은 곧 사리에 맞는 중간도 없다는 뜻이지요. 한 사람에게는 목적으로 여겨지는 것이 다른 사람에게는 기원일 수도 있습니다. 여러분은 내키는 대로 어디서나 시작할 수도, 중단할 수도 있습니다. 세계에 목적과 기원이 내재하지 않습니다. 이런 점에서 모든 일을 좌지우지하는 것은 세계가 아니라 여러분입니다. 하지만 여러분이 어디서 시작하든 간에, 이미 엄청나게 많은 일이 일어났다고 명확히 인식하겠지요. 그리고 여러분이 어디서 중단하든 간에 그와 상관없이 대단히 많은 것이 지속되겠지요.

그래서 일부 모더니즘 작품은 서사라는 개념 자체에 대해 회의적입니다. 서사는 세계에 균형 잡힌 형체가 있고 원인과 결과가 질서정연하게 이어진다는 암시를 함축하니까요. 서사는 때로 (언제나 그런 것은 결코 아니지만) 진보에 대한 믿음, 이성의 힘과 인류의 전진에 대한 믿음과 결합됩니다. 이런 고전적 서사가 인간의 이성에 대한 믿음을 고무하지 못한 사건, 즉 제1차 세계대전의 전쟁터에서 산산조각 나고 말았다는 주장은 지나치게 기발하다고 볼 수 없을 것입니다. 『율리시스』와 『황무지』에서부터 예이츠의 『쿨의 야생백조』와 로렌스의 『연애하는 여인들』에 이르기까지 모더니즘의 위대한 작품들은 이 시기에 산출되었습니다. 모더니즘 작가에게 현실은 말끔하게 논리 정연한 형태로 전개되지 않습니다. 사건 A는 사건 B로 이어질 수 있지만, 사건 C, D, E 및 무수히 다른 사건으로도 이어질 수 있습니다. 그것은 무수히 많은 요인이 작용한 결과이니까요. 이런 줄거리 중에서 어느 것이 우선권을 얻을지 누가 결정하겠습니까? 사실주의는 세계를 펼쳐짐, 전개로 보는 반면에, 모더니즘은 세계를 텍스트로 보는 경향이 있습니다. 여기서 "텍스트"라는 단어는 "텍스타일(직물)"과 유사하게, 많은 가닥으로 섞어 짠 것을 뜻합니다. 이런 관점에서 볼 때 현실은 논리적 발전의 결과라기보다는 뒤얽힌 타래 같은 것이고, 그 안의 모든 구성 요소는 온갖 다른 요소와 복잡하게 엮여 있습니다. 그처럼 뒤얽힌 것에는 중심이 없고, 그것을 떠받칠 토대도 없습니다. 그것이 어디서 시작하고 끝나는지 정확히 짚을 수도 없습니다. 사건 A나 사건 Z도 없습니다. 그 과정은 엉클어진 타래를 끝없이 풀어나가는 것일 수 있고 무한히 전개됩니다. 태초에 말씀이 있었다고 「요한복음」은 단언합니다. 그러나 말은 다른 말들과의 관계가 있어야만 말이 됩니다. 그러므로 첫 번째 말씀이 말이 되기 위해서는, 먼저 다른 말이 적어도 하나는 있어야 합니다. 이는 곧 첫 번째 말이 없었다는 뜻이지요. 인류학자 클로드 레비스트로스가 표현했듯이, 언어가 태어났다는 말이 이치에 맞으려면, 언어가 "단번에" 태어났어야 합니다.

그래서 서사의 개념은 위기에 빠지게 되었습니다. 모더니즘에서는, 어떤 것이 어디서 시작되었는지 안다고 해도, 그런 일이 가능하다고 해도, 그것에 대한 진실을 반드시 얻게 되는 것은 아닙니다. 그렇다고 가정한다면 이른바 발생론적 오류를 범하게 됩니다. 하나의 총체적 서사는 없고, 다수의 작은 서사가 있을 뿐이고, 그 각각은 부분적 진실을 갖고 있겠지요. 우리는 현실의 가장 변변찮은 면에 대해서도 무수히 다양하게 설명할 수 있고, 그 모든 설명이 서로 조화를 이루지는 못할 것입니다. 이야기의 어느 하찮은 사건이 결국에 중대한 의미를 갖게 될지 알 수 없습니다. 생물학자가 미진화한 생물 중 어느 것이 시간이 지나서 특별한 것으로 진화할지를 알기 어려운 것과 마찬가지이지요. 수십억 년 전에 꼼짝달싹 못하는 작고 미끈거리는 연체동물을 살펴보았더라면 어느 누가 톰 크루즈의 출현을 상상했겠습니까? 스토리는 타래처럼 뒤얽힌 이 세계에 억지로 일종의 도안을 새겨 넣으려고 하지만, 그렇게 하면서 세계를 단순화하고 빈약하게 만들 뿐입니다. 서술한다는 것은 변조하는 것입니다. 실은, 글을 쓰는 것은 변조하는 것이라고 주장할 수도 있습니다. 글을 쓰는 것은, 결국, 시간을 두고 전개되는 과정이고, 이 점에서 서사와 유사합니다. 그렇다면 진정한 문학 작품이란 변조를 의식하고 그것을 참작하는 방식으로 이야기를 풀어가려는 것이겠지요.

이 말은 곧 모든 서사가 아이러니일 수밖에 없다는 뜻입니다. 서사는 그 자체의 한계를 끊임없이 염두에 두면서 이야기를 전달해야 합니다. 서사는 그것이 알지 못하는 것을 알고 있는 것에 어떻게든 포함시켜야 합니다. 이야기의 한계가 곧 이야기의 일부가 되어야 하지요. 이런 이유 때문에 콘래드의 몇몇 화자나 포드 매독스 포드의 『훌륭한 군인』의 화자는 자신들의 맹점을 애써 인정합니다. 우리가 도달할 수 있는 진실의 최고 근사치는 우리 자신의 부득이한 무지의 고백인 듯합니다. 서사는 주제에 대한 그 자체의 해석 말고도 많은 해석이 가능하다는 것을 암시할 방법을 찾아야 합니다. 서사가 기만적으로 절대적인 것인 듯이 보이지 않으려면, 그 서사의 임의성을 알려주어야 합니다. 사뮈엘 베케트는 때로 허황한 이야기를 시작하고는 그 이야기가 본격적으로 궤도에 오르자마자 중단하고 그 대신에 똑같이 종작없는 이야기를 시작합니다.

다시 말해서, 현대의 스토리텔링은 시인들이 한 종족의 신화적 기원을 구술하거나 전쟁의 승리를 노래하던 시절에 가능했던 필연성을 상실했습니다. 이제 이야기를 하는 것은 불필요하게 되었지요. 그것은 종족의 기원이나 국가의 역사에 담보되어 있으리라고 여겨진 실체의 토대를 갖지 못합니다. 그러니 이야기는 자립적이어야 합니다. 「창세기」의 저자나 단테의 『신곡』과 달리, 이야기는 그 자체 외의 다른 권위에 호소할 수 없습니다. 이렇기 때문에 작가가 조작할 여지는 훨씬 더 커집니다. 하지만 그것은 부정적인 자유이지요. 우리가 살고 있는 세계는 서술될 수 없는 것이 없지만, 서술될 필요가 있는 것도 없는 곳입니다.

엄밀한 한계를 갖고 있지만 그 사실을 인식하지 못하는 듯한 서사도 있습니다. 엘리자베스 개스켈의 소설 『메리 바튼』이 그 일례이지요. 남자 주인공 존 바튼은 빅토리아 시대 맨체스터의 보잘것없는 노동자로서 정치적 투사가 됩니다. 하지만 투사가 되자마자 그는 이야기의 영역을 넘어 사라지거나 적어도 그 이해 범위를 넘어서는 듯합니다. 그가 여백에 숨어 있는 것은 느낄 수 있지만 더는 정면으로 보이지 않습니다. 소설은 심지어 그가 어떤 부류의 활동가인지, 차티스트 운동가인지 공산주의자인지 아니면 다른 운동가인지에 대해서도 분명히 알지 못하는 듯합니다. 소설 스스로도 알지 못한다면, 그렇다면 누구도 알지 못하지요. 바튼은 그가 등장하는 이야기가 그 나름의 보다 인습적인 정치관 때문에 그야말로 그를 따라갈 수 없는 어둑한 세계로 들어가버린 것입니다. 개스켈이 원래 그 주인공의 이름을 따서 소설 제목을 붙이려다가 마음을 바꿔 그보다 평판이 나은 그의 딸

메리의 이름을 붙였다는 것은 이런 점에서 의미심장합니다.

모더니즘이 도래하면서, 단순하기 그지없는 이야기도 직선적으로 말하는 것이 점점 어려워집니다. 과거 선원으로서 이야기를 풀어가는 솜씨로 유명한 조셉 콘래드를 예로 들어 봅시다. 『암흑의 핵심』은, 무엇보다도, 눈을 떼지 못하게 하는 탐정소설입니다. 하지만 이야기가 전개되면서 가장자리가 흐릿해지고 용해되고 부서지기 시작하지요. 이야기는 생생하게 구체적으로 구술되지만, 아무리 섬세한 세부 묘사로도 떨쳐낼 수 없는 모호한 분위기가 이야기를 감쌉니다. 주인공 말로는 어디에도 이르지 못하는 듯이 보입니다. 콩고 강의 상류를 거슬러 올라 아프리카 대륙의 중심에 들어서면서 그는 또한 자신의 내면으로 더 깊이 침잠하고 신화와 무의식의 초시간적 영역에 들어섭니다. 그래서 그의 여행은 앞으로 나아가기보다는 안으로 파고 들어갑니다. 동시에, 문명 세계에서 벗어나 이른바 야만 세계를 향해 항해하면서 그는 태곳적 과거로 여행합니다. 아프리카의 오지에 밀고 들어가는 것은 인간의 "원시적" 기원으로 되돌아가는 것입니다. 그래서 서사는 앞으로 나아가는 동시에 뒤로 돌아갑니다. 진보란 환상에 불과합니다. 역사에 아무런 희망도 없습니다. 조이스의 스티븐 디댈러스의 말을 빌리자면, 역사는 악몽이고 모더니즘은 그 악몽에서 깨어나려고 몸부림치고 있습니다. 콘래드의 서사가 곤경에 빠져 있다면 그 부분적 이유는 진보에 대한 19세기의 믿음—야만으로부터 문명으로 지속적으로 상승하는 진보에 대한 믿음—이 어마어마한 타격을 받았기 때문입니다.

그러므로 말로가 찾아가는, 가공하리만치 타락한 인물 커츠가 처음에 "동정과 과학, 진보의 사도로, 그 밖에 누구도 모르는 것(and devil knows what else)의 사도로" 아프리카에 왔다는 것은 놀랍지 않은 일입니다. (마지막 구절은 "and the devil knows what else"일 거라고 예상할 수 있지만, 콘래드의 모국어는 영어가 아니었고 그의 산문을 보면 때로 그 사실을 떠올리게 됩니다.) 식민지 관리인 커츠는 진보와 계몽을 위해 아프리카에 왔고, 이제는 "입에 담을 수 없는 의식"을 치르고서 은밀하고 혐오스러운 행위를 저지르는 인물로 타락했습니다. 벨기에령 콩고 주민을 교화하러 왔지만 이제는 그들을 전멸시키기를 바라지요. 그러므로 이야기의 형식뿐 아니라 내용에서도 진보가 야만으로 되돌아간 것입니다.

역사뿐 아니라 서사도 더는 어디로도 나아가지 못하는 듯합니다. 조이스의 레오폴드 블룸은 아침에 일어나서 종작없이 빈둥거리며 더블린을 돌아다니다가 집에 돌아갑니다. 직선적 역사 관념은 물러나고 순환적 역사 관념이 등장합니다. 이야기는 그물을 던져 교묘히 빠져나가는 진실을 붙잡으려고 끝없이 노력합니다. 이야기를 한다는 것은 공허에 형체를 부여하려고 노력하는 것이지요. 바다에 쟁기질을 하듯이 헛된 일입니다. 『암흑의 핵심』에서 말로는 문자 그대로 깜깜한 암흑 속에서 이야기를 들려주고, 한밤중에 갑판에 웅크리고 앉은 그는 다른 선원들이 자기 이야기를 듣고 있는지조차 확신하지 못합니다. 이미 살펴보았듯이, 그의 마지막 말은 거짓입니다. 조지 엘리엇과 토머스 하디는 진실이 본질적으로 서술될 수 있는 것이라고 믿은 반면, 콘래드와 울프에게는 그런 믿음이 없습니다. 그들에게 진실이란 표현할 수 없는 영역에 존재합니다. 그것을 보여줄 수는 있지만 서술할 수는 없습니다. 커츠는 무시무시한 진실을 흘끗 보았을지 모르지만, 그것을 빡빡하게 조이는 이야기 형식에 억지로 밀어 넣을 수는 없습니다. 모든 이야기의 중심에는 암흑의 핵심이 자리 잡고 있는 것이지요.

말로가 자기 이야기를 늘어놓을 수 있는 것은 오로지 그가 진실에 도달하지 못했고 결코 도달하지 못할 것이기 때문입니다. 인간의 상황에 대한 궁극적인 말을 가까스로 표명한 작품은 더해야 할 말이 없겠지요. 그러므로 그것은 차

차 침묵에 빠져들 뿐입니다. 그것은 스스로 제시한 진실로 인해 죽어갑니다. "우리가 더듬거리면서도 물론 변함없이 말하고자 했던 그것을 완벽하게 표현하기에는 인생이 너무 짧지 않소?"라고 말로는 묻습니다. 서사가 계속해서 진행되는 것은 그것이 순전히 불가능한 일이기 때문입니다. (모더니즘) 이야기가 추구하는 진실은 언어의 영역 너머에 존재합니다만 그렇더라도 진실을 단념하지 않습니다. 이처럼 단념을 거부하기 때문에 스토리텔링은 계속됩니다. 가만히 있지 않음으로써 좀 더 가까이 다가가는 것이지요. 말로는 『암흑의 핵심』에서 "가장 먼 항해 지점과 내 경험의 정점"으로 여행했다고 말합니다. 단 하나의 문제는, 이 엄연한 극단에 이르렀을 때 커츠처럼 그 경계 너머의 심연을 들여다볼 용기가 있는가 하는 것입니다. 커츠는 언어와 서사를 넘어 그 경계 훨씬 너머에 있는 역겨운 실제에 들어섰습니다. 이것이 일종의 무시무시한 승리라고 소설은 말하지요. 커츠는 움찔하지 않고 메두사의 머리를 정면으로 응시했고, 이것이 어쩌면 교외에 사는 중산층의 미덕보다 더 경탄스러운 성취라는 것입니다. 이것이 모더니즘의 익숙한 주장입니다. 위험하고 과감하지요.

말로 스스로는 작품에 거의 등장하지 않는 남자, 커츠에 대해 적어도 이렇게 믿습니다. 그러나 말로는 커츠를 잘못 우상화하고 있을지 모르지요. 콘래드 자신은 다른 생각을 갖고 있을 수 있습니다. 『로드 짐』과 『노스트로모』 같은 그의 일부 작품은 『암흑의 핵심』과 마찬가지로 이야기를 직선적으로 풀어가지 않으려 합니다. 대신 이 소설들의 묘사는 앞의 설명으로 되돌아가거나 중간에 시작해서 나아가고, 몇 가지 줄거리를 동시에 풀어가고, 화자를 다른 화자로 교체하고, 동일한 사건을 다양한 관점에서 다시 설명합니다. 독자는 한쪽 각도에서 들려준 이야기에 빠져들다가 다른 각도의 진술에 빠져들어야 하고, 시간적으로는 뒤로 그리고 앞으로 미끄러지듯 옮겨 다니며, 누군가의 말을 들려준 누군가의 이야기를 기록한 누군가의 글에 의존해야 합니다.

이 몇 가지 기법은 영국의 가장 위대한 희극적 걸작 중 하나인 18세기 작가 로렌스 스턴의 『트리스트럼 샌디』를 연상시킵니다. 스토리텔링을 마음대로 뜯어고치는 것은 모더니즘에 국한된 기법이 아닙니다. 실로 스턴의 소설은 서사의 불가능성에 관한 서사입니다. 적어도 사실주의 부류의 서사는 불가능하다는 것이지요. 그의 소설은 사실주의가, 엄밀히 말해서, 우리의 능력 밖의 일이라는 것을 보여줍니다. 어떤 글도 있는 그대로의 현실을 말할 수 없습니다. 이른바 사실주의란 전부 다 현실을 어떤 각도에서 편집한 해석입니다. 인간의 삶에 대해서는 말할 것도 없고 손톱의 작은 얼룩에 대해서도 "완벽한"설명은 불가능합니다. 사실주의 소설은 존재를 있는 그대로, 온갖 들쑥날쑥한 세부 묘사로 상세히 반영하리라 여겨집니다. 또한 사실주의 소설은 이 무정형의 것을 모양새 좋은 서사로 만들어내리라고 여겨지기도 합니다. 그런데 이 두 가지 목표는 실로 양립할 수 없는 것이지요. 어떤 이야기든지 이야기는 선택하고 수정하고 배제하기 마련이고, 따라서 꾸밈없는 진실을 제시할 수 없습니다. 이야기가 있는 그대로의 진실을 제시하려 한다면, 그 시도는 영원히 계속되어야 하겠지요. 한 이야기가 다른 이야기로 그리고 또 다른 이야기로 이어지면서, 여담에 다른 여담이 겹겹이 쌓일 것입니다. 『트리스트럼 샌디』에서 바로 이런 일이 일어납니다.

스턴에게 (아니면 그는 적어도 그렇게 주장합니다.) 선택과 배제는 독자를 기만하는 방법입니다. 작가의 구상이란 실로 속임수이지요. 그래서 이 소설의 화자 트리스트럼은 자신의 출생과 양육에 관해 가능한 모든 것을 우리에게 말해주겠다고 선언합니다. 독자 친화적으로 보이는 이 제스처의 결과는, 이 서사가 금방 중단되어 꼼짝달싹 못하고 독자는 순전히 어리둥절하게 된다는 것이지요. 우리는 독자 친화적으로 보이던 제스처가 실은 교묘하고 짓궂은 장난이었으리라는 의심을 품게 됩니다. 트리스트럼은 자신이 잉태된 순간에 이르기까지 과거로 돌아가서 자신에 관한 모든 사실을 말해주려고 노력하면서 결국 감당하기 어려운 엄청난 텍스트를 만들어내기 때문에 우리는 완전히 혼란스러워집니다. 트리스트럼의 전체 계획은 유쾌하게 그 자체를 무효화합니다. 오래지 않아 우리는 주인공이 제정신이 아니라는 의혹을 품게 되고 우리 자신도 거의 같은 방향으로 끌려가고 있음을 느낍니다.

사실주의는 세계를 유쾌하거나 불안하게 뒤엉클어진 온갖 상태로 보여주는 듯하지만, 실제로는 그렇지 않습니다. 사실주의 소설이나 자연주의 연극에서 전화벨이 울리면 잘못 걸린 전화가 아니라 플롯의 한 수단이라는 것이 거의 확실하지요. 사실주의 작품은 그것의 도덕적 비전을 쌓아 올리는 데 도움이 될 인물과 사건, 상황을 선택합니다. 하지만 이 선택적인 면모를 숨기고 그럼으로써 현실적 분위기를 만들어내기 위해 사실주의 소설은 일반적으로 많은 세부 묘사를 제공하는데 그것이 실은 꽤 임의적입니다. 가령 작품에 잠시 등장하는 뇌수술 의사의 손이 크고 털투성이라고 묘사할 수 있겠지요. 반면에 그 의사가 부드럽고 앙증맞은 손을 갖고 있다고 묘사하더라도 줄거리에는 전혀 지장이 없을 것입니다. 세부 묘사는 순전히 임의적입니다. 그것은 오로지 실제적 느낌을 만들어내기 위해서만 존재합니다. 사실주의 소설에서 여주인공이 고동색 택시를 불러 세운다면, 실험 소설에서는 그 택시가 어떤 페이지에서는 고동색이고 다른 페이지에서는 색깔이 언급되지 않고 또 다른 페이지에서는 마지팬[2]으로 만들어진 운전사가 등장합니다. 이런 식으로 실험 소설은 사실주의 소설의 비밀을 의도적으로 폭로합니다. 사실주의 소설이 우리의 등 뒤에서 어떤 수작을 부리고 있는지를 폭로하여 보여주는 것이지요. 실은 바로 이것이 『트리스트럼 샌디』의 목적입니다. 영국에서 소설 양식은 등장하자마자 교묘하게 해체된 것입니다.

트리스트럼의 목적은 자신의 자서전을 쓰는 것입니다. 그런데 독자를 속이지 않으려면 그 어떤 것도 빼놓으면 안 되기 때문에 결국 그의 자서전은 유아 시절을 넘어서지 못합니다. 자서전의 첫 두 권을 상당한 분량으로 끝낸 후에도 그는 아직 태어나지 않은 상태입니다. 아홉 권 이후에도 우리

---

2 설탕, 아몬드, 계란을 섞어 만든 것으로 케이크를 덮는 데 쓰임.

는 아직 그의 외모에 대해 알지 못합니다. 그는 자기 인생사를 자세히 얘기하기 위해서 끊임없이 한 시간대의 흐름에서 다른 시간대로 급히 옮겨가고, 어떤 점을 명료하게 밝히기 위해 갑자기 되돌아가고, 서사의 한 부분을 중단하고는 중단되었던 다른 이야기를 계속합니다. 자신의 자서전은 "옆길로 새나가고, 앞으로 나아가기도 하는데, 동시에 그렇게 한다."고 그는 말합니다. 또한 그는 이른바 독자의 시간의 흐름에도 세심하게 관심을 쏟으며, 경우에 따라 천천히 읽든가 속도를 내라고 독자에게 촉구합니다. 엄밀히 말하자면, 이 주인공은 글을 쓰는 동안에는 삶을 중단할 필요가 있겠지요. 그렇지 않으면 자신의 삶을 결코 따라잡지 못할 테니까요. 그가 글을 많이 쓸수록, 그동안 더 많이 살았을 터이므로, 써야 할 것이 더 많아질 것입니다. 완성도를 위해서 그는 인생사를 쓰는 행위도 자신의 인생사에 포함시켜야겠지요.

트리스트럼이 재빨리 휘갈겨 써나가면서, 소설 전체가 그의 손에서 차차 와해되어 갑니다. 서사는 정체되고, 부스러기들은 떨어져 나가고, 인물들은 몇 장(章)이 지나도록 문간에 계속 서 있고, 세부 묘사는 억제할 수 없이 늘어나고, 서문과 헌사의 자리가 뒤바뀌고, 작가 자신은 무한히 늘어날 수 있는 텍스트 더미에 깔려 흔적도 없이 가라앉아버릴 거라고 으르댑니다. 스토리텔링이란 부조리하기 그지없는 기획입니다. 그것은 전혀 연속적이지 않은 실재를 연속적인 형식 안에 넣으려고 하니까요. 언어 자체도 그렇습니다. 어떤 것을 말한다는 것은 필연적으로 다른 것을 배제한다는 뜻이 됩니다. 심지어 『피네간의 경야』에서도 그렇지요. 트리스트럼이 자기 정체성의 진실을 포착하려고 애쓰며 사용하는 매체, 즉 말은 결국 그 진실을 모호하게 만들 뿐입니다.

때로는 서사에 관한 터무니없는 주장이 제기됩니다. 역사적으로 말하면, 서사는 먼 과거에서부터 이어져옵니다. 스토리텔링은 인류만큼이나 오랜 역사를 가진 듯합니다. 우리는 서사 안에서 말하고, 생각하고, 사랑하고, 꿈꾸고, 행동한다는 얘기도 때로 들립니다. 어떤 의미에서는 이 말이 맞습니다. 우리는 모두 시간의 산물이니까요. 하지만 모든 인간이 이런 식으로 자신의 존재를 경험하는 것은 아닙니다. 어떤 사람은 자신의 삶을 일관성 있는 이야기로 간주하지만, 그렇지 않은 사람들도 있습니다. 상이한 문화들도 마찬가지입니다. "내 인생에 멋진 인물들이 몇 명 있었는데 문제는 내가 플롯을 만들지 못하는 거야."라는 오래된 농담이 생각나는군요. 인생을 여행에 비유하는 진부한 은유는 목적과 지속성의 의미를 내포하지만, 모든 사람이 그런 은유가 의미를 밝혀준다고는 생각하지 않습니다. 정말로 사람들은 자신이 어디로 가고 있다고 생각할까요? 예술 작품이 그렇듯 인생은 목적이 없더라도 의미가 있을 수 있습니다. 아이를 낳는 목적이나 망측한 분홍 팬티스타킹을 신는 목적이 무엇일까요? 『트리스트럼 샌디』나 『암흑의 핵심』, 『율리시스』, 『댈러웨이 부인』 같은 소설은 우리가 인간의 삶을 목적에 휘둘리고 논리적으로 전개되고 엄밀하게 일관성 있는 것으로 보지 않도록 해줄 수 있습니다. 그런 의미에서 우리가 삶을 더 즐기도록 도와줄 수 있지요.

서사와 플롯이 항상 공존하지는 않는다

• • •

밀란 쿤데라 『웃음과 망각의 책』

마지막으로 서사와 플롯의 차이는 무엇일까요? 이 두 가지를 구별하는 한 가지 방법은 애거사 크리스티의 소설을 생각해보는 것입니다. 크리스티의 범죄 스릴러는 거의 다 플롯뿐입니다. 배경 설정이나 대화, 분위기, 상징, 묘사, 숙고, 심층적 성격 묘사 등 서사의 다른 특징들이 가차 없이 제거되어 남은 것은 적나라한 사건의 뼈대뿐입니다. 이 점에서 크리스티의 소설은 도로시 L. 세이어스, P. D. 제임스, 루스 렌델과 아이언 랜킨의 탐정소설과 다릅니다. 이 작가들은 훨씬 더 풍부한 서사적 맥락에 플롯을 끼워 넣었지요.

그렇다면 플롯은 서사의 일부이지만, 그것으로 서사를 완전히 다룰 수는 없습니다. 일반적으로 플롯이라는 단어는 이야기의 의미 있는 행위를 뜻합니다. 그것은 인물들과 사건, 상황이 상호 연관되는 방식을 의미하지요. 플롯은 서사의 논리 혹은 내적 동력을 가리킵니다. 아리스토텔레스의 『시학』에서 플롯은 "이야기에서 일어나는 사건들이나 사물의 조합"을 의미합니다. 어떤 이야기가 무엇에 관한 것인지 누군가 우리에게 물어볼 때 우리가 찾아내는 답이 플롯의 요약입니다. 「사운드 오브 뮤직」에서 본 트랩 가족이 나치에게서 달아나는 것은 플롯에 포함되지만 줄리 앤드루스가 산꼭대기에서 노래를 부르거나 그녀가 약간 튀어나온 뻐드렁니를 갖고 있다는 사실은 포함되지 않지요. 『맥베스』에서 뱅쿼우의 살해는 플롯의 일부이지만 "내일, 내일 그리고 내일…"로 시작되는 대사는 포함되지 않습니다.

『고도를 기다리며』, 「구월에는 삼십 일이 있네」[1], 또는 조이스의 『젊은 예술가의 초상』처럼 플롯이 없는 서사도 많이 있습니다. 또한 어떤 의미 있는 행동이 진행되고 있는지를 확실히 알 수 없다는 점에서, 플롯이 있을 수도, 없을 수

1 30일과 31일을 갖는 각 달을 알려주는 전통적 영국 동요.

도 있는 서사도 있습니다. 이런 경우는 때로 프란츠 카프카의 소설에서 찾을 수 있습니다. 헨리 제임스도 간혹 이런 경우에 해당되지요. 편집증 환자나 음모론자들은 플롯이 없는 곳에서 플롯을 찾아내려는 경향이 있습니다. 그들은 산발적인 세부 묘사와 임의적인 사건들을 "과도하게 해석하고" 그 안에서 불길하게 숨겨진 어떤 서사의 징후를 찾아냅니다. 오셀로는 데스데모나의 손수건을 그녀의 간통의 증거로 오독하면서 존재하지 않는 플롯을 찾아내는 것이지요. 밀란 쿤데라의 『웃음과 망각의 책』에서도 이런 일이 일어납니다. 쿤데라는 동유럽의 공산주의 체제에서 여러 해를 살았는데, 그런 체제는 시민을 끊임없이 염탐하고 극히 희미하게 깜박이는 반체제 저항의 기미도 부단히 경계하기 때문에 편집증 환자로 적격입니다. 편집증이 그렇듯이, 그런 체제는 그 어떤 사건도 우연히 일어날 수 없다고 여깁니다. 모든 것에는 어떤 불길한 의미가 있어야 합니다. 쿤데라의 소설에서, 어떤 인물이 공산주의 사회 프라하의 도심에서 토하고 있는데 다른 인물이 어슬렁거리며 다가와서 그를 내려다봅니다. "난 당신이 무슨 의도를 갖고 있는지 정확히 알아."라고 그는 공감적으로 중얼거리지요.

Chapter 4

"문학은 고정된 의미를 가진 텍스트가 아니라 전반적으로
다양한, 가능한 의미를 산출할 수 있는 모태로 간주하는 것
이 제일 나을 것입니다. 작품은 의미를 내포하고 있다기보
다는 의미를 생산합니다. ··· 문학은 물적 대상이 아니라 계
약입니다. 독자 없이는 문학이 없습니다. 게다가 시나 소설
이 어떤 의미를 갖게 만드는 독자의 능력은 역사적 상황에
의해 형성됩니다. 지금 바로 여기에서 텍스트가 갖는 의미
는 그 의미를 만드는 독자의 능력에 한정되어 있습니다."

해석

한 편의 글을 "문학적"이라고 말할 때 우리가 뜻하는 의미 중 하나는 그것이 특정한 맥락에 매어 있지 않다는 것입니다. 사실 모든 문학 작품은 개별적 상황에서 태어납니다. 제인 오스틴의 소설은 18세기와 19세기 초의 영국 지주 신사 계층의 세계에서 발생했고, 반면 『실낙원』은 영국에서 찰스 1세와 국회 간의 분쟁 및 그 여파를 배경으로 태어났습니다. 그런데 이 작품들이 그런 맥락에서 발생했더라도, 작품의 의미는 그 배경에 한정되지 않습니다. 시 한 편과 책상용 스탠드 조립 설명서의 차이를 생각해보십시오. 설명서는 특정한 실제 상황에서만 의미가 있습니다. 우리가 정말로 영감에 목말라하는 경우가 아니라면, 시의 신비로움이나 인간의 나약함에 관해 성찰하려고 그런 설명서를 찾아보는 일은 대개 없습니다. 대조적으로, 시는 원래의 맥락을 벗어나서도 여전히 의미 있을 수 있고 어떤 시간이나 공간에서 다른 시공간으로 옮기면서 그 의미를 변화시킬 수 있습니다. 갓난아기처럼 시는 세상에 태어나자마자 그 저자에게서 떨어져 나옵니다. 모든 문학 작품은 출생 시에 고아가 되는 것이지요. 우리가 성장해가면서 우리의 부모가 우리의 인생을 통제하지 않게 되듯이, 시인은 자신의 작품이 어떤 상황에서 읽힐 것인지 또는 그 작품을 독자가 어떻게 이해할 것인지 결정할 수 없습니다.

이른바 문학 작품은 이런 식으로 도로 표지판과 버스표와 다릅니다. 문학 작품은 특히 "휴대 가능"하기에 한 장소에서 다른 장소로 옮겨질 수 있습니다. 버스표도 그렇기는 하지만 버스 회사를 속여 사취하려는 경우에만 그렇지요. 문학 작품의 의미는 그것을 발생시킨 상황에 그리 예속되지 않습니다. 오히려 작품은 본질적으로 의미의 확장이 가능합니다. 이런 이유 때문에 작품에 대한 온갖 다양한 해석이 가능해집니다. 또한 그렇기 때문에 우리는 버스표보다는 문학 작품의 언어에 좀 더 세밀한 관심을 기울이게 되지요. 우리는 문학 작품의 언어를 일차적으로 실용적인 것으로 여기지 않습니다. 대신, 언어 자체가 어떤 가치를 갖도록 의도되었다고 가정하지요.

일상 언어는 그렇지 않습니다. "사람이 배에서 떨어졌어 (Man overboard)!"라는 공포에 질린 비명은 의미가 모호하지 않습니다. 우리는 보통 그런 말을 유쾌한 말장난으로 간주하지 않지요. 우리가 배에 타고 있다가 이런 말을 듣는다면, "board"의 모음이 "over"의 모음에 미묘한 변화를 일으키며 울리는 방식에 대해 한참 생각하거나 그 비명의 강세가 첫 음절과 마지막 음절에 있다는 사실을 주목하지 않을 것입니다. 또한 잠시 뜸을 들이면서 그 비명을 상징적 의미로 해석하지도 않겠지요. "사람"을 인류 그 자체로 여기거나 그 구절 전체가 재앙을 불러온 인간의 타락을 암시한다고 여기지도 않을 것입니다. 혹시 떨어진 사람이 불구대천의 원수라면, 우리가 이런 분석을 다 끝낼 때쯤에 그 사람이 고기밥이 되었을 거라고 생각하면서 온갖 분석을 할 수도 있겠지요. 하지만 그렇지 않은 경우라면 우리가 그 말의 의미를 몰라서 머리를 긁적이고 있지는 않을 겁니다. 그 말의 의미는 정황에 의해 명백해집니다. 그 비명이 속임수이더라도 사정은 다르지 않습니다. 우리가 바다에 있지 않다면 그 비명이 의미가 없겠지만, 배의 엔진에서 나오는 폭폭 소리를 듣고 있다면 그 의미가 명확히 결정됩니다.

대부분의 현실적 상황에서 우리가 의미를 선택하는 일은 그리 많지 않습니다. 의미는 상황 그 자체에 의해 결정되곤 하니까요. 아니면 적어도 상황에 따라서 가능한 의미의 범위가 좁아져서 쉽게 다룰 수 있는 몇 가지로 한정됩니다. 백화점의 문 위에 있는 출구 표시를 볼 때 우리는 그 표시가 "지금 나가시오!"라는 뜻이 아니라 "당신이 나가고 싶을 때 나가는 길이 이곳입니다."라는 뜻이라는 것을 상황에서 알아차립니다. 그런 뜻이 아니라면 백화점들은 영원히 텅텅 비어 있겠지요. 그 표시는 명령이 아니라 묘사입니다. 아스피린 병에 적힌 "하루에 세 번 한 알 섭취"라는 지시문을 볼 때 나는 그것을 내 아파트에 사는 주민 이백 명 모두에게가 아니라 내게 전하는 말로 받아들입니다. 전조등을 깜박이는 운전자는 "조심하세요!"라거나 "가세요!"라는 의미를 전달하겠지요. 그러나 위험할 수도 있는 이 양의적 의미가 예상만큼 교통사고를 유발하지는 않습니다. 그 의미가 보통 각각의 상황에서 분명해지기 때문이지요.

그런데 시나 소설에서의 문제는 그 의미가 실제 맥락의 일부로 나타나지 않는다는 점입니다. 한 문학 작품이 포장, 광고, 매매, 논평되는 방식이 그 작품에 대한 우리의 반응을 결정하는 데 중요한 역할을 하는 것과 마찬가지로, 우리가 "시" "소설" "서사시" "코미디" 등의 단어를 보고 무엇을 기대할 수 있을지 안다는 것은 사실입니다. 하지만 이러한 중요한 신호 말고는 이해에 꼭 필요한 배경 정보가 거의 없이 작품은 우리에게 다가옵니다. 대신 작품은 이야기를 풀어가면서 그 자체의 배경을 만들어내지요. 우리는 작품이 말하는 것을 토대로 삼아 그 말을 어느 정도 이해할 수 있게 해줄 배경을 생각해내야 합니다. 사실 우리는 책을 읽어가면서 그런 해석의 틀을 끊임없이, 대개는 무의식적으로, 구성합니다. 셰익스피어의 "안녕히! 너무 소중해서 내가 소유할 수 없는 그대여"[1]라는 행을 읽을 때 우리는 '아, 이 사람은 자기 애인에게 말하고 있고, 두 사람이 헤어지려는 모양이구나. 너무 소중해서(돈이 많이 들어서) 소유할 수 없다고? 그녀가 그의 돈을 너무 마음대로 쓴 모양이지.'[2]라고 혼자 생각합니다. 그러나 우리에게 이런 사실을 알려주는 것은 그 말밖에 없습니다. "불이야!"라는 외침은 이 말 외에도 다른 것으로 우리가 그 말을 어떻게 이해해야 할지 알려줍니다. (가령 그렇게 소리치는 사람의 머리칼에서 피어오르는 연기라든가.) 그래서 문학 작품의 의미를 결정하는 일은 훨씬 더 어렵습니다.

만일 문학 작품이 단순히 역사적 기록이라면, 그 작품을 낳은 역사적 상황을 재구성함으로써 그 의미를 확정할 수 있겠지요. 그러나 작품은 분명 역사적 기록에 불과한 것이 아닙니다. 작품은 그 기원을 이루는 상황과 훨씬 느슨한 관

---

1 셰익스피어의 소네트 87번.
2 "소중한"으로 번역된 dear는 "비싼, 돈이 많이 드는"이라는 뜻도 있다.

계를 갖고 있습니다. 『모비 딕』은 미국의 고래잡이 어업에 관한 사회학 논문이 아닙니다. 그 소설은 그 배경을 바탕으로 상상의 세계를 형성하지만, 그 세계의 의미는 그 배경에 국한되지 않습니다. 이렇게 말한다고 해서, 그 소설이 그 역사적 상황에서 분리되어 있어서 어디에서나 호소력을 가질 수 있다고 암시하는 것은 아닙니다. 어떤 문명은 그 소설에서 많은 의미를 찾지 못할 수 있습니다. 먼 미래의 어떤 무리의 사람들은 그 소설이 이해하기 어렵거나 극도로 지루하다고 여길 수도 있습니다. 거대한 흰 고래가 다리 한 짝을 잘라 먹은 일이 믿을 수 없이 따분하고 그러므로 소설의 적합한 소재가 아니라고 생각할 수 있겠지요. 미래의 문명은 호라티우스의 송시나 몽테뉴의 에세이도 따분하고 난해하다고 여길까요? 어쩌면 그 미래는, 적어도 어느 정도로는, 이미 도래했는지도 모르지요.

우리는 멜빌의 작품이 보편적으로 관심을 일으킬 것인지는 알지 못합니다. 몇몇 정치 지도자가 최선을 다해 노력했음에도 불구하고 우리는 아직 역사의 종말에 이르지 않았으니까요. 또한 우리는 그 문제에 관해 딩카족이나 투아레그족[3]

---

3 딩카족은 수단의 흑인 부족. 투아레그족은 사하라의 이슬람 유목민 부족.

의 의견을 듣지도 않았지요. 하지만 『모비 딕』을 소설이라고 부를 때 그 의미는 무엇보다도 그 작품이 광의의 의미로 "도덕적"인 문제에 관해 무언가를 말하려는 의도를 갖고 있다는 뜻임을 우리는 알고 있습니다. 내가 도덕적이라는 말로 뜻하는 바는, 윤리적 규범이나 종교적 금지 같은 것이 아니라 인간의 감정과 행동, 관념의 문제입니다. 『모비 딕』은 죄의식과 죄, 욕망과 정신 이상에 관해 우리에게 무언가를 말하려 하지, 단순히 고래의 지방층과 작살에 관해서나 19세기 미국에 관한 무언가를 말하려는 것이 아닙니다.

실은 이것이 "픽션"이라는 단어의 한 가지 의미입니다. 기본적으로 픽션이란 진실이 아닌 글을 뜻하는 것이 아닙니다. 트루먼 커포티의 『냉혈한』, 노먼 메일러의 『사형집행인의 노래』, 프랭크 맥코트의 『안젤라의 유골』은 모두 진실한 이야기를 독자에게 제공합니다. 하지만 이 작품들은 작품이 전달하는 진실을 상상력을 통한 픽션으로 바꾸어놓습니다. 픽션 작품은 사실적 정보로 가득 차 있을 수 있습니다. 독자는 버질이 『농경시』에서 농경에 관해 언급한 내용을 토대로 농장을 운영할 수도 있겠지요. 그 농장이 아주 오래 유지될 것인지는 의심스럽지만 말입니다. 하지만 우리가 문학이라고 부르는 텍스트는 기본적으로 사실을 제공하기 위해 쓰인 것이 아닙니다. 대신 독자에게 사실을 "상상"하도록 요청합니다. 사실로부터 상상의 세계를 구성한다는 의미에서 말이지요. 그러므로 작품은 진실이면서 동시에 상상일 수 있고, 사실적이면서 동시에 허구적일 수 있습니다. 런던에서 파리로 가기 위해 넓은 바다를 건너야 하는 것은 디킨스의 『두 도시 이야기』의 허구 세계에 포함되어 있는데, 이것은 사실이지만 마치 소설에 의해 "허구화"된 듯이 보이지요. 그것은 그것의 진실성이나 허위성이 중요하지 않은 문맥 안에서 작용합니다. 중요한 점은 그것이 작품의 상상의 논리 안에서 어떻게 쓰이는가, 라는 점이지요. 사실에 진실한 것과 인생에 진실한 것은 다릅니다. 『햄릿』에 많은 진실이 담겨 있다고 말한다고 해서 어떤 덴마크 왕자가 실제로 존재했고 그가 미쳤거나 미친 척했거나 아니면 둘 다였고 여자 친구를 가증스럽게 다루었다는 뜻은 아니지요.

픽션은 댈러스가 상트페테르부르크와 다른 나라에 있다거나 오큘러스(눈)는 소용돌이 꼴 장식의 중앙에 있는 돌기라고 우리에게 말할 수 있겠지요. 픽션은 또한 거의 모든 사람이 식상하도록 잘 알고 있는 사실을 언급할 수도 있습니다. 가령 관선이란 살갗 밑으로 통과하는 흡수 물질로 이루어진 실이고 그 양끝은 분비물의 배출을 촉진하거나 유도 자극으로 작용하도록 비어져 나와 있다고 우리에게 수도 없이 말할 수 있겠지요. 이런 작품들을 허구적으로 만드는 것은 이런 사실들이 의학 교재에서처럼 그 자체를 위해 제공되거나 실용적 목적을 위해 제공되지 않는다는 점입니다. 사실은 어떤 관점을 형성하는 데 도움이 되도록 사용됩니다. 그러므로 픽션 작품은 이 목적에 맞춰 사실을 다룹니다. 픽션 작품은 일기 예보보다는 정치가들의 연설과 더 비슷합니다. 픽션이 현실을 약간 변조할 때, 우리는 그것이 예술적 이유 때문일 거라고 가정합니다. 만일 어떤 작가가 왕궁을 가리킬 때 "버킹엄"을 대문자 F로 계속 쓴다면, 우리는 그 작가가 무식해서가 아니라 모종의 정치적 주장을 하고 있다고 생각하겠지요. 우리는 어떤 작가가 밴드 스미스[4]에 대해 끊임없이 논쟁을 벌이는 12세기 인물들을 그려냈다고 해서 그 작가를 용서할 수 없이 무지하다고 비난하지는 않습니다. 그 작가는 역사를 거의 알지 못해서 실로 스미스 밴드가 12세기경에 있었고 모리세이는 시간을 초월할 만큼 비길 데 없는 천재라고 실제로 믿을 수도 있습니다. 그러나 이런 일이 픽션에서 일어났다는 사실 때문에 우리는 그 왜곡이 의

---

4 1980년대 브리티시 인디 록의 새로운 시대를 연 그룹이고 모리세이는 그 메인 보컬.

도적인 것이라고 너그럽게 봐주게 됩니다. 시인과 소설가에게는 대단히 편리한 일이지요. 아첨하는 궁정 신하들에 둘러싸인 절대 군주처럼, 문학에서는 틀리는 경우가 절대로 있을 수 없습니다.

사실주의 소설이 제시하는 인물과 사건은 소설과 무관하게 존재하는 듯이 보입니다. 하지만 이것은 환상이고, 작품이 이야기를 풀어가면서 실제로 이 세계를 만들어간다는 것을 우리는 알고 있습니다. 이런 이유 때문에 어떤 이론가는 문학 작품이 언제나 그 자체와 관련될 뿐이라고 주장합니다. 아합이나 조 크리스마스 같은 인물[5]은 존재한 적이 없습니다. 해리 포터라는 인물이 실제로 존재하고 그가 현재 암스테르담의 불법 거주지에 살고 있는 등록된 마약 중독자라는 것을 알게 되더라도, 우리가 그 소설을 읽는 데는 아무런 차이도 없을 겁니다. 셜록 홈스라고 불리는 탐정이 실제로 있고, 코난 도일이 모르는 사이에 홈스 시리즈에 수록된 모든 사건이 극히 세세한 것에 이르기까지 그에게 실제로 일어났을 수도 있겠지요. 그렇더라도 그 이야기들은 여전히 실제 탐정에 관한 이야기가 아닐 것입니다. 여전히 허구적

---

[5] 아합은 멜빌의 『모비 딕』의 주인공, 조 크리스마스는 윌리엄 포크너의 『팔월의 빛』에 나오는 인물.

인 것이겠지요.

　문학 작품이 비문학보다 더 모호해지는 이유 중 하나는 허구성입니다. 작품에는 실제적 맥락이 부족하기 때문에, 작품의 의미를 결정하기 위한 단서가 더 적고, 그래서 여러 구절이나 사건 혹은 인물이 다양하게 해석될 수 있습니다. 아니면 작가들이 무의식적으로 모호함에 빠져들거나 혹은 작품을 풍부하게 만들기 위해서 의도적으로 모호하게 표현할 수도 있습니다. 그런 모호함 가운데 성적으로 이중적 의미를 표현한 작품이 있습니다. 셰익스피어의 소네트 한 편은 "내 사랑이 자신은 진실로 이뤄졌다(made of truth)고 맹세할 때, / 그녀가 거짓말(lies)하는 것을 알면서도 나는 그녀를 믿는다네."라는 행으로 시작합니다. 이 시행은 겉으로 드러난 명백한 의미와 더불어, "내 사랑이 자신은 진실로 처녀(maid, of truth)라고 맹세할 때, 그녀가 성교(lies)의 경험이 있는 것을 알면서도 나는 그녀를 믿는다네."를 뜻할 수도 있습니다. 리처드슨의 『클래리사』에서 성적으로 탐욕적인 러브레이스는 편지를 휘갈겨 쓰기를 좋아하는데 "잠자리에 들 때는 언제나 펜을 손가락에 끼고 있었다."고 묘사됩니다. 리처드슨은 그 이중적 의미를 분명히 의식하고 있었지요. 디킨스의 『니콜라스 니클비』도 그렇습니다. 이 소설의 한 부분은 얌전한 메리 그레이엄이 시골 교회에서 오르간[6]에 앉아 있는 애인 톰 핀치 옆에 앉은 모습을 묘사합니다. "그녀는 그의 오르간에 손을 댔다. 그리고 이 행복한 획기적 사건으로부터, 그의 가장 행복한 시간들의 오랜 벗이었으며 더 숭고해질 수 없으리라고 생각했던 오르간도 신격화된 새 삶을 시작하게 되었다." 이 다의적인 표현이 의도적인 것이 아니라고 생각하는 사람은 자비롭거나 순진한 사람뿐이겠지요. 제인 에어가 로체스터 씨의 손이 매우 둥글고 유연하다고 조용히 만족스러운 듯이 기록할 때, 그 말은, 아마도 무의식적이겠지만, 그리 순진하지 않은 의미를 함축할 수 있습니다. 헨리 제임스는 자신의 한 인물 패니 애싱엄[7]의 이름을 무의식적으로 붙이지 않았을 것입니다.

---

6 organ. 악기와 성적 기관의 두 가지 의미를 함축.
7 Assingham. ass는 여자 성기에 대한 비어. 패니 애싱엄은 『황금 주발』에 등장하는 인물.

문학의 현실과 독자의 현실 사이

• • •

헨리 제임스 『비둘기 날개』
대니얼 디포 『몰 플랜더스』

문학 작품 가운데 해석에 더 강건히 저항하는 작품들이 있습니다. 문명이 점점 더 복잡해지고 파편화되면서, 인간의 경험도 그러하고 문학의 매체인 언어 역시 그러합니다. 헨리 제임스의 후기 작품은 문체가 너무 난해해서, 그가 감당할 수 없는 일을 시도했다는 평가를 받은 적도 있습니다. 그의 소설 『대사들』의 첫 문단에 관해서 대체 무슨 이야기를 하고 있는지를 이해하려고 용감하게 노력한 수많은 비평이 나왔지요.

『비둘기 날개』에서 발췌한 다음 문단은 제임스의 길고 복

잡한 후기 문체를 보여주는 것으로서 가장 극단적인 일례는
아닙니다.

　그녀가 친구를 나무라는 듯이 보였던 점은 더군다나 지출
에 대한 상상력이 없다는 것이 결코 아니었고, 공포와 검약에
대한 상상력, 다른 사람들에게 의존하고 있음을 자각하는 상
상력이나 일체의 습관도 갖고 있지 않다는 것이었다. 그런 순
간들, 가령 위그모어 거리 전체에 바스락거리는 옷자락 소리
가 울리고 그 창백한 아가씨가 바스락거리며 돌아다니는, 대
개는 전혀 구분되지 않는 다양한 사람을 개개의 영국인으로,
사적 영국인으로, 어떤 관계의 당사자들이고 어쩌면 본질적
으로 범상치 않을 수도 있을 사람들로 바라보는 듯이 보일 때,
특히 그런 순간이 케이트에게 친구의 지극히 행복한 자유로
움을 확실히 인식시켜주었다.

댄 브라운[1]의 문체와는 엄청난 차이가 있지요. 많은 모더
니즘 글과 마찬가지로, 제임스의 산문은 쉽게 꿀꺽 삼켜지
기를 거부합니다. 그것은 인스턴트 소비문화에 도전합니다.

---

1 『다빈치 코드』 등으로 유명한 미국 소설가.

그래서 독자는 문장을 해독하느라 어쩔 수 없이 진땀을 흘리며 애를 써야 합니다. 작가의 의미를 풀어내려고 몸부림치며 비틀리고 꼬인 구문에 이끌려 들어가다 보면 독자는 마치 작가와 작품을 공동으로 창작하는 듯이 느끼게 되지요. 제임스는 경험의 온갖 미묘한 차이와 순간적으로 명멸하는 온갖 의식을 포착하기 위해서 자신의 구문을 거미집처럼 자아내야 한다고 느낍니다.

모더니즘 예술 작품의 의미가 모호하고 그래서 해석하기 어려워질 수 있는 몇 가지 이유 중 하나는 이 지나친 섬세함 때문입니다. 마르셀 프루스트의 산문은 명료하지 않을 때가 거의 없지만 그럼에도 불구하고 반 페이지쯤 이어지는 긴 문장을 만들어낼 수 있고, 그것은 미로 같은 샛길과 구문상의 옆길로 무수히 뻗어나가며 문법상 반경이 작은 커브나 U자형의 급커브를 수없이 돌면서 단락의 의미를 몰고 갑니다.『율리시스』의 마지막 문장은 구두점 없이 반 페이지가 아니라 육십 페이지쯤 이어지는데, 외설적인 표현이 아낌없이 흩뿌려져 있지요. 불투명하고 복잡다단한 현대의 삶이 문학 작품의 내용뿐 아니라 형식 그 자체에도 스며들기 시작한 듯합니다.

사실주의 소설은 모더니즘 소설과 극히 대조적입니다. 많은 사실주의 작품의 언어는 가급적 투명하게 보이도록 구사되어 그리 저항을 받지 않고 그 의미를 밝힙니다. 그래서 현실을 생생하게 제시하는 효과를 만들어냅니다. 이런 점에서 제임스 작품에서 발췌한 부분을 대니얼 디포의 『몰 플랜더스』의 전형적 문단과 비교할 수 있습니다.

거의 오 주간 나는 몸져누워 있었다. 맹렬한 열병이 삼 주쯤 지나자 가라앉았지만 열이 몇 차례나 다시 올랐다. 의사들은 날 위해 더 이상 할 수 있는 일이 없고 내 몸이 질병과 끝까지 싸우도록 내버려둬야 한다고 두세 번 말했다. 그 싸움을 지속하도록 강심제로 기운을 내게 하는 수밖에 없다고 했다. 오 주가 지나자 좀 나아졌지만 너무 기운이 없고 너무 쇠약하고 너무나 울적한 데다 회복이 너무 더뎠기에 의사들은 내가 폐병에 걸릴까 봐 걱정했다.

이런 언어는 두께와 질감이 없습니다. 순전히 도구로 사용되지요. 언어가 매체 그 자체로서 존중되고 있다는 느낌이 없습니다. 디포의 산문은 그 자체에 대한 관심을 조금도 끌지 못하므로 아주 쉽게 삼킬 수 있습니다. 이와 대조적으로 제임스의 문체는, 문학 작품에서 일어나는 일은 언어를 통해서 일어난다는 사실을 우리에게 끊임없이 상기시킵니다. 격정적인 이별과 비극적인 결렬도 일련의 검은 점에 불과합니다. 때로 언어는 디포의 작품에서 그렇듯 겸손하게 표면에 나서지 않기도 합니다. 그 자체를 눈에 띄지 않게 함으로써, 언어는 그것이 다루는 것에 독자가 직접 접근한다는 느낌을 일으킬 수 있습니다. 그것은 인위적 책략이나 의례적 형식을 없애버린 듯이 보이지요. 하지만 이것은 환상입니다. 디포의 문단이 제임스의 단락보다 "현실에 더 가까운" 것은 아닙니다. 어떤 언어도 다른 언어보다 현실에 더 가깝지 않습니다. 언어와 현실의 관계는 공간적인 것이 아닙니다. 디포의 산문은, 가령 밀턴의 『리시다스』 못지않게, 형식에 의해 작용한다는 것 또한 사실입니다. 다만 우리가 그 형식에 더 익숙하기 때문에 그것을 알아차리지 못하는 것이지요.

사실주의에 대해 논의할 때, 우리는 그것에 관한 중요한 점을 주목할 수 있습니다. 어떤 작품이 사실주의적이라고 묘사할 때, 어떤 절대적인 방식에서 그 작품이 비사실주의적 문학보다 현실에 더 가깝다는 의미는 아닙니다. 그 작품이 어떤 특정한 시대와 장소의 사람들이 현실로 간주하는 것에 부합된다는 뜻이지요. 우리가 어떤 고대 문화권에서 작성된 글 한 편을 우연히 보게 되었는데, 그 글이 희한하게도 등장인물들의 정강이뼈의 길이에 관심을 쏟는다고 상상해봅시다. 우리는 그 글이 이국적이고 아방가르드적인 상상력의 비약이라고 결론을 내릴 것입니다. 그런데 그 동일한 문화권의 역사 기록을 우연히 읽고는, 정강이뼈의 길이가 사회의 어느 계층 조직에 속하는지를 결정하는 요인이었음을 알게 될 수 있습니다. 정강이뼈가 긴 사람은 사막으로 추방되어 똥을 먹어야 한 반면 무릎과 발목 사이의 길이가 가장 짧은 사람은 왕으로 선출될 최선의 기회를 얻는다고요. 이렇게 되면 우리는 그 글을 사실주의적이라고 다시 분류해야겠지요.

센타우루스 자리의 알파성에서 지구를 찾아온 방문객이 전쟁과 기근, 종족 근절과 대량학살로 점철된 인류의 역사서를 본다면 그것을 터무니없는 초현실주의적 텍스트라고 생각할지 모릅니다. 인간의 역사에는 도저히 믿을 수 없는 아주 많은 일이 일어났으니까요. 불법적으로 캄보디아에 폭탄을 투하한 정치가에게 노벨 평화상을 시상하는 것은 일례에 불과합니다. 정신분석학적 사고에서 꿈과 환상은 깨어 있을 때보다 더 가까이 우리 자신에 관한 진실에 다가서게 합니다. 하지만 이러한 꿈과 환상이 픽션 형식으로 표현된다면, 우리는 그 결과물을 사실주의 작품으로 간주하지 않겠지요. 어떤 경우이든, 순전히 사실주의적 작품은 극소수에 불과합니다. 사실주의적이라고 여겨지는 많은 텍스트에 명백히 불가능한 요소들이 포함되어 있으니까요. 콘래드의 『암흑의 핵심』에서 어떤 여자의 얼굴은 "몸부림치며 반쯤 결심한 것에 대한 두려움과 뒤섞인 무언의 고통과 거친 슬픔의 비극적이고 맹렬한 표정을 띠고 있었다."고 묘사됩니다. 이 터무니없는 표정은 오로지 언어의 차원에만 존재합니다. 아무리 재주가 많은 배우라도 비극적이고 맹렬하고 거칠고 슬프고 고통스럽고 두렵고 반쯤 결연한 표정을 동시에 지을 수 있을지 의심스러우니까요. 그런 연기를 한다면 오스카상을 받는다 해도 하찮은 보상에 불과하겠지요.

조이스의 『피네간의 경야』가 해석을 좌절시키는 한 가지 이유는 그것이 동시에 많은 다양한 언어로 쓰여 있기 때문입니다. 조이스와 같은 아일랜드인 J. M. 싱은 영어와 아일랜드어로 동시에 쓸 수 있는 유일한 작가라고 일컬어집니다. 조이스의 다른 작품들과 마찬가지로 『피네간의 경야』는 말의 힘에 대한 깊은 신뢰를 드러내지만, 모더니즘이 전반적으로 그런 것은 아닙니다. 모더니즘은 한바탕 말의 향연을 벌입니다만, 일반적으로 말에 대한 확고한 믿음을 갖고 있기 때문이 아니지요. T. S. 엘리엇과 사뮈엘 베케트가 그렇듯이, 모더니즘의 더욱 전형적인 특징은 언어에 대한 불신입니다. 언어가 실로 인간 경험의 직접성을 포착하거나 우리가 절대적 진실을 일견할 수 있게 해줄 수 있을까요? 그렇게 하려면 언어는 두터워지고 뒤죽박죽이고 더 복잡하고 암시적이 되어야 합니다. 일부 모더니즘 작품을 해독하기가 그토록 어려운 이유 중 하나가 그것이지요. 일상적 상태의 언어는 오랫동안 찌들어 진부하고 진정성이 없습니다. 언어에 충격을 가해야만 언어는 우리의 경험을 반영할 만큼 유연해질 수 있지요. 언어에 대한 20세기의 극히 다양한 태도를 반영하는, 품위 있게 들리는 상투적 표현이 이 시기에 나오기 시작됩니다. 가령 "의사소통의 몰락"이나 "말은 너무도 부적합할 뿐", "침묵이 말보다 훨씬 더 웅변적이다."라든가 "내가 말을 할 수 있다면 당신에게 알려줄 텐데."와 같은 표현이지요. 현대 영화에서, 특히 프랑스 영화에서는, 침대에 누운 두 사람이 혼이 담긴 듯 서로의 눈을 들여다보면서 이런 말을 하고, 참을 수 없이 긴 침묵이 이어집니다.

문학은 의미를 내포하지 않고 생산한다

• • •

작자 미상 동요 「바아 바아 검은 양」

이제 이 책의 서두에서 제기한 몇 가지 해석의 문제로 돌아 가봅시다. 다음의 유명한 문학적 텍스트를 예로 들어보지요.

바아 바아 검은 양,
양털을 갖고 있니?
네, 네,
세 자루 가득 있어요.

한 자루는 주인님 것,

한 자루는 마님 것,

한 자루는 저 길 아래 사는

어린 소년 것이에요.

물론 이 동요는 지금까지 저술된 문학 작품 중 가장 섬세한 작품은 아닙니다. 인간의 상황을 더 깊이 탐색한 작품들이 있으니까요. 그렇더라도 이 시는 흥미로운 문제를 많이 제기합니다. 우선, 첫 행의 화자는 누구일까요? 전지한 화자일까요 아니면 양에게 말을 거는 인물일까요? 그리고 그는 왜 "실례지만 검은 양 씨(혹은 부인), 양털을 갖고 있어요?"라고 말하지 않고 "바아 바아 검은 양, 양털을 갖고 있니?"라고 말할까요? 그의 질문이 순전히 학구적인 것일까요? 양이 털을 얼마나 갖고 있는지 그저 한가로운 호기심에서 알고 싶은 걸까요? 아니면 그보다는 사욕이 개입된 동기가 여기서 작용하는 것일까요?

그 말을 한 사람은 양털을 갖고 싶기 때문에 그런 질문을 하리라는 추측이 타당하겠지요. 그렇지만 그럴 경우에 그가 동물에게 말을 거는 방식(바아 바아 검은 양)은 참으로 기묘하게 보입니다. 바아 바아가 양의 이름일 수도 있고, 그 사람은 정중하게 말을 걸려는 것일 수도 있습니다. 어쩌면 양에게서 무언가을 얻고 싶기 때문에 정중하게 행동하는지 모르지요. "바아 바아 검은 양"은 "헨리 검은 양"이나 "에밀리 검은 양"(이 동물의 성은 분명치 않으니까요)과 똑같이 구성된 구절일 수 있겠지요. 하지만 그런 가정은 분명 타당하지 않게 보입니다. 바아 바아는 양의 이름으로 보기에 이상하니까요. 이름이라기보다는 그 동물이 내는 소리처럼 들리지요. (여기에 번역상의 문제가 있기는 하지만, 일본이나 한국의 양이 "바아 바아"라는 소리를 내지 않는 것은 거의 확실합니다. 어쩌면 여왕이 소유한 양은 상류층의 억양으로 "바르 바르"라고 할지 모르지요.)

화자가 실제로 동물의 면전에서 그것을 모방하고, 조롱하듯이 울음소리를 내면서 말을 거는 것이 과연 가능할까요? 가령 "음매 음매, 암소"라거나 "멍 멍, 강아지"라고 말입니다. 실제로 그렇게 한다면, 놀랍도록 무분별한 일이지요. 누군가 말하는 방식을 흉내 내며 조롱하는 것은 그에게서 뭔가를 얻어낼 수 있는 확실한 방법은 결코 아니니까요. 그렇다면 이 화자는 매너가 나쁠 뿐 아니라 유난히 아둔한 사람입니다. 양의 면전에서 모욕을 준다면 뻔히 자신에게 이득이 되지 못한다는 것을 알지 못하니까요. 그는 분명 양 차별주의자적 인물로서 우리의 양 동료에게 혐오스럽게도 우월한 태도를 취합니다. 어쩌면 그는 천박한 고정관념에 빠져 있어서, 양이 너무 어리석어서 이런 식으로 놀림당해도 개의치 않을 거라고 생각하겠지요.

만일 그렇다면, 그가 잘못 생각했음이 명백합니다. 양이 그 모욕을 알아채지 못하고 그냥 넘어가지 않으니까요. "그래요, 정말로 양털을 갖고 있어요. 실은 세 자루 가득 있어요. 하나는 주인님에게, 하나는 마님에게, 하나는 저 길 아래 사는 작은 소년에게 줄 거예요. 하지만 당신에게는 국물도 없어요, 이 건방진 녀석."이라고 양이 대답합니다. 물론 마지막 말은 함축되어 있을 뿐이지요. 그 말을 입 밖에 냈더라면, 친절하게 협조하는 듯이 보이는 양의 자세, 실은 영리하게 계산된 태도가 엉망이 되었겠지요. 양은 화자의 질문에 즉시 자세히 대답합니다. 그렇지만 질문자가 만족스럽게 여길 방식은 아니지요. 사실 양은 그 질문을 학구적인 것으로 일부러 오해합니다. 화자의 말에 함축된 의미(내가 양털을 얻을 수 있을까?)를 교묘히 받아들이지 않는 것이지요. 길에서 어떤 사람에게 "시계를 갖고 계세요?" 하고 물었는데, 그 사람이 "그럼요."라고 대답하고는 그냥 가버리는 것과 마찬가지입니다. 그는 여러분의 질문에 대답은 했지만, 그 질문의 정확한 의미를 추론하지 못한 것입니다.

이런 의미에서 이 시는 인간적 의미의 지극히 중요한 면,

즉 추론과 함축의 기능을 예시합니다. 여러분이 손님에게 "커피를 좋아하세요?"라고 묻는다면 커피를 줄 의향이 있음을 드러냅니다. 그런데 누군가에게 그런 질문을 받고는 커피가 나오지 않았을 때, 그것이 "16세기 웨일스에 봉재사가 몇 명이었습니까?"라든가 "어떻게 지내세요?"와 비슷하게 순전히 호기심 어린 질문이었음을 알게 된다고 상상해보십시오. "어떻게 지내세요?"는 최근의 병력을 역겨울 정도로 상세히 말해달라는 요청은 아니지요.

이 시의 다른 판본에는 "하지만 저 길 아래 사는 어린 소년에게는 하나도 안 줄 거예요."라고 되어 있습니다. (문화적 차이에 관심 있는 사람은 이 동요가 다른 방식으로 불리는 것에 주목하겠지요. 영국식 노래는 미국식 노래와 약간 다릅니다.) 저 길 아래 사는 작은 소년이 바로 화자일 수도 있겠지요. 그러면 이 말은 그에게 양털을 주지 않겠다고 비웃으며 돌려서 표현하는 방법입니다. 양은 세 자루가 있다고 방금 말했고 그러므로 이론상으로는 어린 소년에게 줄 한 자루가 있기 때문에 그 거부는 가학적으로 한층 강화됩니다. 어쩌면 양은 화자의 이름을 알고 있으면서도 그 모욕적인 "바아 바아"에 대한 앙갚음으로 이름을 부르지 않겠다고 쌀쌀맞게 거부하는 것인지 모릅니다. 아니면 질문을 던진 사람이 어린 소년이 아닐 수도 있는데, 그 경우에는 양이 그 소년에 대해 언급하는 것이 이상한 일입니다. 그것은 꼭 필요하지 않은 정보처럼 보이니까요. 양은, 질문자에게 불길한 경고로서, 자기 마음대로 양털을 주거나 주지 않을 능력이 있다고 시위하는 것일 수도 있습니다. 이런 방법을 통해서 양은 처음에 납작해졌다가 주도권을 되찾을 수도 있지요. 여기에 권력 투쟁이 전개되고 있음은 분명합니다.

이런 분석이 명백히 터무니없다는 것은 별도로 치고, 그 외에 무엇이 잘못되었을까요? 내용만 보고 형식을 보지 않는다는 사실이 단연코 문제입니다. 또한 우리는 이 시의 간략함과 간결함을 주목할 필요가 있습니다. 이 시가 풍부하거나 과도한 어휘에 단호하게 저항하는 방식을 주목해야 합니다. 이 시는 세 개의 단어를 제외하고 모두 단음절로 되어 있습니다. 이미지가 없는 이 시의 언어는 사실주의적 방식으로 사물에 대한 언어의 투명성을 목표로 삼습니다. 운율형식은 딱 들어맞고, 실은 압운 패턴보다 더 정확합니다. 압운 패턴에는 불완전운[1]이나 패러라임[2]("dame"과 "lane")이 포함되어 있지요. 각 행은 강세가 있는 두 음절로 읽을 수 있

---

1 강세 있는 음절의 모음이나 자음의 어느 쪽이든 동일한 압운.
2 모음이 같고 자음이 다른 압운.

고(운율을 붙여 읽는 데 이 방법만 있는 것은 아니지만), 그러면 화자의 목소리가 각 행을 읽을 수 있는 방법이 제한됩니다. 이와 대조적으로, "내 그대를 여름날에 비해볼까?"[3]와 같은 약강오보격은 꽤 유연성이 있어서 아주 다양한 방식으로 읽을 수 있지요. 배우는 어느 정도의 속도나 음높이, 음량, 억양을 구사할 것인지를 선택할 수 있듯이 어디에 강세를 둘 것인지를 온당한 범위 안에서 선택할 수 있습니다. 그 운율의 다섯 개의 강세(Shall I compare thee to a summer's day?)가 제공하는 안정감을 기반으로 즉흥적인 낭송을 할 수 있지요. 내가 표시한 강세대로 이 시행을 읊는 배우라면 기립 박수를 받지 못하겠지만요.

이와 달리, "바아 바아 검은 양"은 운율 패턴 때문에 각 행을 다소 더 딱딱하게 읊게 됩니다. 그렇기 때문에 화자의 "개성"이 표현될 여지는 더 적어지지요. 그것은 포크댄스와 나이트클럽에서 몸을 빙빙 돌리며 추는 춤의 차이와 약간 비슷합니다. 이 시는 매우 규칙적이고 확실한 강세를 갖고 있기 때문에, 대화라기보다는 영창이나 종교 의식처럼 들립니다. 그렇더라도, 내가 조금 전에 설명한 해석을 어조를 통

---

3 셰익스피어의 소네트 18번.

해 전달할 수 있겠지요. 우선 여러분이 조롱조의 울음소리 ("바아 바아")를 내고 나서 무뚝뚝하고 오만하게 "양털을 갖고 있니?"라고 말하면, 양이 무언의 공격적인 저의를 깔고 애써 공손한 척하면서 대답을 하는 겁니다.

이 시의 효과는 부분적으로는 형식과 내용의 대조에서 생성됩니다. 시의 형식은 단순하고 꾸밈이 없어서, 언어의 군더더기를 뺀 간략한 기호들로 이루어진 동요를 만듭니다. 형식의 명료함은 사물이 모호하지 않고 적나라하게 드러나는 세계를 암시하지요. 하지만 조금 전에 살펴보았듯이, 이 시의 내용은 그런 세계를 입증하지 않습니다. 이 시의 투명한 표면은 일련의 갈등과 긴장, 조작과 오해를 숨기고 있는 것이지요. 헨리 제임스의 후기 작품에서 끌어낸 인물은 아니지만 인물들의 대화에 모호함과 교묘한 암시가 가득 차 있습니다. 텍스트의 배후에 권력, 증오, 지배와 거짓 존경의 복합적인 서브텍스트가 존재합니다. 이보다 더 의미심장한 정치적 작품은 찾아보기 어려울 것입니다. "바아 바아 검은 양"은 마르크스의 『자본론』을 『메리 포핀스』처럼 보이게 하지요.

이런 해석이 타당하다고 생각할 사람이 있을까요? 그렇게 생각하기는 어렵습니다. 내가 방금 제안한 해석은 고려할 만한 가치도 없이 너무 우스꽝스럽게 보이겠지요. 그 해석의 기발함은 별도로 치더라도, 그것은 장르의 문제를 간과하고 있으니까요. 동요는 문학의 특정한 장르 또는 유형이고, 다른 장르와 마찬가지로 그 나름의 독특한 규칙과 형식을 갖고 있습니다. 그중 하나는 동요에 그리 큰 의미는 없다고 여겨지는 것이지요. 동요를 괴테의 『파우스트』나 릴케의 『오르페우스에게 바치는 소네트』처럼 다루는 것은 잘못입니다. 그것은 인간의 상황을 진단하는 작품이 아니라 양식화된 노래입니다. 동요는 함께 부르는 노래이자, 허황한 상상과 말장난의 형식이지요. 때로 동요는 되는대로 수집한 이미지로 구성되기 때문에 일관성 있는 서사를 보여주리라는 기대를 받지 않습니다. 마치 어슴푸레한 태곳적에 사라져버린 긴 서사시의 단편이 일부 기억에 남은 듯이, 그 줄거리는 기묘하게도 논리에 맞지 않는 부분이 있습니다. (「꼬마 아가씨 머펫」이나 「6펜스의 노래」, 「거위야, 거위야」를 생각해보십시오.) 「헤이 디들 디들, 고양이와 바이올린」은 T. S. 엘리엇의 시처럼 수수께끼 같은 이미지들이 결합되어 있어서 통합된 서사를 이루지 않습니다. 이 동요들을 『황폐한 집』이나 『말피 공작부인』[4]처럼 읽는다면 폴 매카트니를 모차르트에 견

---

[4] 『황폐한 집』(1852)은 찰스 디킨스의 소설, 『말피 공작부인』(1614)은 존 웹스터의 비극.

주는 것처럼 큰 실수를 저지르게 됩니다. 그야말로 양식이 전혀 다르니까요. 이런 종류의 동시는 작은 수수께끼와 불명료한 암시로 가득합니다. 가령 "험프티 덤프티"[5]는 왕의 말들이 부서진 달걀을 다시 붙여놓지 못했다는 것을 언급할 가치 있는 사실로 여기는 듯합니다. 역사적으로 그런 일을 했다고 알려진 말은 한 마리도 없었지만 말이지요.

하지만 이 모든 동요의 특징은 그 시를 내가 제안한 방식으로 읽을 수 있는가의 문제를 결정하지 못합니다. 이 문제는 그 시가 이런 식으로 읽히도록 작성되었는가라는 물음과 같지 않다는 것을 주목하도록 합니다. 그렇지 않다는 것은 거의 확실합니다. 설사 그렇다고 하더라도, 여러분은 한 편의 글을 그것이 분명 예상하지 않았거나 예상할 수 없었던 방식으로 해석하겠다고 선택할 수 있습니다. 어떤 대단히 기묘한 사람들은 탁자 램프 조립 설명서의 플러그나 코드 묘사가 뇌리를 떠나지 않는 시적 묘사라고 느낄 수 있고 밤새도록 열심히 그것을 읽을 수도 있겠지요. 그 설명서가 결국 이혼 사유가 될 수도 있습니다. 하지만 그 설명서를 쓴 사람은 그것이 그렇게 사용되리라고 예상하지 못했겠지요. 그

---

5 동요집 『Mother Goose』에 나오는 달걀꼴의 사람이나 사물. Humpty Dumpty sat on a wall, / Humpty Dumpty had a great fall, / All the king's horses and all the king's men, / Couldn't put Humpty together again.

렇다면 문제는 왜 「바아 바아 검은 양」이 내가 제시한 의미를 뜻할 수 없는가, 라는 것입니다. 그 해석이 실로 타당하지 않다면, 왜 타당하지 않을까요?

이 문제는 물론 작가의 의도에 따라 결정될 수도 없습니다. 우리는 작가가 누구인지 알지 못하니까요. 설사 안다손 치더라도, 그 문제가 반드시 결정되는 것은 아닙니다. 작가들은 자신의 작품에 대해서 내가 조금 전에 「바아 바아 검은 양」에 대해 제시한 것보다 더 터무니없게 들리는 해석을 내놓을 수 있으니까요. 가령 T. S. 엘리엇은 『황무지』가 한 편의 운율적인 투덜거림에 지나지 않는다고 말한 적도 있습니다. 이런 논평의 단 한 가지 문제점은, 그것이 뻔히 들여다보이는 거짓이라는 것입니다. 토머스 하디는 자신의 픽션에 그려진 논쟁적 주제들에 대해 어떤 견해도 갖고 있지 않다고 꽤 자주 주장했습니다. 로버트 브라우닝은 상당히 모호한 자신의 시 한 편의 의미에 대한 질문을 받았을 때 이렇게 대답했다고 합니다. "내가 그 시를 썼을 때는 하느님과 로버트 브라우닝이 그 의미를 알고 있었지만, 지금은 하느님만 아십니다." 만일 실비아 플라스[6]가 자신의 시는 실로 골동품

---

6 미국의 신화적 여성 시인(1932~1963).

시계 수집을 다루었다고 털어놓았다면, 우리는 그녀의 생각이 틀렸다는 결론을 내려야 하겠지요. 어떤 작품들은 유쾌하고, 의도치 않게 익살스러운데도 불구하고 그 작가들은 자신의 작품이 고도의 진지함을 보여주는 본보기라고 간주합니다. 이 책의 끝부분에서 그런 작가들을 살펴보겠습니다. 또 다른 예로 「요나서」[7]를 들 수 있는데, 이 책은 익살을 부릴 의도는 없었겠지만 그런 가운데 익살이 반짝이는 코믹한 작품입니다.

또한 작가들은 시나 소설을 쓸 때 의도했던 의미를 오래전에 잊었을 수도 있습니다. 어떤 경우이든 간에, 문학 작품의 의미는 단 한 가지에 그치지 않습니다. 작품은 전반적으로 다양한 의미를 산출할 수 있고, 그 의미 중 어떤 것은 역사가 변화하면서 달라지기도 하지요. 그 모든 의미를 작가가 의도적으로 표현한 것은 아닙니다. 1장에서 내가 문학 텍스트에 관해 언급한 논평의 상당 부분은 그 작가들에게 금시초문으로 들렸을 겁니다. 플랜 오브라이언은 『세 번째 경찰관』의 도입 문단이 존 디브니가 마허스 영감을 죽이려는 특정한 의도를 갖고 쇠막대를 자전거펌프로 만들면서 시간

---

[7] 『구약성서』의 12소예언서 중 하나.

을 보낼 만큼 매우 아둔하다는 의미를 함축한다고 읽힐 수 있다는 것을 생각하지 못했습니다. E. M. 포스터는 『인도로 가는 길』의 첫 네 구절 각각에 대략 세 개의 강세가 있다는 말을 들었다면 놀랐겠지요. 로버트 로웰은 「낸터킷의 퀘이커 묘지」의 첫 몇 행에서 운율과 구문이 어떻게 서로 어긋나는지를 상세히 설명할 수 없었을 겁니다. 예이츠가 그의 시 「1916년 부활절」에 "무시무시한 아름다움"이라고 썼을 때 그 구절은 그가 사랑한 여인 모드 곤뿐만 아니라 더블린의 군대 폭동을 가리킬 수 있지만 그는 그것을 염두에 두지 않았을지 모릅니다.

작품 의미의 핵심은 바로 작가라는 믿음의 이면에는 특정한 문학관이 자리하고 있다는 것입니다. 그것은 문학을 자기표현으로 간주하는 신조인데, 일부 창작 수업에서 그런 관점을 지지하지요. 이 이론은 문학 작품을 작가가 겪었고 다른 사람들과 나누고 싶은 경험의 진실한 표현으로 간주합니다. 이 문학관은 꽤 최근에 생겨난, 대체로 낭만주의에서 유래한 것이지요. 이런 문학관을 들었더라면 호머나 단테, 초서는 틀림없이 놀라워했을 겁니다. 알렉산더 포프는 어리둥절해했을 테고, 반면 에즈라 파운드와 T. S. 엘리엇은 경멸하며 내쳤겠지요. 『일리아드』의 작가가 어떤 사적 경험을 우리와 공유하려고 했는지 분명치 않습니다.

문학이 자기 경험의 표현이라는 관념은 어떤 명백한 점에서 결함이 있습니다. 특히 그 관념을 너무 곧이곧대로 받아들일 때 그렇지요. 우리가 알기에 셰익스피어는 마법의 섬에 유배된 적이 없었지만, 그렇더라도 『템페스트』에 그려진 섬은 진짜 같은 느낌을 줍니다. 혹시 셰익스피어가 코코넛을 먹거나 뗏목을 짜 맞추며 시간을 보냈더라도, 그의 마지막 작품이 반드시 더 훌륭한 희곡이 되지는 않았을 것입니다. 소설가 로렌스 더렐은 알렉산드리아에서 얼마간 살았지만 그의 『알렉산드리아 사중주』를 읽은 어떤 독자는 그에게 그 경험이 없었더라면 차라리 더 나았을 거라고 생각할지 모릅니다. 셰익스피어는 소네트에서 사랑하는 여인에 대해 썼지만, 그에게 애인이 없었을 수도 있습니다. 물론, 애인이 있었는지 없었는지의 차이가 그에게는 중요했겠지만, 우리에게는 중요하지 않습니다.

작가는 사적 경험을 맹목적으로 숭배해서는 안 됩니다. 작가가 되기를 열망하는 사람들은 자신의 경험을 이끌어내라는 조언을 이따금 받습니다만, 그렇게 하지 않는 것이 과연 가능할까요? 작가들은 자신이 의식하는 것만 쓸 수 있습니다. 그리고 무릇 의식이란 두개골을 두드리는 것 못지않은 경험의 일부입니다. 『오이디푸스 왕』에서 소포클레스는 자신의 경험을 토대로 글을 쓰지만, 그가 맹인이 되어 유랑하고 근친상간과 존속살인을 저질렀을 가능성은 없습니다. 우리는 대식가가 되지 않아도 폭음폭식을 경험할 수 있습니다. 폭식의 개념을 파악하고, 그 개념을 다른 사람들과 논의하고, 돼지고기 파이를 너무 많이 게걸스레 먹어치운 후 온몸이 사방에 터져버린 폭식가의 이야기를 읽는 등의 경험을 쌓을 수 있지요. 독신자가 인간의 성에 대해 세 번 결혼한 난봉꾼보다 더 섬세하게 묘사하지 못할 이유도 없습니다.

작가는 글을 쓰는 행위 너머의 그 어떤 경험도 하지 못할 수 있습니다. 그가 기록하는 고뇌의 감정은 순전히 허구적일 수도 있지요. 그는 존 헨리 뉴먼이라는 이름의 거북이를 갖지 않았을 수 있고 혹은 탕혜르[8]의 골목들을 피를 흘리며 멍하니 돌아다니지 않았을 수도 있습니다. 아니면 그가 삼 일에 한 번씩 피를 흘리며 탕혜르 주위를 비틀거리며 돌아다니지만 그것에 대해 너무 설득력이 없게 쓰기 때문에 우리는 그가 실제로 경험하지 않았다고 생각할 수도 있습니다. 시인이 느꼈다고 말하는 것을 실제로 느꼈는지 알아보

---

8 모로코의 북부 도시.

려고 시의 이면을 살펴보는 것은 큰 의미가 없습니다. 시인이 자기 비서에 대한 열정을 표현했는데, 여러분이 우연찮게도 그의 아내인 경우가 아니라면 말이지요. 시의 경험을 그 "이면의" 무엇, 즉 시인이 나중에 언어로 옮기려고 애쓰는 어떤 경험으로 생각하는 것은 바람직하지 않습니다. "그대 아직 짓밟히지 않은 정적의 신부여"[9]라는 시어의 "이면"에는 어떤 경험이 있을까요? 우리는 이 시어들을 그저 되풀이하지 않으면서 그 경험이 무엇인지 밝힐 수 있을까요? 시의 언어는 그 자체가 실체이고, 그것과 다른 무언가를 전달하기 위한 매체가 아닙니다. 중요한 경험은 시 그 자체의 경험이지요. 시와 관련된 느낌과 생각은 시어 자체와 밀접하게 결합되어 있어서 분리될 수 없습니다. 형편없는 배우들은 훌륭한 시에 자신의 감정을 이입하고 감정을 지나치게 과시함으로써 시를 망쳐놓습니다. 감정이 어떤 의미에서는 언어 자체에 내재하고 있음을 깨닫지 못하는 것이지요.

그런데 작가는 반드시 진심으로 글을 써야 할까요? 공교롭게도, 거짓 없는 진심이란 비평적 논의에서 큰 의미가 있는 개념이 아닙니다. 때로는 현실 생활에서도 큰 의미가 없

---

9 존 키츠의 시 「그리스 유골 단지에 부치는 노래」의 첫 행.

습니다. 우리는 훈족의 왕 아틸라의 행동이 진심이었다는 사실을 지적하면서 그를 정당화하지 않습니다. 제인 오스틴이 그 밉살스러운 콜린스 씨를 묘사할 때 진심이었다든지 혹은 알렉산더 포프가 "바보들은 천사가 발을 내딛기 두려워하는 곳에 무모하게 달려든다."라고 썼을 때 진심이었다는 말이 무슨 의미가 있겠습니까? 우리는 언어로 이루어진 글에 대해서 공허하다거나 본능적으로 격렬하다든지, 허풍을 떤다든가 강렬하게 감동적이라든지, 연극적이라거나 혐오감이 농후하다고 말할 수 있습니다. 그러나 이런 평가는 작가에 대해서 이런 용어로 말하는 것과 다릅니다. 작가는 진심을 표현하려고 애써도 결국에는 가짜처럼 들리는 작품을 만들 수 있습니다. 터무니없거나 순전히 공허한 말로는 타오르는 진심을 표현할 수 없겠지요. "이등변 삼각형의 겨드랑이에 코를 박고 회전하는 콘플레이크를 사랑하듯이 당신을 사랑해요."라고 말해서는 열정적으로 진심을 드러낼 수 없습니다. 열정적이든 아니든 그 말은 아무 의미도 없으니까요. 그런 말을 하는 사람은 등기소[10]보다 의사에게 데려가는 것이 더 친절한 일이 되겠지요.

---

[10] 영국에서 출생이나 혼인, 사망 기록을 보관하는 곳으로 여기서 결혼식을 올리기도 함.

사뮈엘 베케트는 인간을 그토록 냉혹하게 묘사할 때 진심이었을까요? 그런 묘사가 그의 자기표현일까요? 실제의 베케트는 지상의 천국이 곧 도래하기를 고대하는 명랑하고 천진난만한 영혼일 수도 있지 않을까요? 사실 우리는 그가 그런 사람이 아니었음을 알고 있습니다. 실제의 베케트는 술과 농담을 좋아하고 마음에 맞는 몇몇 친구를 좋아하기는 했지만 어떤 면에서는 꽤 침울한 성격이었습니다. 하지만 그가 때로 친구들을 배꼽 잡게 만들어서 그들이 바닥에서 뒹굴며 그만하라고 소리치는 경우도 없지는 않았지요. 그는 인류가 영광스럽게 충족된 미래를 맞을 거라고 믿었을 수도 있습니다. 어쩌면 그의 작품은 핵전쟁 이후의 풍경으로 세계를 그려보려는 실험이었을지 모르지요. 아니면 잠정적으로 이런 입장을 취하는 것이 그에게는 글을 쓰는 가장 효과적인 방법이었을 수 있습니다. 셰익스피어는 스스로 허무주의자가 되지 않았으면서도 실감나는 허무주의자적 인물(가령 이아고나 『법에는 법대로』에 등장하는 사이코패스 바네이딘)을 창조할 수 있었지요.

작가가 자신의 의도를 충실히 표현할 수 있을지를 의심한다고 해서 문학 작품이 독자가 원하는 대로 어떤 의미든 나타낼 수 있다는 말은 아닙니다. 우리가 혹시라도 「바아 바아 검은 양」을 소련 연방 초기의 전력화(電力化)의 기록으로 읽는다면, 그런 설명과 텍스트의 관계를 알기 어렵기 때문에 어떻게 해서 그것이 이 특정한 작품의 해석으로 간주될 수 있는가라는 논리적 문제가 남을 것입니다. 그것이 다른 문학 작품의 해석이 되지 못할 이유는 없어 보이겠지요. 스탈린은 『실낙원』도 소련 연방 초기의 전력화에 관한 작품이라고 생각했을지 모릅니다. 이와 비슷하게, "몇 살이니?"라는 질문에 "거대하고 펄럭이는 암갈색 귀"라고 대답한다면, 그것은 괴상한 대답에 그치지 않습니다. 전혀 대답이라고 할 수 없겠지요. 두 발언 사이에 아무 관련도 없어 보이니까요. 예이츠의 "무시무시한 아름다움"이 다른 무엇보다도 모드 곤을 가리킨다는 주장은 버지니아 울프의 등대[11]가 인도 폭동의 상징이라는 주장처럼 순전히 추론에 불과한 것이 아닙니다. 우리는 모드 곤이 예이츠에게 어떤 의미를 지닌 존재였는지, 그녀가 그에게 어떤 모호함과 상징적 공명을 일깨웠는지, 예이츠가 그녀를 다른 시에서 어떻게 묘사했는지 등을 어느 정도 알기 때문에, "무시무시한 아름다움"이라는 말을 모드 곤에 대한 비유로 읽을 수 있는 것이지요. 비평가

---

11 울프의 『등대로』의 중심적 상징에 대한 언급.

들은 자신의 주장을 뒷받침할 수 있어야 합니다.

이렇게 되어, 「바아 바아 검은 양」의 내 해석이 왜 설득력이 없는지의 문제로 되돌아갑니다. "그렇지만 그것은 분명 그런 뜻일 리 없어!"라고 외치는 사람에게 어떻게 대답해야 할까요? 그들에게 반박하는 한 가지 방법은, 내가 조금 전에 그런 의미일 수 있음을 보여주었다고 지적하는 것입니다. 나는 그 시를 한 행씩 분석하고 내 주장을 위한 증거를 제시하고 그 해석에 일관성이 있음을 입증했습니다. "바아 바아"라는 구절이 분명 화자가 조롱하려는 울음소리가 아니어야 할 이유가 있을까요? 아니라고 말할 증거가 어디 있습니까? 화자가 양털을 탐욕스럽게 주시하지 않는다고 누가 말할 수 있을까요?

그렇지만, 화자가 탐욕적으로 쳐다본다고 말할 증거는 또 어디 있을까요? 사실 이 시는 화자가 야비하게 횡포를 부린다거나 양이 그에게 보복하려고 교묘히 애쓰고 있다고 실제로 말하지는 않습니다. 하지만 문학적 텍스트는 종종 무언의 함축된 의미에 의해 작용합니다. 사실 세상의 모든 발언은 수많은 함축적 의미에 의해 결정됩니다. 실은 그런 함축적 의미가 너무 많기 때문에 그것을 전부 명백히 밝힐 수 없습니다. "쓰레기를 내놓으세요."라는 말은 대개 자신의 쓰레기를 가리키는 것으로 받아들여집니다. 잭 니콜슨의 쓰레기를 대신 치워주려고 복잡하게 돈을 들여 할리우드로 가야 한다는 뜻은 아니지요. 혹시 그 말이 그런 의미를 실제로 배제하지는 않더라도 말입니다. 『나사의 회전』은 화자가 정신병자라고 말하지 않지만, 그렇게 해석할 수 있는 타당한 의미가 함축되어 있습니다. 그레이엄 그린의 『브라이튼 락』은 음흉한 주인공 핑키가 나락으로 떨어지고 있다고 말하지 않지만, 그것이 사실이 아니라면 이 소설은 더욱 의미가 통하지 않겠지요. 우리는 리어 왕에게 두 다리와 두 개의 허파, 하나의 간이 있다고 가정하지만, 그 희곡이 이런 사실을 언급하는 것은 아닙니다. 특정한 상황에서 무엇이 타당한 추론으로 간주되는가라는 것이 문제입니다. 이것은 판단의 문제이므로, 규칙으로 한정할 수 없는 것이지요. 우리가 그야말로 논쟁을 벌여야 하는 문제입니다.

「바아 바아 검은 양」에 대한 내 해석이 익명의 저자가 품었을 의도와 다르다는 것은 거의 확실하다고 이미 인정했습니다. 아니면, 오늘날 그 노래를 부르는 아이들이 생각하는 그 노래의 의미와는 다르다고 말해야겠지요. 내가 주장하려는 바는 다만, 텍스트의 중요한 증거를 빼놓지 않고 논리적 모순으로 치닫지 않으면서 혹은 숨어 있지 않을 함축된 의미를 행간에서 찾지 않으면서 그 시를 이런 식으로 해석할 수 있다는 것입니다. 가령, 우리가 시의 본래 의미를 가급적 존중하려고 애써 노력한다면, "바아 바아"가 오토바이의 시동을 거는 소리를 가리킨다고 여길 수는 없겠지요. 이 시는 그런 기계보다 훨씬 오래전에 나왔으니까요. 만일 이 시의 해석이 길 아래 사는 작은 소년이 바로 화자라는 사실에 의해 결정된다면, "저 길 아래 사는 어린 소년"이라는 구절이 동요에서 사용될 때는 언제나 그 말을 하는 사람을 가리킨다는 (『신약성서』의 "사람의 아들"이라는 구절이 아람어[12]에서는 특히 자기 자신을 가리키는 관습적 표현이듯이) 관습이 밝혀질 경우에 그 해석은 심각한 타격을 입겠지요. 그러면 양은 스스로에게 양털을 주거나 혹은 (또 다른 설명에서) 주기를 거부할 것입니다. 하지만 그런 관습은 없습니다.

그러므로 그 시의 이 해석에 반박할 텍스트의 증거가 충분히 있는 것은 아닙니다. 오히려, 그것을 지지할 증거가 충분하지 않은 것이지요. 이런 까닭에 그 해석은 기발한 억지처럼 보입니다. 가능성은 있지만 설득력이 없습니다. 이 해석은 다분히 어조에 달려 있는데, 문학 작품에서 어조는 사실

---

12 기원전 10세기경부터 내려오는 고대 셈족의 언어.

상 들리지 않기 때문에 종종 모호함을 낳을 수 있습니다. 어조의 변화는 의미 변화의 신호가 될 수 있습니다. 아마도 이 해석은 텍스트가 **논리적으로** 뒷받침할 수 있는 것 이상은 아니더라도 온당하게 뒷받침할 수 있는 것 이상을 텍스트에서 찾아내겠지요.

이 시에 대한 내 해석에 설득력이 없다는 것은 그것이 우리가 습관적으로 사물을 이해하는 것과 어긋난다는 말입니다. 이것은 일축해버려서는 안 되는 사실입니다. 일상생활에 박혀 있는 암묵적 동의와 가정을 일축한다는 것은 지적 오만을 부리는 일입니다. 그 동의와 가정에서 종종 많은 지혜를 추출할 수 있습니다. 하지만 상식을 언제나 신뢰할 수 있는 것은 아닙니다. 인종적 평등은 1960년대 앨라배마 주의 상식에 어긋나는 것이었지요. 기발한 해석을 살펴보자면, 「거위야, 거위야」는 17세기 영국의 내란 중에 크롬웰 군대가 국교를 기피하는 로마가톨릭 귀족의 저택을 침략한 사건에 관한 노래라는 진지한 주장이 있었습니다. "거위"는 가톨릭 귀족 부인의 침실에 난입한 군인들의 다리를 굽히지 않고 높이 쳐드는 걸음걸이를 가리키고, 기도를 드리지 않아서 아래층으로 내던져진 노인은 새로운 신교 예배 양식에 굴복하기를 거부한 가톨릭 신부라는 겁니다. 이 해석이 맞을 수도 있겠지요. 하지만 표면적으로 볼 때 이 해석은 「바아 바아 검은 양」에 대한 내 설명만큼이나 받아들이기 어렵습니다.

또 다른 점도 주목해야 합니다. 「거위야, 거위야」는 원래 17세기 영국의 종교 분쟁에 관한 노래였을지 모르지만, 오늘날 아이들이 학교 운동장에서 그 노래를 부르는 것은 그 이유 때문이 아닙니다. 아이들에게 그것은 그저 어슬렁거리며 위층 아내의 침실에 들어가는 남자에 대한 노래입니다. 그렇다면 그 시에 대한 아이들의 해석이 받아들여질 수 없다는 뜻일까요? 전혀 그렇지 않습니다. 다만 그 노래가 아이들에게 의미하는 바는 몇백 년 전에 의미했을 바와 다르다는 것입니다. 그렇지만 많은 문학 작품이 그렇습니다. 우리가 작품의 원래 의미에 접근할 수 있다고 가정할 때, 그 원래 의미가 그 작품이 후에 얻게 될 의미보다 높은 지위에서 늘 권위를 행사할 수 있는 것은 아닙니다. 어떤 면에서 우리는 과거의 작품을 그 당대인들보다 더 잘 이해할 수 있습니다. 가령 현대 심리분석학적 통찰을 통해서 우리는 윌리엄 블레이크의 「경험의 노래」를 그 당시에 통용된 지식으로 가능했던 수준보다 더 깊이 이해할 수 있게 됩니다. 20세기의 폭정을 경험했으므로 셰익스피어의 『줄리어스 시저』에 대한 우리의 이해는 더 풍부해질 수 있지요. 『베니스의 상인』의 샤일록이라는 인물이 의미하는 바는 유대인 대학살 이전과 그 이후가 똑같을 수 없습니다. 리처드슨의 『클래리사』가 19세기에 굴욕적으로 퇴출되었다가 우리 시대에 와서 다시 새롭게 "읽을 만한" 책으로 부각된 것은 부분적으로는 현대의 여성운동 덕분입니다. 우리는 과거가 결국 어떻게 전개되었는지를 알기 때문에, 어떤 의미에서는, 과거에 대해 그 시대의 사람들보다 더 많이 압니다. 어떻든, 한 역사적 사건을 겪으며 사는 것은 그것을 이해하는 것과 같지 않습니다. 그럼에도 불구하고, 우리가 완전히 상실한 역사적 지식 형태가 있습니다. 『햄릿』이 처음 상연되었을 때 그것을 보려고 몰려든 사람들이 복수의 도덕성에 대해서 (그들이 알고 있었다고 가정하면) 어떻게 생각했는지를 우리는 결코 명확히 알 수 없겠지요.

동요 장르의 관습은 우리가 작품에서 언제나 신비로운 의미를 찾아야 한다는 것이라고 상상해봅시다. 카발라[13]의 『성서』 해석 전통은 이와 유사한 것입니다. 우리는 발굴되기를 기다리는 심오한 의미가 그 텍스트에 무한히 축적되어 있다고 가정하라는 요구를 받을 수 있습니다. 그렇지 않으면, 그

---

[13] 유대교의 신비주의철학.

런 의미들을 넣어서 읽으라는 권고도 있을 수 있겠지요. 동요의 의미의 일부는, 로르샤흐 블롯[14]처럼, 여러분이 그것을 주관적으로 이해하도록 허용되는 것일 수 있습니다. 혹은 여러분에게 그것을 자기 나름대로 이해하라고 권유하는 것일 수도 있지요. 그 의미가 논리적으로 일관성이 있고, 텍스트의 증거에 잘 들어맞으면 말이지요.

만일 이런 상황이라면, 「바아 바아 검은 양」에 대한 내 해석은 틀림없이 수용될 수 있다고 평가될 것입니다. 그것은 명백히 타당한 해석이 아닙니다. 그것은 정확한 해석이라고 그야말로 세상에 소리 높여 외치지도 않습니다. 하지만 그런 해석 이론에서는 그것이 배제될 수 없습니다. 더욱이, 그 동요가 지금은 이런 의미가 아니라도 언제든 그것을 뜻하게 될 수 있습니다. 그 시에 대한 내 해석은 자기 충족적 예언이 될 수 있습니다. 내가 조용히 믿고 있듯이 그 해석이 인기를 얻는다면, 앞으로 몇 세대 동안 학교 운동장에서 이 노래를 부르는 아이들은 노래를 부르면서 자연스럽게 무례한 화자와 표리부동한 양을 생각하겠지요. 그러면 역사에 자리 잡은 내 위상은 확고해질 것입니다.

---

14 잉크 얼룩으로 그려진 카드 열 장으로 심리를 분석하는 테스트.

고대 유대인의 미드라시[15]나 『성서』를 해석하는 관행에서, 『성서』에 새롭고 눈에 띄게 희한한 의미를 부여하는 것은 때로 수용될 수 있다고 여겨졌습니다. "미드라시"라는 단어는 찾거나 탐구한다는 뜻이고, 『성서』는 의미에 있어서 무궁무진하다고 간주되었습니다. 『성서』는 각 주석자가 『성서』를 연구할 때마다 매번 다른 의미를 직면하게 만들 수 있었지요. 『토라』[16] 혹은 유대교의 성서는 불완전하다고 여겨졌고, 각 세대의 해석자들은 그것을 완벽하게 만들도록 도와야 했습니다. 하지만 해석자 중 누구도 최종적인 결론을 내지 못할 것입니다. 더욱이, 『성서』의 어떤 부분을 그 시대의 요구와 관심사에 관련시킬 수 없으면, 그것은 사문(死文)으로 평가되었습니다. 그것은 당대의 순간에 비추어봄으로써 생명을 얻어야 했습니다. 그 텍스트를 실천에 옮길 방법을 찾지 못하면 그것을 진정으로 이해한 것이 아니었지요.

「바아 바아 검은 양」에 대한 내 해석은 사실 이런 종류의 해석이 아닙니다. 내가 내 해석을 정당화하려고 미드라시에 호소하는 식의 교활한 방법을 쓰는 것은 아닙니다. 내 해석은 어떤 해석 행위든지 당대의 욕구와 관심사에 영향을 받

---

15 고대 히브리어 성서의 이야기들을 해석하는 방법으로서, 어려운 단락의 해석 문제를 해결하기 위해 해석학이나 문헌학의 원칙을 이용하여 종교적 가르침과 조정함.
16 유대교의 율법.

는다는 의미에서가 아니라면 특별히 우리 시대의 영향을 받은 것도 아닙니다. 또한 내 해석은 현재 있는 그대로의 텍스트에 충실하고, 언어도단의 해석적 폭력을 가하지 않았다고 주장합니다. 다시 말해서, 내 해석은 미드라시처럼 과감하거나 과격하지 않습니다. 검은 양이 보노[17]를 의미한다거나세 자루의 양털이 신케인스주의 이론이 현대 헝가리 경제에적용될 수 없는 세 가지 이유를 상징한다고 주장하지 않습니다.

우리가 이처럼 명백히 이질적인 텍스트 해석들을 너그럽게 받아들이는 한 가지 이유는, 문학에 있어서는 위태로운상황이 걸려 있지 않기 때문입니다. 「바아 바아 검은 양」의화자가 무뚝뚝하고 오만한 인물인가 그렇지 않은가의 문제때문에 목숨을 잃거나 생계를 잃을 사람은 없습니다. 내게서 이 비평적 접근 방식을 배운 학생들이 나를 전문 지식인으로서 무능하고 고질적 경박함을 갖고 있다고 학장에게 고자질하지 않는다면 말이지요. 하지만 법적인 문서가 너무나제멋대로 해석된다면, 생계나 자유, 심지어 생명을 잃을 위험에 처하는 사람들이 생길 수 있습니다. 논의되고 있는 이

---

17 아일랜드 태생으로 그룹 U2의 리드 싱어.

른바 해석 체제에 따라서, 우리는 마음대로 해석할 수 있는 자유를 원하기도 하고 때로는 원하지 않습니다. 도로 표지판이나 약 처방문에 있어서는, 엄밀히 글자 그대로의 명확한 의미가 바람직합니다. 농담을 하거나 모더니즘 시를 읽을 때 같은 경우에는 장난기와 모호함이 중요할 수 있습니다. 어떤 대가를 치르더라도 의미를 확실히 못 박아야 할 때도 있고, 의미가 의기양양하게 자유로이 떠다니게 내버려둘 때도 있습니다. 어떤 문학 이론가는 만일 여러분이 「바아 바아 검은 양」의 이 해석이 가치 있고 시사하는 바가 많다고 생각한다면 그것만으로도 그 해석을 채택할 이유가 충분하다고 주장할 것입니다. 다른 비평가들은 해석이 작품에 대한 정확한 지식을 독자에게 낳는다는 의미에서 인지적이어야 한다고 주장하겠지요.

문학 작품은 고정된 의미를 가진 텍스트가 아니라 전반적으로 다양한, 가능한 의미를 산출할 수 있는 모태라고 간주하는 것이 제일 좋겠지요. 작품은 의미를 내포하고 있다기보다는 의미를 생산합니다. 다시 말하자면, 그렇다고 해서 어떤 의미라도 가능하다는 뜻은 아닙니다. 어떤 상황에서는 "내 그대를 여름날에 비해볼까?"라는 표현이 "견갑골 약간 아래쪽을 긁어줄래?"를 뜻한다고 상상해볼 수 있겠지요. 아마존 강 유역의 어떤 부족의 언어에서는 견갑골 아래를 긁어달라고 부탁하는 말의 소리가, 놀라운 우연의 일치로, 셰익스피어의 그 행의 발음과 똑같을지 모르지요. 혹은 미래에 엄청난 격변이 일어나서 영어가 근본적으로 달라지는 바람에 사람들이 "내 그대를 여름날에 비해볼까?"라고 중얼거리면 우리가 즉시 그들의 등을 긁어줄지 모릅니다. 하지만 지금 우리에게는 셰익스피어의 시행이 그런 의미를 뜻하지 않습니다.

그 한 가지 이유는 의미가 공적인 것이기 때문입니다. 나혼자 소유한 땅덩어리처럼 오로지 나 혼자 소유한 의미는 있을 수 없습니다. 의미는 사적으로 소유할 수 있는 것이 아니니까요. 나 혼자서 "해석학적 현상"이라는 구절이 "메릴 스트립"을 뜻하게 하겠다고 결정할 수 없습니다. 의미는 언어에 속하고, 언어는 우리가 집단적으로 세상을 이해하는 의미를 추출합니다. 언어는 자유로이 떠다니지 않습니다. 오히려 그것은 우리가 현실에 작용하는 방식이나 한 사회의 가치, 전통, 가설, 제도, 물적 조건과 밀접한 관계가 있습니다. 결국 우리가 지금 말하듯이 말하는 것은 우리의 온갖 행위가 빚어낸 결과입니다. 언어를 결정적으로 변화시키려면, 적어도 행위의 일부를 변화시켜야 합니다. 의미는 일련의 특정 단어들에 내재되어 있다는 뜻으로 고정된 것이 아닙니다. 만일 그렇다면 번역이 절대로 불가능하겠지요. 의미가 비교적 결정되어 있다면, 그것은 의미가 단순히 말로 구성된 것을 넘어서기 때문입니다. 의미는 특정한 공간과 시간에 존재하는 인간들 사이의 계약을 뜻하고, 그들이 공유한 행동과 감정, 인지 방식을 나타냅니다. 이런 것에서 갈등을 일으킬 때라도 사람들은 자신들이 무엇에 대해 논쟁을 벌이고 있는지에 대해 어느 정도는 동의해야 합니다. 그렇지 않으면 그들이 벌이는 일을 갈등이라고 부를 수 없겠지요. 소피아가 캐롤라이나보다 더 나은지에 관해서 여러분과 나는 다툴 수 없습니다. 여러분은 그것이 지리적 장소라고 생각하고 나는 영화배우라고 생각한다면 말이지요.

문학 작품이 내게만 어떤 것을 의미할 수 없다는 결론이 여기서 나오겠지요. 나는 문학 작품에서 다른 사람이 보지 못하는 무언가를 볼 수 있을지 모르지만, 내가 보는 것이 원칙적으로 다른 사람들과 공유될 수 있어야 우리는 그것을 의미라고 부릅니다. 사실 나는 다른 사람들과 공유하는 언어로 어떤 의미를 스스로에게 표현할 수 있을 뿐입니다. "검은 양"이라는 단어가 좋든 싫든 내게 휴 그랜트를 떠올리게 한다고 생각해봅시다. 누군가 이 단어를 입에 올릴 때마다 휴 그랜트의 이미지가 즉시 내 마음에 떠오릅니다. 하지만 이것은 그 단어의 한 가지 의미일 수 없지요. 그것은 그저 임의적인 사적 연상에 불과합니다. 의미는 시립 카크 공원처럼 객관적 실체는 아니지만, 그렇다고 단순히 주관적인 것도 아닙니다. 이미 지적했듯이, 문학 작품 자체도 그렇습니다. 그것은 물적 대상이 아니라 계약입니다. 독자 없이는 문학이 없습니다.

게다가 시나 소설이 어떤 의미를 갖게 만드는 독자의 능력은 역사적 상황에 의해 형성됩니다. 지금 바로 여기에서 어떤 텍스트가 갖는 의미는 그 의미를 만드는 독자의 능력 내에 한정되어 있습니다. 『클래리사』는 당대의 독자에게 페미니즘 이론을 밝혀줄 수 없었지만, 우리에게는 그렇게 할 수 있습니다. 독자는 문학 텍스트에 온갖 종류의 (종종 무의식적으로) 믿음과 추측을 적용합니다. 그 가운데 우선 문학 작품이란 무엇인지에 대한 대략적 관념과 자신이 문학 작품을 통해 무엇을 할 것인지에 대한 약간의 의식이 포함되어 있겠지요. 독자가 텍스트에서 찾아내는 것은 자신의 믿음과 기대에 의해 만들어질 것입니다. 물론 텍스트는 독자의 믿음과 기대를 근본적으로 변화시킬 수도 있지요. 실로 어떤 비평가는 이런 일이야말로 참으로 비범한 문학예술을 가능하게 하는 것이라고 여깁니다. 불가지론자로서 어떤 시를 읽기 시작했는데 다 읽고는 여호와의 증인으로 거듭날 수도 있겠지요.

「바아 바아 검은 양」의 단 하나의 정확한 해석은 없습니다. 이런 점에서는 모든 문학 작품이 마찬가지입니다. 그렇기는 하지만, 작품을 이해하는 데 있어서 더 그럴듯한 방법과 그럴듯하지 않은 방법이 있지요. 설득력이 있는 해석은 텍스트상의 증거를 설명해야 합니다. 이 증거를 입증하는 것 자체에 해석이 포함되지만 말이지요. "난 그것을 증거로 여기지 않아!"라든가 "맥베스의 마녀들이 악으로 설정되었다는 생각은 대체 어디서 나온 거야?"라고 항의하는 사람들이 언제나 있을 테니까요. 텍스트상의 증거는 보통 다양한 방식으로 해석될 수 있고, 이런 해석들 사이에 갈등이 일어날 수 있습니다. 그 해석 중에서 어느 한 가지로 결정하기 위한 확실한 방법은 없습니다. 우리는 그렇게 결정할 필요를 느끼지도 않겠지요. 지금껏 누구도 찾아내지 못했고 혹은 앞으로도 찾지 못할, 설득력 있는 작품 해석이 과연 있을 수 있을까요? 그래서는 안 될 이유가 있을까요? 어쩌면 아직 태어나지 않은 독자가 작품의 잠재된 의미를 완전히 밝혀주기를 기다리면서, 놀랍도록 새로운 방법으로 해석되기를 기

다리고 있는 작품들도 있겠지요. 오직 미래만이 우리가 과
거를 더 확고하게 사로잡을 수 있도록 해줄 것입니다.

유도하기, 강요하기, 자극하기

* * *

에벌린 워 「러브데이 씨의 짧은 여행」

독자가 끊임없이 추측을 하지 않으면 문학 텍스트는 앞으로 나아가지 못합니다. 가령 에벌린 워의 단편소설 「러브데이 씨의 짧은 여행」에서 유쾌하게 천연덕스러운 첫 문장을 예로 들어봅니다.

"네 아버지에게 그리 큰 변화가 없다는 것을 알게 될 거야." 차가 카운티 보호시설의 대문에 들어섰을 때 레이디 모핑이 말했다.

다른 작품들과 마찬가지로 이 문장에는 우리가 그것을 이해하기 위해 무의식적으로라도 채워 넣어야 하는 많은 공백이 있습니다. 이런 의미에서 픽션의 문장은 과학적 가설과 조금 비슷합니다. 가설을 실험하듯이, 우리는 이 문장이 제대로 작용하는 방법을 찾을 때까지 다양한 방식으로 실험해야 합니다. 우리는 레이디 모펑이 언급한 아버지가 그녀의 남편이라고 (아직은 그 증거가 없지만) 가정합니다. 그리고 레이디 모펑이 정신병자 보호소로 그를 찾아가고 있고, 아이나 아이들을 데려가고 있다고 가정합니다. 또한 그 남편이 그 보호소의 환자일 거라고 가정할 수 있는데, 그렇다면 "네 아버지에게 그리 큰 변화가 없다는 것을 알게 될 거야."라는 말이 우습게 들립니다. 그 말은 "걱정하지 마. 그는 예전과 똑같고, 거기 들어가기 전처럼 모든 면에서 정상이야."라는 고무적인 의미일 수 있겠지요. 아니면, 그리 안도감을 주지 않으면서 "그는 사람들에게 끌려가기 전과 똑같이 정신이상이야."라는 뜻일 수도 있습니다. 이 말이 우스운 것은 모호한 의미와 그것을 전하는 천연덕스러운 어조 때문입니다. 그녀의 자식이 아버지에게 어떻게 반응할 것인지를 레이디 모펑이 예상하고 있다는 사실("…알게 될 거야.") 때문에 이 진술은 오만한 지시처럼 들립니다. 이런 어조는 작위를 가진 사람의 전형적인 특징이라고 우리는 생각할 수 있겠지요.

하지만 레이디 모핑의 남편은 그곳에 수용되어 있지 않을 수도 있습니다. 그는 간호사이거나 심리상담사 혹은 정원사일지 모르지요. 그렇지만 "레이디"라는 말 때문에 이런 가정은 약간 그럴듯하지 않게 보입니다. 레이디 모핑은 귀족이므로 그녀의 남편은 모핑 경이겠고 귀족들은 일반적으로 간호사나 정원사는 말할 것도 없고 심리상담사가 되지 않습니다. 더욱이 영국 귀족은 약간 머리가 이상하다는 일반적인 의견이 있으므로, 모핑 경은 치료를 하기보다는 치료를 받는 사람일 거라는 생각이 강해집니다. 더욱이 그의 자식은 그를 얼마간 만나지 못했고, 그 기간은 어떻든 그가 변할 수 있을 만큼의 긴 시간이었는데, 그가 정원사나 심리상담사라면 그를 오랫동안 만나지 못할 까닭이 없겠지요. "차가 카운티 보호시설의 대문에 들어섰을 때"라는 구절의 문법상의 구문은 레이디 모핑이 직접 운전하는 것이 아니라는 것을 암시할 수 있습니다. 너무 지체 높은 인물이라서 그런 허드렛일은 하지 않는 것이지요. 어쩌면 그녀는 운전사 옆의 앞좌석에 앉아 있을 겁니다.

이처럼 독자는 추측을 하면서 문학 작품을 읽는 반면에, 문학 작품은 독자에게 태도를 암시할 수 있습니다. 한 비평

가는 독자에 대한 스위프트의 태도가 "친근하지만 불친절
하다."고 묘사한 적이 있습니다. 『트리스트럼 섄디』가 독자
에게 일종의 공동 작가로 활약해달라고 요청하는 방식은 쾌
활하면서도 가학적인 기미가 있습니다. 그렇게 요청하면서
독자에게 그 텍스트를 이해하기 위해 지나치게 어려운 일을
강요하지요. 어떤 작품은 독자를 옛 친구처럼 붙잡고 늘어
지며 긴 이야기를 풀어놓을 수 있고, 아니면 독자에게 딱딱
하고 쌀쌀한 태도를 취할 수도 있습니다. 또한 어떤 작품은
독자가 그 자체와 똑같이 문명화된 가치를 공유하는 박식하
고 한가한 사람이라고 가정하면서 독자와 무언의 조약을 체
결할 수 있습니다. 혹은 어떤 작품은 그것을 집어 드는 사람
을 혼란스럽고 어리둥절하게 만들려고 나서서 독자의 판단
력을 공격하고 독자의 확신을 낯설게 만들거나 독자의 예절
의식을 침해합니다. 또한 독자에게 등을 돌리고 자기들끼리
은밀히 이야기를 나누며 자신들의 사색이 어쩌다 귓결에 들
리도록 마지못해 내버려두는 듯한 작품들도 있습니다.

소설가를 믿지 말고, 이야기를 믿어라

• • •

찰스 디킨스 『위대한 유산』

모든 지식은 어느 정도로는 추상화의 과정에 의해 결정됩니다. 문학 비평의 경우에 이 말은 작품에서 한 걸음 물러나서 그것의 전모를 개괄적으로 보려고 노력하는 것을 의미합니다. 이 작업은 쉽지 않은데, 문학 작품이 시간 속에서 일어나는 과정이라서 전체적으로 펼쳐놓고 보기 어렵기 때문이기도 합니다. 또한 우리는 뒤로 물러서서도 작품의 확고한 실체와 계속 접촉할 수 있는 방법을 찾아내야 합니다. 우리가 어떤 시나 소설을 하나의 전체로 파악하기 위해 시도할 수 있는 한 가지 방법은 그 주제를 탐구하는 것입니다. 주제란 곧 우리가 작품에서 발견하는 주된 관심사의 패턴을 뜻하지요. 다음에 나오는 찰스 디킨스의 소설 『위대한 유산』을 분석하면서 내가 하고자 하는 것 중 하나는 바로 그것입니다.

가장 독창적이지 못한 비평 양식은 작품의 줄거리를 그저 다른 말로 바꿔 얘기하는 것입니다. 어떤 학생들은 대부분 텍스트를 그저 다른 말로 풀어서 설명하고 어쩌다가 자신의 기묘한 견해를 끼워 넣고는 비평을 하고 있다고 생각하지요. 그렇기는 하지만, 단편소설이나 장편소설에서 일어나는 사건을 자세히 얘기하는 것이 때로 불가피하기 때문에, 디킨스의 소설을 간략히 요약하겠습니다.

어린 주인공 핍은 누나인 조 부인과 어린애 같고 마음이 친절한 매형 조 가저리와 함께 삽니다. 매형은 영국 동남부의 황량한 습지에서 살아가는 대장장이이지요. 조 부인은 핍을 억압적으로 키우고, 오랫동안 고통을 받아온 남편도 어느 정도 똑같이 가혹하게 대합니다. 핍의 부모는 죽었는데, 어느 날 교회 묘지에 있는 부모의 무덤을 살펴보다가 핍은 근방의 유형선에서 탈출한 죄수 에이블 매그위치에게 붙잡힙니다. 매그위치는 음식과 족쇄를 끊기 위한 줄을 가져오라고 핍에게 요구하고, 핍은 집에서 그런 물건들을 훔쳐서 갖다 주지요. 그러나 매그위치는 다시 붙잡히고, 종신형을 받아 오스트레일리아의 영국령 유형지로 쫓겨납니다.

그동안에 핍은 그 지역의 부유하고 괴짜인 양갓집 여자 해비셤 양에게 불려 퇴락해가는 그녀의 집 새티스 하우스에 가고, 그곳에서 그녀가 키우는 거만하고 아름다운 소녀 에스텔라와 어울리게 됩니다. 해비셤 양의 인생은 결혼식 날 그녀를 버린 애인 때문에 엉망이 되었고, 새티스 하우스의 시계들은 그 치명적인 시간에 멈춰져 있습니다. 그녀는 누더기가 된 웨딩드레스를 걸친 채 썩고 벌레가 득실거리는 결혼 잔치의 유물 가운데 해골이나 소름 끼치는 납인형처럼 앉아 있지요. 핍은 에스텔라를 사랑하게 되는데, 해비셤 양은 자신이 당한 고약한 처사에 보복하기 위해 남자들을 괴롭히려는 특별한 목적으로 에스텔라를 키웁니다. 그래서 에스텔라에게 예행연습을 시킬 겸, 핍에게 아무런 언질도 주지 않고 그를 에스텔라 옆에 데려다 놓은 것이지요.

새티스 하우스에서 지낸 후 핍은 대장간에서 조의 도제로 살아온 비천한 생활을 점점 더 불만스럽게 여깁니다. 그는 신사가 되어서, 그의 비루한 생활 방식을 경멸한다고 공언한 에스텔라를 얻으려는 야심을 품습니다. 그동안에 조 부인은 조가 고용한 노동자, 사악한 올릭에 의해 대장간에서 잔혹한 폭행을 당하고 병상에 누워 한동안 말도 못 하고 지

내다가 마침내 죽습니다. 그 후에 조는 비디와 결혼하는데, 그녀는 그의 귀싸대기를 갈기는 데 그리 탐닉하지 않는 쾌활하고 젊은 여교사입니다.

그런데 런던의 변호사인 재거스가 찾아와서 핍에게 익명의 기증자가 재산을 증여했으므로 신사가 되도록 런던에 가야 한다고 알려줍니다. 핍은 그 은인이 해비셤 양일 거라고 생각하고 자신을 에스텔라에게 적합한 신랑감이 되도록 가르치려는 것이라고 가정합니다. 대도시에 간 그는 엄한 표정의 재거스의 보호를 받으며 다소 만족스럽지 않은 안일한 생활에 빠져듭니다. 잘난 체하는 속물이 되고 과거의 삶을 경멸하며 상처를 받고도 불평하지 않는 조에게 가증스럽게 생색을 냅니다. 그는 노동 계층의 아이였을 때도 지방 사투리가 아니라 표준 영어를 쓰면서 신사로서의 미래를 꿈꾸었지요. (올리버 트위스트도 마찬가지로 구빈원에서 자랐어도 공인 회계사처럼 말합니다. 빅토리아 사회는 남자나 여자 주인공이 h음을 빠뜨리거나 모음을 빨리 굴려 발음해서는 안 된다는 생각이 일반적이었지요. 재주꾼 도저가 런던 사투리를 쓴다는 사실은 그가 손수건을 훔치는 사건과 무관하지 않습니다.)

그런데 매그위치가 오스트레일리아의 유형지에서 탈출하여 갑자기 다시 나타나서는 익명의 기증자가 바로 자신이라고 핍에게 알려줍니다. 그는 외국에서 돈을 벌었고, 습지에서 받은 도움에 대한 보답으로 그 소년을 신사로 만들어준 것이지요. 이 소식에 핍은 경악하고, 새로 알게 된 후원자에 대해 처음에는 혐오감만 느낍니다. 오스트레일리아에서 불법적으로 탈출한 매그위치는 당국의 추적을 받고, 핍은 그가 은밀히 배를 타고 도망칠 수 있도록 준비합니다. 하지만 그 범죄자는 또다시 체포되고, 사형 선고를 받지만 교수형에 처해지기 전에 죽습니다. 그에 대한 핍의 감정은 이제 누그러졌고, 매그위치 자신은 모르지만 그가 에스텔라의 아버지라는 것을 알게 됩니다. 그 노인의 임종 시에 핍은 그에게 딸이 있고 자신이 그녀를 몹시 사랑한다고 말해줍니다. 이렇게 해서 늙은 죄수에게 평화로운 죽음을 맞게 해주지요.

이제 핍은 자신의 예전의 속물성과 사회적 야심을 쓰라리게 후회합니다. 이제는 재산이 없으므로 그는 서기가 되고 그런 다음에 수수한 사업체의 파트너가 됩니다. 그러다가 중병을 앓고, 조와 비디와 기쁘게 재결합합니다. 조는 그를 정성껏 간호해서 아기처럼 건강을 되찾게 해주고, 그 후에 핍은 에스텔라를 다시 한 번 만납니다. 그녀도 이제 가진 것이 거의 없습니다. 해비셤 양은 집에 불이 나서 죽었는데, 죽기 전에 자신이 핍을 상심시켰던 일을 후회합니다. 에스텔라는 핍처럼 고통을 겪으며 순화되었으므로 겸손한 마음으로 잘못을 뉘우칩니다. 디킨스는 원래 좀 더 우울한 결말을 의도했지만, 그녀와 핍은 결혼할 듯이 보입니다.

자, 이것이 이 서사의 적나라한 줄거리입니다. 터무니없는 우연의 일치와 비현실적이고 불가능한 줄거리를 보기 좋게 잘라내고 남은 것이지요. 이 안에서 어떤 의미 있는 패턴을 찾을 수 있을까요? 우선 이 이야기에 가짜 부모가 특이하게도 많다는 것을 주목할 수 있겠지요. 조 부인은 핍의 누나이지만 어머니처럼 굴고, 반면에 그녀의 남편 조 가저리는 핍의 아버지의 지위에 있지만 실은 가장 좋은 친구이자 형과 유사한 인물입니다. 끝에 가서, 문제가 더 복잡해지면서, 핍은 조에게서 진정한 정신적 아버지를 찾게 됩니다. 이런 의미에서, 가저리 가족은 인습적인 가족을 섬뜩하게 풍자합니다. 조 부인이 핍에게는 누나이자 어머니로, 조에게는 아내이자 어머니의 역할을 하니까요. 조는 그 나름으로 핍에게 형이자 아버지의 역할을 합니다. 이런 점에서 오이디푸스에 대한 톰 레러[1]의 풍자적 노래를 떠올리게 됩니다. "그는 자신의 어머니를 비길 데 없이 사랑했고 / 그의 딸은 그의 누

---

1 미국의 노래 작곡가이자 풍자가, 피아니스트, 수학자.

이, 그의 아들은 그의 남동생이었네." 작품의 끝부분에서 핍은 자신의 정신적 아버지인 매그위치를 마치 어린애인 양 간호합니다. 그러면서 그는, 어떤 비평가가 지적했듯이, 자기 아버지의 아버지가 되는 것이지요. 두 남자 사이에는 형제간의 유대 같은 것이 있습니다. 두 사람 모두 어린 시절에 학대받았으니까요. 핍과 조 사이에도 그런 유대가 있습니다. 주인공이 구원을 받으려면, 코딜리어가 리어 왕을 용서하듯이, 범죄자이거나 태만한 부모를 용서해야 합니다. 다른 한편, 방종한 아이는, 핍이 조와 비디의 용서를 받듯이, 용서를 받아야 하지요.

디킨스의 초기 작품에서 가족은 따뜻함과 애정을 간직하고 있어서 거친 공적 세계로부터의 도피처로 종종 그려집니다.『위대한 유산』에서는 재거스의 선량한 서기인 웨믹의 가정이 그렇지요. 하지만 가정을 안전한 안식처로 만드는 것은 매우 어려운 일이라서 웨믹의 집은 실제로 해자에 둘러싸여 있고 해자에 걸쳐진 적교를 통해서만 들어갈 수 있습니다. 이 영국인의 집은 거의 말 그대로 성이지요. 공적 영역과 가정의 영역은 각각 분리되어 있습니다. 가정의 영역은 냉담한 공적 영역으로부터 이런 식으로만 보호될 수 있는 것이지요. 웨믹의 가정을 보호하는 벽 안에서는 웨믹과 소란스럽고 코믹한 그의 부친의 선의가 흘러넘칩니다. 이와 대조적으로 핍의 가족은 근친상간의 기미를 띤 채 병적인 기능 장애 상태에 빠져 있습니다. 새티스 하우스가 그렇듯 대장간은 은밀한 성적, 가정적 불안감이 배어 있습니다. "대장간(forge)"이라는 단어는 대장장이의 일터를 뜻하고 동시에 사기와 기만을 암시하면서 새티스 하우스와 핍의 가짜 신사로서의 위상을 연상시키지요. 해비셤 양의 병든 세계에서 사랑과 성은 폭력과 잔인성, 권력, 환상과 사기와 결합되어 있습니다. 이 소설에서 사랑은 증오와 지배에 대한 소박한 대안이 결코 아닙니다. 사랑은 그 두 가지와 밀접하게 뒤섞여 있지요.

핍의 어린 시절의 집은 대장간과 붙어 있는데, 이것은 웨믹의 작은 성과 달리 노동의 세계가 가정의 영역과 겹친다는 것을 뜻하지요. 이것의 부정적인 면은 공적 세계의 폭력과 억압이 사적 세계에 스며든다는 것입니다. 대장장이로서 조는 망치질을 많이 하는데, 조 부인이 핍을 다루는 방식도 그렇습니다. 사실 조의 아버지는 일하기를 싫어한 대장장이였는데 "모루에 망치질할 때처럼 힘껏 나를 두들겼다."고 조는 핍에게 말해줍니다. 핍은 조 부인이 자기를 구타하는 것에 대해 "부당"하다고 표현하는데, 그 단어는 가정 세계의 폭력을 법과 범죄, 처벌의 공적 세계와 연결합니다. 대장간은 쇠와 관련되고, 바로 쇳조각을 들고 올릭은 조 부인을 강타해서 쓰러뜨리지요.

하지만 노동과 가정, 공적 영역과 사적 영역의 밀접함은 다른 한편 존중해야 할 것입니다. 더 낫든 더 못하든 간에, 가저리 집의 두 영역 사이에는 최소한의 거리가 있습니다. 기능공으로서 조의 자질은 벗이자 대리부로서의 미덕과 관련되어 있습니다. 말기의 디킨스는 채권과 주식에 의존해서 사는 사람들보다 실용적 기술을 가진 사람을 더 존중했습니다. 근육노동은 실제적인 것인 반면에 종이로 된 재산은 다른 사람들의 노동에 기생하는 것이지요. 매그위치의 재산은 이마에 땀을 흘려 번 것이지만, 해비셤 양에 대해서는 그렇게 말할 수 없습니다. 그러니 대장간에는 뭔가 진정한 것이 있는 반면에, 부와 특권의 세계에는 뭔가 부서지기 쉽고 비실재적인 것이 있습니다. 시골의 집에서 사교적인 런던으로 이동하면서 핍은 현실에서 환상으로 나아갑니다. 구원을 받으려면 그는 마지막에 그 여정을 되돌려야 합니다.

해비셤 양은 양녀로 들인 에스텔라의 대리모이고, 매그위치는 핍의 대리부입니다. "나는 네게 두 번째 아버지야." 그가 핍에게 말합니다. "너는 내 아들이고, 내게 그 어떤 아들보다도 소중하지." 매그위치는 에스텔라의 생부이기도 하므로, 이 부분에서 또 다른 근친상간의 암시가 살짝 엿보입니다. 비유적으로 말하자면 핍과 에스텔라는 남매이니까요. 매그위치는 실은 딸이 죽었다고 믿었기 때문에 일종의 대리 변상으로 핍을 "양자로 들인" 것입니다. 유들유들한 사기꾼인 핍의 먼 친척 펌블축 씨도 핍에게 부성적 관심을 보이는 척하고, 핍의 후견인 재거스는 또 다른 그의 보호자이지요. 친절한 웨믹도 그에게 아버지 같은 관심을 보여주고, 친구인 허버트 포켓은 신사답게 처신하는 법을 핍에게 가르쳐줍니다.

이 가짜 부모들 중 일부는 고약한 반면에 다른 이들은 선량합니다. 조 부인과 해비셤 양은 고약한 가짜 어머니인 반면에, 조와 재거스, 웨믹은 선량한 가짜 아버지입니다. 매그위치도 그렇기는 하지만 조금 더 애매한 경우이지요. 그런데 소설 전체에 걸쳐서 선량한 친부모는 거의 없습니다. 해비셤 양은 사악한 요정 대모(그녀는 목발을 지팡이처럼 쓰기도 합니다.)인 반면에, 매그위치는 소원을 들어주는 선량한 요정이지요. 하지만 요정에 관한 전승 지식을 보면, 우리가 열망하는 것이 우리가 기대하는 방식으로 이뤄지는 경우는 거의 없습니다. 핍의 경우에는 확실히 그렇습니다. 마술적인 요정의 음식이 입에 들어가면 재빨리 재로 변합니다. 웅대한 꿈은 악몽으로 바뀔 수 있습니다.

이 가짜 가장들과 어린애 같은 어른들, 사악한 계모와 근친상간의 낌새가 있는 형제들을 어떻게 이해해야 할까요? 『위대한 유산』은 무엇보다도 이른바 태생의 문제에 관심을 쏟고 있습니다. 우리는 실로 어디서 오는 걸까요? 우리 존재의 참된 근원은 무엇일까요? 프로이트는 이것이 자기는 부모가 없고 실로 스스로 태어났다고 상상하는 어린애가 제기하는 문제라고 간주했습니다. 어쩌면 우리 모두 자신의 갈비뼈에서 태어났고 그래서 우리의 생명을 다른 사람에게 의존해야 하는 수모를 피할 수 있을지 모르지요. 아니면 우리는, 신과 마찬가지로, 존재하지 않은 때가 한순간도 없었을지 모릅니다. 어린애가 자신의 근원에 대한 생각을 참기 어렵다고 느끼는 한 가지 이유는 무엇이든 태어난 것은 또한 죽을 수 있다는 사실 때문입니다. 점차 성장해가면서 우리는 자신이 아무리 자유롭고 독립적인 존재라고 상상하더라도 실은 스스로를 창조하지는 않았음을 받아들이는 법을 배워야 합니다. 우리가 거의 통제할 수 없고 또한 거의 알지 못하는 역사가 우리를 어떤 특정한 위치에 처하게 합니다. 이 유산은 우리의 사회적 상황뿐 아니라 우리의 살과 피, 뼈와 기관에도 섞여 들어가지요. 우리의 생존 및 자유와 자율성 그 자체도 같은 종족의 다른 개인들과 사건들에 달려 있고, 그것은 완전히 풀어낼 수 없을 정도로 너무나 뒤엉켜 있습니다. 모종의 계획이 진행되고 있지만, 우리가 그것에 어떻게 끼어들 수 있을지 알기 어렵습니다. 자아의 근원에는 우리가 아닌 것이 존재합니다. 이러한 난제와 더불어 사는 법을 우리는 배워야 합니다.

어린애는 또한 자신의 현재 가족이 진짜 가족이 아니라고 상상할 수 있습니다. 자신이 실제로는 더 화려한 친척을 갖고 있는데 요정이 바꿔친 아이처럼 결국 현재의 친척에 속하게 되었다고요. 프로이트는 이것을 가족 로맨스 신드롬이라고 불렀고, 핍이 이런 증후군을 보이는 것은 분명합니다. 새티스 하우스는 그가 속하고 싶은 가족을 상징합니다. 이것은 통렬하게도 역설적이지요. 새티스 하우스는 부패하고 독이 퍼져 있으며 환상에 지배된 껍데기에 불과하니까요. 그곳에 거주하는 사람은 외로운 두 여자뿐인데, 하나는 정신이상자이고 다른 하나는 감정적 불구자이며 둘 사이에는 혈연관계가 없습니다. 핍이 대장간 생활보다 이 병든 꿈의 각축장을 선호한다는 것은 그의 허위의식의 한 징표입니다.

핍은 실로 소설의 플롯을 오독합니다. 그는 자신을 해비셤 양의 플롯에 등장하는 인물로 여기지만 실제로는 다른 플롯, 매그위치의 플롯에 속하지요. 우리가 어떤 서사에 속하는지를 알기란 결코 쉽지 않습니다. 주인공은 자신의 정체성의 근원에 관해, 자신을 실제로 "창조"한 사람이 누구인지에 대해 엄청난 착각을 일으킵니다. 핍은 자신이 해비셤 양의 창조물이라고 추측하지만, 실제로는 범죄자의 수공품이지요. 매그위치가 핍에게 "끔찍한 수수께끼"로 보이게 되면서, 기원에 관한 난해한 수수께끼가 등장합니다. 하지만 그 수수께끼는 단순한 개인 차원을 넘어섭니다. 인간의 문명 자체는 어디서 유래하는가? 우리의 공동의 삶의 원천은 무엇인가?

이 소설에서 이런 문제에 대한 답은 모호하지 않습니다. 문명은 범죄와 폭력, 노동과 고통, 부정행위, 비열함과 억압에 그 시커먼 뿌리를 내리고 있다는 것이지요. 매그위치가 핍의 은인이라는 사실은 이 심오한 진실을 상징합니다. 문명 세계는 이 야비한 뿌리에서 꽃을 피웁니다. "네가 편안하게 살 수 있도록 나는 거칠게 살았다."고 그 범죄자는 핍에게 말합니다. 핍의 행운은 고된 노동과 위법행위에서 흘러나온 것입니다. 그러므로 런던에서의 한량 생활은 절대로 완전히 씻어낼 수 없는 "감옥과 범죄의 얼룩"에 오염되어 있습니다. 해비셤 양의 재산도 핍이 끼어드는 세련된 런던 사교계와 마찬가지로 비열함과 착취에서 기인한 것입니다. 핍이 자기 정체성의 진정한 원천이 매그위치라는 지하세계의 인물임을 알지 못하듯이, 사교계도 이런 사실을 의식하지 못하거나 무시합니다. 매그위치와 살인 용의자인 여자가 오래전에 잃어버린 딸인 에스텔라 역시 그 태생이 범죄에 뿌리를 두고 있음이 드러납니다. 소설에 묘사된 문명이 그것의 진짜 토대를 혹시라도 알게 된다면 과연 어떻게 존속할 수 있을지 알 수 없을 지경입니다.

이런 시각은 이 소설에 대한 놀랍도록 과격한 관점입니다. 실은 디킨스 자신의 관점보다도 훨씬 더 과격한 것이지요. 디킨스의 실제 정치관과도 요원합니다. 그는 혁명가가 아니라 개혁주의자였습니다. 이런 의미에서 『위대한 유산』은 디킨스의 몇몇 후기 작품처럼, 작가의 실제 견해가 작품 속에 드러난 태도와 반드시 일치하는 것은 아니라는, 우리가 앞서 주목했던 점을 예시합니다. D. H. 로렌스는 "소설가를 믿지 말고, 이야기를 믿어라."라고 말했지요. 이 소설은 디킨스를 그토록 우상화했던 사교계가 아니라 범죄자의 지하세계에 공감하고 있음이 분명합니다. 해비셤 양의 탐욕적이고 위선적인 친척들이 돈을 낚아채려고 독수리처럼 그녀의 죽음을 기다리고 있는 새티스 하우스는 그 점잖은 계층의 어두운 밑바닥을 드러냅니다.

이 소설의 도덕적 판가름의 기준이 되는 조는 매그위치가 습지에서 추격하는 군인들을 따돌리기를 바랍니다. 런던에 도착한 핍의 눈에 제일 먼저 들어온 것 중 하나는 뉴게이트 감옥입니다. 비참한 수감자들이 채찍질과 교수형을 당하는 곳이지요. 나중에 매그위치가 법정에 끌려와서 사형 선고를 받을 때 소설은 선착장의 죄수들, "반항하기도 하고, 공포에 질려 있기도 하고, 흐느끼며 눈물을 흘리거나, 얼굴을 감싸고 있는" 죄수들과 "큰 쇠사슬과 꽃다발을 든 행정관들, 겉만 번지레하고 괴수 같은 공민들, 포고를 알리는 관원들, 정리(廷吏)들…"을 대조시킵니다. 인습적 사회는 그 나름의 보다 점잖은 방식으로 도둑들과 암살자들의 세계 못지않게 잔인하고 타락했다는 분명한 의미가 작품 전체에 함축되어 있습니다.

소설은 어린애와 범죄자 간의 유사점을 암시합니다. 둘 다 인습적 사회에 절반쯤 속하면서도 절반쯤은 배제되어 있어서 특권을 빼앗기고 극심한 억압을 받습니다. 양쪽 모두 많은 교육의 혜택을 받지 못하고, 명령을 받아 움직이는 데 익숙합니다. 빅토리아 시대의 아이는 사형수 감방의 수감자 못지않게 자유를 거의 누리지 못했을지 모르지요. 어린 핍은 아이들을 악마의 자식처럼 여기는 복음주의적 성향의 어른들에게 끝없는 손찌검과 채찍질을 당하고 비난을 받으며 일상적으로 학대당합니다. 소설의 한 부분에서는 아이들을 교수형을 당해 마땅한 범죄자로 분명히 묘사하는데, 이 묘사는 핍과 매그위치의 은밀한 결속을 암시하지요. 또한 소설은 아이들과 범죄의 직접적 관련성을 제시하기도 합니다. 재거스는, 엄밀히 말해서 지나치게 동정심이 많은 자유주의자는 아니지만, 아이들이 "감옥에 갇히고, 채찍질당하고, 운송되고, 방치되고, 추방되고, 모든 면에서 교수형을 당하는데 적합한 조건을 갖추고 자라나서 교수형을 당하는"것을 보았다고 분개해서 핍에게 말합니다.

런던의 거의 모든 상습 전과자와 면분이 있는 듯한 재거스는 두려움과 존경을 받는 변호사로서 이 소설에서 지하세계와 상층세계 사이의 다리로 작용합니다. 그의 사무실 벽에는 교수형을 당한 죄수들의 무시무시한 데스마스크가 걸려 있습니다. 그는 자신의 생계 일부를 죽음에서 얻기 때문에, 이 소설에 그려진 살아 있는 사자(死者) 중 하나이기도 합니다. 죄수로서 생지옥의 삶을 살아가는 매그위치도 살아 있는 사자이지요. 애인이 배신한 순간에 얼어붙은 해비섬 양도 그렇고, 올릭이 두개골을 내리친 후 삶과 죽음 사이의 어딘가를 배회하는 조 부인도 그렇습니다. 조 부인의 죽음은 핍이 범죄자와 한통속인 것에 그치지 않음을 암시합니다. 그는 그 살인에 대한 간접적인 책임도 있습니다. 매그위치가 족쇄를 끊으려고 사용한 줄을 그가 훔쳐다주었고, 바로 그 버려진 족쇄로 올릭이 조 부인을 폭행했으니까요. 모친 살해의 암운이 그 주인공에게 드리워집니다.

뒤로 물러서서 바라보라

. . .

찰스 디킨스『올리버 트위스트』

『위대한 유산』의 도입부는 황폐한 풍경을 근사하게 설정합니다. 핍은 평평하고 황량하며 열병을 일으키는 습지에서 교회 묘지의 비석들 사이를 홀로 돌아다니고, 앞바다에는 유형선이 정박해 있고 멀지 않은 곳에 효시대나 교수대가 있습니다. 죽음과 범죄, 인간의 고통이 교묘히 설정된 상징에서 수렴합니다. 그런데 매그위치가 갑자기, 원초적 트라우마의 순간에, 소년에게 달려듭니다. 겁에 질린 아이는 소름 끼치는 낯선 인물과 대면하게 됩니다. 신화에 나오는 많은 그런 인물이 그렇듯 다리를 저는 사람이지요.

온통 거친 회색 옷을 걸치고 큰 족쇄를 다리에 차고 있는 무서운 남자였다. 모자도 없고, 신발은 찢어지고, 낡은 넝마로 머리를 동여맨 남자였다. 흠뻑 젖은 온몸이 진흙투성이였고, 돌에 걸려 절뚝거리고 단단한 돌에 베이고 쐐기풀에 찔리고 가시에 찢어진 사람이었다. 그는 절뚝거리며 와들와들 몸을 떨었고 번득이는 눈으로 노려보며 으르렁거렸다. 그가 내 턱을 잡았을 때 이빨이 딱딱 맞부딪치는 소리가 들렸다.

이 무서운 유령 같은 인물에게는 어딘지 동물적이고 비인간적인 면이 있습니다. 하지만 그것은 문명의 장식을 모두 빼앗기고 알몸으로 핍의 온정에 적나라하게 호소하는 인간, 순전히 인간적인 인물의 비인간성이기도 합니다. 그의 호소에 반응할 때 소년은 추방당하고 박탈당한 모든 사람과 상징적 계약을 맺는 듯합니다. 그는 또한 범죄와 은밀한 유대를 맺습니다. 실은, 유령이 출몰할 듯한 분위기의 이 장면을 아담과 이브의 타락의 서사로 해석하는 것은 어렵지 않습니다. 말 그대로 보자면, 핍은 그 필사적인 남자에 의해 타락한다기보다는 거꾸로 곤두박질치지만 말입니다. 이야기가 전개되면서 매그위치는 실제로 핍의 세계를 혼란스럽게 뒤집어 놓습니다. 이 장면은 어린아이가 처음으로 범죄와 고난에 대면한 순간을 묘사하고 있고, 그러므로 일종의 원죄를 그려낸 것이지요. 이와 같은 장면에는 죄의식이 내포되고, 어떤 끔찍한 위법 행위를 저지르는 가운데 현행범으로 잡혔다는 의식이 내포됩니다. 핍은 집에서 훔쳐온 물건 때문에 벌을 받으리라고 겁내면서 곧 죄의식을 느끼게 되지요. 매그위치를 도와줌으로써 핍은 자비로운 행위로 그렇게 했더라도 순진한 상태에서 타락한 것입니다. 그는 스스로 법의 둘레를 벗어났고, 아무리 애써 노력하더라도 결코 그 안으로 다시 기어들 수 없을 것입니다.

이 소설은 낙오자들을 대단히 동정하면서도 매그위치를 이상화하지 않습니다. 실은 그가 심각한 비판을 받을 소지를 열어둡니다. 의도치 않게 핍의 많은 고통을 일으킨 장본인은 결국 매그위치입니다. 그는 핍에게 재산을 증여해서 대장간에서 멀어지게 하지요. 그가 아량을 터무니없이 잘못 베풀었다고 볼 수 있습니다. 핍은 당시에 신사가 될 전망을 기꺼이 받아들였겠지만 어떻든 신사로 만들어달라고 부탁한 것은 아니지요. 매그위치는 그 문제에 대해 핍과 상의하지도 않았습니다. 그는 핍을 위해서, 하지만 또한 자신의 충족감을 위해서, 그렇게 결정한 것이지요. 그는 그 수혜자를 "소유"한다고 자랑하기도 합니다. 이 부분에 프랑켄슈타인과 그의 괴물에 대한 은밀한 암시가 숨어 있습니다. 죄수로서 매그위치는 자신의 삶을 마음대로 이끌지 못하고, 결국 자신이 사랑하는 핍을 거의 같은 처지에 밀어넣습니다. 이와 비슷하게, 에스텔라는 해비셤 양의 꼭두각시이지요. 끝부분에서 에스텔라는 자신을 만든 여자에게 분노해서 대들고, 핍도 런던에 처음 돌아갈 때 매그위치에게 유사하게 행동합니다. 그 중범죄자가 거의 모르는 낯선 이에게 자기 재산의 한몫을 양도하고 그저 물러서서 자신이 만든 작품에 경탄하는 것은 무책임한 일이지요. 그런 행동은 재산이 가져올 수 있는 불행을 간과할 뿐 아니라, 자신의 정신적 양자에게 일종의 권력을 행사하는 것입니다. 해비셤 양과 에스텔라의 관계도 분명 그렇습니다. 이 작품에 그려진 많은 관계의 이면에는 권력이 숨어 있는 것이지요.

『위대한 유산』에는 몇 가지 문학 양식이 작용합니다. 사실주의가 있지만 판타지도 있습니다. 해비셤 양은 인근의 쇼핑몰에서 마주칠 만한 사람은 아니지요. 매그위치는 그런 쇼핑몰의 경비원으로 그런대로 괜찮겠지만 말입니다. 이 소설에 많이 나오는 작위적인 우연의 일치도 전혀 현실적이지 않습니다. 또한 이 소설은 교양소설이라고 알려진 문학 양식, 즉 주인공의 교육이나 정신적 발전에 관한 이야기 틀에 따라 전개됩니다. 그리고 우화와 로맨스, 신화와 동화의 강렬한 요소들도 들어 있습니다. 하지만 이 부분에서 이 소설은 디킨스의 초기 작품 몇 편과 다릅니다. 소설이 사실주의적 양식에서는 손에 넣을 수 없을 해피엔딩을 끌어내기 위해서 이따금 동화적 장치를 사용한다는 것을 우리는 이미 보았지요. 가령『제인 에어』는 제인이 아주 멀리 떨어진 지역에서 소리치는 로체스터의 목소리를 바람결에 듣게 함으로써 두 사람을 재결합시킵니다. 초기의 디킨스는 그런 전략을 사용하는 데 명수였지요. 하지만『위대한 유산』은 동화를 꿰뚫어봅니다. 이 작품은 관대한 요정, 해비셤 양이 실은 사악한 마녀이고, 꿈은 오염되었으며, 보물은 부패했고, 야심은 연기처럼 공허한 소재로 짜여 있음을 인식합니다. 에이블(Abel) 매그위치는 유능한(able) 마법사로서 가난한 소년을 왕자로 변형시킬 수 있지만 지독히 큰 대가를 치러야만 합니다. 그 로맨스는 부패하고 말았지요. "해비셤"[1]이라는 이름이 암시하듯이, 소유한다는 것은 가짜입니다. 소유하려는 욕망은 헛된 것이지요.

그렇더라도, 이 소설의 서사는 어쩌다가 교묘히 조정되는

---

1 Havisham은 have(갖다)와 sham(가짜, 사기)로 나눠질 수 있다.

요소를 배척하지 않습니다. 핍은 결국 대장간으로 돌아가지 않고 신사로 살아가게 됩니다. 이제는 부지런한 신사이지만요. 간단히 말해서, 그는 결국 자신이 열망했던 중간층에 속하게 됩니다. 이제는 그릇된 가치가 아닌 올바른 가치를 갖고 있지요. 또 다른 인위적 조정으로서, 해비셤 양의 끔찍한 죽음은 무엇보다도 그녀가 주인공에게 무자비한 계획을 세운 것에 대한 소설의 복수입니다. 핍은 매그위치와 화해하는데, 매그위치는 이후에 곧 죽습니다. 이렇게 함으로써 소설은 핍이 여생 동안 그에게 붙어 있지 않아도 되도록 편리하게 조치합니다. 매너가 상스러운 이 괴팍한 노인을 가슴에 끌어안는 것과 앞으로 이십 년간 그를 손님방에 머물게 하는 것은 전혀 다른 일이지요.

교양소설은 무엇보다도 진전을 다루는 이야기이지만, 핍의 인생사는 퇴행의 이야기입니다. T. S. 엘리엇이 『네 개의 사중주』에서 쓴 표현을 빌자면, 그는 자신의 출발 지점을 알아내기 위해서 그곳으로 되돌아가야 합니다. 그의 이름(Pip)은 회문(回文), 즉 앞에서부터 읽으나 뒤에서부터 읽으나 똑같은 단어라고 비평가들이 지적했습니다. 핍은 오직 자신의 근원이 되는 지점으로 되돌아감으로써 진정한 진전을 이룰 수 있습니다. 진정으로 독립적인 인간이 되기 위해서는 자기 존재의 불쾌한 근원을 인정해야 합니다. 자기 스스로 만들지 않은 역사를 갖고 있음을 받아들여야만 자유로워질 수 있습니다. 뒤를 돌아 과거를 정면으로 응시함으로써, 망설이고 더듬으면서 앞으로 나아갈 수 있겠지요. 만일 여러분이 과거를 억누른다면, 과거가 복수심을 갖고 되돌아와서 딴죽을 걸겠지요. 매그위치가 아무 예고도 없이 핍의 런던 집에 쳐들어오듯이 말입니다.

이 소설은 일종의 엔딩(교회 묘지에 있는 핍의 부모의 무덤)으로 시작하고, 큰 고통을 겪어 정화된 핍과 에스텔라가 삶을 새롭게 시작하려고 걸어 나오면서 새로운 시작으로 끝납니다. 그와 달리 새티스 하우스는 서사가 중단된 곳입니다. 해비셤 양이 어디로도 나아가지 못하면서 썩어 들어가는 방을 서성일 때 그곳의 시간은 막다른 골목에 이른 것이지요. 서사에 관해서 보자면, 이 소설은 일인칭으로 서술되지만, 도덕적으로 통렬한 화자의 초상화를 독자에게 제공한다는 점에 주목할 수 있습니다. 자신이 얼마나 혐오스럽고 비열한 벼락부자가 되었는지를 핍이 스스로 볼 수 있고 독자에게 보여줄 수 있다는 것은 그의 성격의 힘을 입증합니다. 의심할 바 없이 바로 그 강한 성격 덕분에 그는 결국 어려움을 헤쳐 나가게 됩니다.

이 이야기에 등장하는 몇 가지 중요한 이미지의 패턴이 그 주제를 심화하는 작용을 합니다. 하나는 쇠의 이미지인데 수많은 다양한 형태로 불쑥 나타납니다. 가령 매그위치의 족쇄는 올릭이 나중에 조 부인을 폭행하는 데 사용되지요. 핍이 조에게서 훔치는 줄도 이야기의 후반부에 다시 등장합니다. 무거운 정박용 닻사슬에 묶여 있는 유형선은 "죄수들처럼 차꼬에 채워진" 듯이 보입니다. 조 부인의 결혼반지는 어린 핍을 벌줄 때 그의 얼굴을 긁어 벗겨놓습니다. 매그위치는 핍에게 비유적으로 족쇄를 만들어 씌웁니다. 금과 은으로 만든 족쇄이지만요. 핍은 법적으로 도제로 "구속"되어 있고, 경멸스럽기 짝이 없는 대장장이의 삶에 속박되어 있지요. 그래서 이 소설에 등장하는 쇠는 폭력과 감금을 상징하지만, 또 한편으로 그것은 새티스 하우스와 런던 상류사회의 공허한 세계와 대조되는 견고함과 소박함을 갖고 있습니다. 대장간과 범죄자들의 지하세계의 가혹하고 불편한 면뿐만 아니라 진정한 면을 암시합니다.

또한 음식 이미지의 패턴이 이야기 안에 누비듯이 섞여 짜여 있는데, 이 이미지도 쇠 이미지와 유사하게 양면적입니다. 쇠와 마찬가지로 음식은 권력 및 폭력과 관련됩니다. 매그위치는 어린아이 핍을 삼켜버리겠다고 위협합니다. 소년이 범죄자를 위해 훔치는 파이는 아이에게 죄의식과 공포의 원천이 되지요. 펌블축 씨는 핍이 돼지가 되고 그 목이 잘리는 기괴한 이야기를 들려줍니다. 해비셤 양은 포식성의 친척들에게서 요리 대접을 받는 것에 대해 말합니다. 하지만 음식은 우정과 유대감을 의미하기도 합니다. 핍이 굶주린 매그위치에게 너그러운 마음으로 베풀어줄 때처럼 말이지요. 디킨스의 심장은 지글거리는 베이컨 냄새를 맡을 수 있을 때 가장 빨리 뜁니다.

이 소설에 대한 지금까지의 내 설명으로 보아 이 소설이 폭 빠져들 정도로 재미있을 수 있다는 것을 누구도 짐작하지 못하겠지요. 조 가저리는 디킨스가 만들어낸 가장 섬세하게 코믹한 인물 중 하나입니다. 소설은 그를 전체 이야기의 도덕적 척도로 사용하면서도 동시에 명랑하게 그를 꽤 놀려댑니다. 하지만 조의 대장간이 시골에 고립되어 있다는 사실은, 미덕이 타락을 일으키는 사회적 영향력으로부터 단절되어 있을 때만 마음껏 펼쳐질 수 있음을 암시할 수 있습니다. 웨믹 가족의 성도 마찬가지이지요. 이 소설의 다른 부분에도 유머가 풍부합니다. 디킨스는 매우 불쾌한 현실을 그릴 때도 익살을 부릴 수 있습니다. 이것은 그런 불쾌한 현실에 대해 그가 제안하는 대안 중 하나가 바로 코미디임을 암시합니다. 그의 후기 소설에서는 선량함의 결핍이 두드러집니다. 하지만 그 소설들이 그려내는 냉혹한 세계에 선량함이 부족하더라도, 소설이 선량함을 묘사하는 방식에 크나큰 도덕적 미덕이 결부됩니다. 이 소설들의 창작에 유입된 애정 어린 공감과 풍부한 상상력의 재능, 너그러운 유머와 온화한 정신은 디킨스의 도덕적 가치가 글 쓰는 행위와 분리될 수 없음을 시사합니다.

『위대한 유산』은 조의 세계나 해비셤 양의 세계 같은 허구적 세계 중에서 어느 쪽이 가장 진정한 것인가에 관해 전혀 의심하지 않습니다. 이와 대조적으로 『올리버 트위스트』는 페이긴과 그의 꼬마 소매치기 패거리의 범죄적 하위문화가 올리버를 결국 편입하는 중산층 환경보다 더 진정한 것인지에 대해 양면적입니다. 페이긴의 지하세계는 악몽 같은 막간 촌극일 뿐이고, 거기서 깨어나 고맙게도 부유한 친척들의 품에 안겨야 하는 것일까요? 아니면 페이긴의 더러운 소굴은 브라운로우의 응접실보다 더 공고한 것일까요? 페이긴의 생활 방식에는 무질서하게 즐길 수 있는 뭔가가 있는데, 브라운로우 씨의 세련된 생활 방식은 그렇다고 말할 수 없습니다. 페이긴은 또 하나의 가짜 가장이지만 소시지를 아주 맛있게 요리하는데, 이것은 디킨스의 눈에 페이긴의 매우 바람직한 자질로 보이지요. 페이긴과 손버릇 나쁜 그의 도제들은 도둑질과 폭력, 그리고 틀림없이 입에 담기 어려운 악행에 휩쓸리지만, 그들은 비뚤어지게 풍자된 가족(그 여자 구성원은 창녀뿐인)을 대변하기도 합니다. 가저리의 가족보다 더 요란스럽고 재미를 좋아하는 가족이지요.

사실, 이 악당 패거리에 대한 공식적 비난은 소설에서 보여주는 그들의 모습과 완전히 맞아떨어지지 않습니다. 페이긴은 악당이지만, 디킨스와 마찬가지로, 청중을 감탄하게 만드는 재담가이기도 합니다. 재주꾼 도저가 법정에 끌려와서 "여기는 정의를 만드는 공장이 아닙니다."라고 조롱할 때, 소설이 그의 판단에 동조한다는 것은 의심의 여지가 없습니다. 어떤 일이 일어나든 간에, 도저는 감옥에 처박히겠지요. 어떻든 브라운로우와 그의 가정은 진정한 배려와 동정심을 보여줍니다. 반면에 페이긴과 빌 사익스가 그렇지 않다는 것은 두말할 나위 없이 분명하지요. 올리버는 이 도둑 소굴의 부엌에서와 달리 브라운로우 가족과는 앞날을 같이할 수 있습니다. 중산층 사회가 얄팍한 곳이라고 그냥 내쳐서는 안 됩니다. 그 구성원이 모두 다 종잇장처럼 얄팍한 것은 아니지요. 브라운로우처럼 교양 있는 중산층의 가치는 약한 사람들과 의지할 데 없는 사람들의 포용도 내포합니다. 무룻 교양이란 식탁보에 코를 풀지 않는 것에 불과한 문제가 아니지요.

이미 보았다시피, 핍은 열병을 앓다가 깨어나서 조의 사랑으로 관계가 복원되었음을 알게 됩니다. 이와 흡사하게 올리버는 한 차례 긴 질병을 앓고 일어나 브라운로우의 우아한 집에서 얼마간은 페이긴의 극악한 손아귀에서 벗어나 있음을 알게 됩니다. 두 주인공은 한 세계에서 다른 세계로 옮겨갔는데 방향은 서로 다릅니다. 올리버는 비천한 계층에서 교양 있는 사회로 구출되는 반면, 핍은 교양 있는 사회에서 비천한 계층으로 되돌아가지요. 두 인물이 반대 방향으로 이동한다는 것은, 삶의 어느 영역이 더 진정한 것인가라는 물음에 대한 상이한 답을 반영합니다. 하지만 어떤 의미에서 『위대한 유산』은 두 세계를 가장 잘 이용합니다. 핍은 대장간에 남지 않을 테고, 중산층 사회에서 자신의 삶을 다시 시작할 것입니다. 전처럼 사치스럽지는 않은 수준이라도 말이지요. 그는 대장간을 떠났다가 되돌아가고 그런 다음에 다시 세상으로 나갑니다. 그의 이야기는 가난뱅이가 부자가 되었다가 다시 가난뱅이가 되는 이야기가 아닙니다. 그보다는 가난뱅이가 중간층으로 옮겨가는 문제이지요.

두말할 필요 없이, 이 서사에는 내가 검토하지 않은 많은 요소가 있습니다. 해석이란 부분적이고 잠정적입니다. 최종적인 말은 있을 수 없습니다. 하지만 내 간략한 분석이 무엇을 시도하는지 주목할 가치가 있겠지요. 그것은 서사의 흐름에서 뒤로 물러서서 되풀이되는 관념이나 관심사에 주목합니다. 그것은 어떤 유사성이나 대조, 관련성을 주목합니다. 인물을 고립시켜 보는 것이 아니라 주제와 플롯, 이미지와 상징을 포함하는 패턴의 한 요소로 보고자 합니다. 언어가 분위기와 감정적 상태를 조성하는 데 어떻게 사용되는지 간략히 검토합니다. 이야기가 들려주는 것만이 아니라 서사의 형식과 구조에 관심을 기울여 설명합니다. 소설이 그 자체의 인물들에 대해 어떤 태도를 취하는지를 숙고합니다. 또한 텍스트에서 발견되는 다양한 문학 양식(사실주의, 우화, 판타지, 로맨스 등등)을 훑어봅니다. 소설 속의 어떤 불일치나 모호함을 탐구합니다.

나는 또한 이 소설의 도덕적 비전에 대한 문제를 제기합니다. 하지만 독자는 그 비전이 얼마나 타당한 것인지 언제나 묻고 싶겠지요. 문명의 뿌리는 범죄와 비열함에 있다는 주장이 진정으로 옳은 것일까요? 아니면 극심한 편견에 사로잡힌 견해입니까? 이런 질문은 더할 나위 없이 타당합니다. 우리는 한 문학 작품이 세상을 보는 방식에 찬동할 필요가 없습니다. 우리는 『위대한 유산』의 중산층 사회에 대한 판단이 너무나 포괄적이고, 법이 가혹하고 억압적이라고 너무 쉽게 간주하며, 죽음과 폭력에 너무 병적으로 사로잡혀 있고, 조를 표현할 때 너무 친밀하게 감상적이라고 얼마든지 불평할 수 있습니다. 이 작품에서 긍정적인 여성 인물이 비디 말고는 한 명도 등장하지 않는다는 사실도 우리의 관심을 끌겠지요.

문학 작품을 읽는 몇 가지 방법

• • •

조앤 K. 롤링 『해리 포터』 시리즈

핍과 올리버의 부모는 제자리에 없습니다. 그런 처지의 아이로서 그들은 톰 존스에서부터 해리 포터에 이르기까지 영문학의 책장을 채우고 있는 고아나 반쪽 고아, 피보호자, 버림받은 아이, 사생아, 바꿔친 아이, 풀 죽은 의붓자식 등의 눈에 띄는 계보에 속합니다. 작가들이 고아를 대단히 매력적인 소재로 여기는 이유가 몇 가지 있습니다. 한 가지 이유는, 고아들이 혜택을 받지 못하고 종종 경멸을 받으며 세상에서 홀로 자신의 길을 개척해야 하기 때문에 독자의 공감과 지지를 이끌어낸다는 것입니다. 우리는 그들의 고독과 불안에 동정하면서 혼자 힘으로 스스로를 끌어올리려는 그들의 노력에 경탄합니다. 고아들은 취약하고 가혹한 대접을 받는다고 느끼게 되므로, 이런 점이 사회 전반에 대한 상징적 논평으로 작용할 수 있습니다. 디킨스의 후기 소설에서는, 시민에 대한 의무를 저버린 사회 체계에 의해서 우리 모두가 고아가 되어버린 듯합니다. 사회 자체가 가짜 가장인 것이지요. 남녀 모두는 무책임한 아버지를 무거운 짐으로 떠맡아야 합니다.

더욱이 소설은, 특히 빅토리아 시대의 소설은, 자신의 힘겨운 노력으로 가난뱅이에서 부자가 된 인물에 매료됩니다. 그것은 아메리칸 드림의 리허설인 셈이지요. 사실 이런 인물에게 부모가 없다는 사실은 실제로는 그들의 진전을 용이하게 만들어줄 수 있습니다. 그들을 방해할 과거사가 적으니까요. 그들은 뒤얽힌 친족 관계망에 엮이지 않고 자립할 수 있습니다. D. H. 로렌스의 『아들과 연인』에서 폴 모렐은 자기 모친을 살해하는 거나 다름없습니다. 이 소설은 그가 더 독립적인 삶을 향해 홀로 떠나는 것으로 끝납니다. 사실주의 소설은, 이미 보았듯이, 일종의 정착으로 마무리되는 경향이 있는데 반해, 전형적인 모더니즘 소설은 주인공이 자신의 문제는 해결되지 않았지만 사회적 의무나 가정적 의

무에서 벗어나 고독하게 환멸을 느끼며 떠나는 것으로 끝납니다.

고아들은 이례적인 존재이고 그들을 받아들이는 가정에 반쯤은 몸담고 반쯤은 벗어나 있습니다. 그들은 자신들이 처한 상황에서 비껴나 있지요. 고아는 제자리가 없는 군더더기 같은 존재이고, 가정 안에서 예측 불허의 인물입니다. 바로 이러한 분열로 인해 서사가 펼쳐지기 시작합니다. 그러므로 고아는 이야기를 풀어나가는 데 유용한 장치인 것이지요. 만일 우리가 빅토리아 시대의 독자라면 작품의 결말에서 고아들이 멋진 인물로 나타나리라는 것을 알고 있지만, 이야기가 그 일을 어떻게 해낼지, 고아들이 도중에 어떤 바람직한 불행을 겪을지 궁금해하겠지요. 그러므로 우리는 불안해하면서도 동시에 안심하고 있습니다. 이런 양면성을 언제나 즐기게 되지요. 공포 영화의 무시무시한 분위기에 가슴을 조이지만, 그 공포가 실재가 아니라는 것을 알기 때문에 안심하는 것과 같습니다.

근래의 영문학에서 인기 있는 고아는 실로 해리 포터입니다. 해리가 혐오스러운 더슬리 가족과 지내온 어린 시절의 생활은 핍의 아동기의 경험이나 어린 제인 에어가 리드 집에서 겪은 경험과 별반 다르지 않습니다. 하지만 해리의 경우에는 프로이트의 가족 로맨스 신드롬이 실제로 이루어집니다. 그는 실로 더슬리 가족보다 더 멋진 가족의 일원이니까요.『해리 포터와 마법사의 돌』에서 호그와트 학교에 처음 들어섰을 때 실로 그는 자신이 이미 유명한 인물이라는 것을 알게 됩니다. 그는 더슬리 가족보다 우월할(어려울 것도 없는 일이지요.)뿐만 아니라 머글(마술을 쓰지 않는 인간)보다 우월한 마법사 혈통을 이어받은 것이지요. 그의 부모는 숙련된 마법사였고 더욱이 걸출하고 큰 존경을 받은 마법사였습니다.『위대한 유산』에서와는 반대로, 환상은 결국 진실이 됩니다. 핍과 달리 해리는 특별한 사람이 될 필요가 없습니다. 이미 특별한 사람이니까요. 사실 그에게는 메시아를 연상시키는, 의문의 여지없이 명백한 분위기가 감돌고 있습니다. 이 정도의 위상은 계층 상승을 열망한 핍도 감히 바라지 못한 것이지요. 재거스가 핍을 찾아가서 큰 유산을 받게 되었다는 소식을 전하듯이, 털북숭이 거구 해그리드가 나타나서 해리에게 그의 진정한 과거와 정체를 알려주고 그에게 마련된 특권적 미래로 나아가도록 촉구합니다. 해리는 자기 나름의 야심이 전혀 없는 겸손한 소년이므로, 건방진 핍보다 훨씬 동정심이 많은 인물입니다. 그는 전혀 노력을 하지 않았음에도 행운이 절로 굴러들어온 것이지요.

해리의 고약한 대리부로 야만적인 더슬리 씨가 있었지만, 현명한 노인 덤블도어부터 해그리드와 시리우스 블랙에 이르기까지 선량한 대리부들이 그 불행을 보상해줍니다. 해리에게는 가정이라고 도저히 볼 수 없는 더슬리 가족과의 실제 가정이 있고, 그가 진정으로 소속된 환상의 가정(호그와트)이 있습니다. 『해리 포터』시리즈는 이처럼 환상과 실재를 구분하지만 또한 그 구분을 문제 삼기도 합니다. 덤블도어는 해리에게 어떤 일이 그의 머릿속에서 일어난다고 해서 그것이 실재한다는 뜻은 아니라고 말합니다. 환상과 일상적 현실은 작품 그 자체에서 수렴하고, 이 소설은 사실주의와 비사실주의 사이의 어딘가를 맴돕니다. 이 소설에서 묘사하는 사실주의적 세계에서는 극히 불가능한 사건들이 일어납니다. 독자는 마술의 힘으로 변형된 현실을 보며 즐길 수 있도록 소설 안에서 그들 자신의 현실을 인식할 필요가 있습니다. 대다수의 독자는 아동이고 대체로 위상이나 권위가 거의 없으므로, 어마어마한 능력을 가진 다른 아이들을 보게 되면 틀림없이 특히 통쾌하게 느끼겠지요. 그러므로 사실주의와 비사실주의의 혼합이 반드시 필요합니다. 익숙한 것과 이질적인 것이 이런 식으로 나란히 존재하면 거의 어느 페이지에서나 기묘한 부조화를 만들어내지만 말입니다.

청바지를 입은 인물들이 주문을 겁니다. 빗자루를 타고 땅에 내려올 때 먼지와 자갈이 공중으로 튀어 오릅니다. 죽음을 먹는 자와 뮤리엘 할머니는 뺨이 붙을 만큼 가까이 붙어 있습니다. 비현실적 생물들이 현실의 문을 통해 들락날락합니다. 해리는 오븐을 닦느라 사용한 더러운 손수건을 깨끗이 하려고 마술 지팡이를 사용하기도 합니다.

만일 마법이 인간의 모든 문제를 풀 수 있다면, 서사는 존재하지 않겠지요. 이미 보았듯이, 어떤 이야기가 궤도에 오르려면 그 인물들이 재난이나 계시 혹은 운세의 변화를 겪어야 합니다. 『해리 포터』 시리즈에서는 이 혼란이 마법과 현실의 충돌에서 일어날 수 없습니다. 마법은 노력도 들이지 않고 승리를 거둘 테고 그러면 모험담도 들려줄 수 없겠지요. 그러니 마법의 세계 자체 내의 어떤 불화에서, 선량한 마법사와 사악한 마법사 사이에서 분열이 일어나야 합니다. 마법의 힘은 양날의 검과 같아서, 선을 위해서도 악을 위해서도 사용될 수 있지요. 오직 이런 식으로만 플롯이 전개되기 시작할 수 있습니다. 하지만 선과 악이 겉으로 보이듯이 정확히 정반대라는 의미는 아닙니다. 그것은 동일한 원천에서 흘러나올 수 있습니다. 『해리 포터와 죽음의 성물』이라는 제목에서 "성물(Hallows)"이라는 말은 신성하게 한다거나 성스럽게 만든다는 의미의 단어(hallow)에서 비롯됩니다. 그러므로 그 단어가 "죽음의"라는 형용사에 꼭 붙어 있는 것을 보면 마음이 매우 불안해집니다. 그것은 "성스러운(sacred)"이라는 단어가 원래 축복을 받았다는 의미와 저주를 받았다는 의미 둘 다를 뜻했다는 사실을 상기시켜줍니다. 이미 보았듯이, 이 소설은 환상과 현실을 대조시키면서 동시에 두 영역이 뒤섞여 있다는 것도 보여줍니다. 이와 유사하게 이 소설은 빛의 힘과 어둠의 세력 간의 갈등, 이타적인 해리와 사악한 볼드모트(Voldemort)의 절대적 갈등을 주장하지만 동시에 이 정반대의 대조를 끊임없이 문제 삼습니다.

이 점은 수많은 방식에서 명백히 드러납니다. 한 가지 예를 들자면, 덤블도어처럼 선량한 아버지 같은 인물이 악의적인 아버지로 보이게 될 수 있습니다. 『위대한 유산』의 매그위치와 비슷하게, 덤블도어는 해리를 구조하기 위해서 은밀한 계획을 추구합니다. 하지만 핍에 대한 매그위치의 계획과 마찬가지로, 그의 계획이 순전히 선의에서 비롯된 것인지를 우리는 때로 의아해합니다. 덤블도어는 결국 천사이기는 하지만 결함 있는 천사들에 속하는 인물임이 드러납니다. 이로 인해 지극히 단순한 선과 악의 대립이 복잡해지는 것이지요. 세베루스 스네이프의 모호한 경력도 그렇습니다.

게다가 볼드모트는 단순히 해리의 적에 불과한 인물이 아닙니다. 그는 해리의 상징적 아버지이자 괴물 같은 분신이기도 합니다. 이 둘 간의 결투는 「스타워즈」의 루크 스카이워커와 다스 베이더(Vader)의 결투를 연상시키는데, 악당의 이름이 V로 시작한다는 것도 상기시키지요.

루크의 생부인 다스 베이더와 달리, 볼드모트가 해리의 생부가 아닌 것은 사실입니다. 하지만 우리의 몸 안에 부모의 유전자 조각이 들어 있듯이 해리의 몸속에는 볼드모트의 핵심적 부분이 삽입되어 있습니다. 그렇다면 어둠의 군주를 파괴하려 애쓰면서 해리는 자기 자신과 결투를 벌이는 셈입니다. 진정한 적은 언제나 내면에 있는 적이지요. 그는 이 폭군에 대한 증오심과 그에 대한 내키지 않는 친밀감 사이에서 갈등합니다. "그가 내 속에 들어올 수 있다는 사실이 혐오스러워."라고 그는 항의합니다. "하지만 그 점을 이용할 거야." 해리와 볼드모트는 어떤 차원에서는 동일한 인물입니다. 전설 속의 숱한 호적수들처럼 그들은 서로의 거울 이미지이지요. 하지만 해리는 악당의 마음에 접근할 수 있는 이점을 이용해서 그를 쓰러뜨릴 수 있습니다.

볼드모트는 해리의 친부모처럼 생명과 애정을 주는 인물이 아니라 역겹게도 잔인하고 억압적인 아버지의 이미지입니다. 그는 무서운 금지법이나 초자아로서의 아버지를 대변합니다. 프로이트는 그것을 외적 권위라기보다는 자아 내면의 힘으로 간주하지요. 가부장적 인물의 이 어두운 면은 상처를 입히고 거세하려는 위협과 관련이 있다고 프로이트는 생각합니다. 만일 해리의 이마에 난 실제의 흉터가 영혼의 핫라인 같은 것에 의해 그를 볼드모트와 연결해준다면, 우리는 비슷한 곳에서 유래한 심리적 흉터를 갖고 있다고 말할 수 있겠지요. 볼드모트가 해리를 자신의 소유물로 주장하고 싶어 하므로, 주인공은 빛의 세력과 어둠의 세력의 전쟁터가 됩니다. 사실 이 이야기는 가까스로 비극을 피합니다. 구원을 가져오는 많은 인물처럼, 다른 사람들에게 생명을 되돌려주려면 해리 자신이 죽어야 합니다. 그가 죽지 않으면 볼드모트도 죽을 수 없습니다. 하지만 유아들이 큰 충격을 받아 몸을 떨면서 잠자리에 드는 일이 없도록 동화는 전통적으로 희극적이므로, 해리를 비극적 운명에서 구해내기 위해 서사는 일련의 마법적 장치를 동원해야 합니다. 그것을 끝맺는 말은 모든 희극에 내포된 마지막 말, "모두 다 잘되었다."입니다.

문학 비평가가 이 소설에서 이 밖의 무엇을 찾아낼 수 있을까요? 머글의 피가 섞인 마술사들에게 적대적이고 파시스트적인 엘리트 마술사들이 더욱 개화된 마법사들과 싸움을 벌이므로 이 이야기를 정치적 차원에서 볼 수 있습니다. 이 것은 중요한 문제를 제기합니다. 어떻게 해야 사람은 누군 가와 "다르면서"도 우월감을 느끼지 않을 수 있을까요? 소수 집단은 엘리트 집단과 어떻게 다를까요? 마술사와 마녀들이 머글과 분리되듯이 다수의 남녀와 분리되면서도 그들과 어떤 연대를 유지할 수 있을까요? 이 부분에 아동과 어른의 관계와 관련된 무언의 물음이 있습니다. 마술사/머글의 관계는 그 관계에 대한 일종의 우화입니다. 아동은 어른과 유사하지만 다른, 일종의 수수께끼를 대변합니다. 호그와트에 사는 인물들처럼, 아이들은 자기 나름의 세계에서 살아갑니다. 그것이 성인의 영역과 부분적으로 겹치기는 하지만 말이지요. 아동을 있는 그대로 존중하려면, 어른들과 다른 점을 인정해야 합니다. 그렇지만 아동을 불길하게 "다른" 존재로 취급할 정도로는 아니지요. 빅토리아 시대의 일부 복음주의자는 자식들이 방종하고 회개하지 않는다고 여기면서 이런 실수를 저질렀습니다. 이것은 현대의 공포 영화에서도 찾아볼 수 있습니다. 「ET」와 「엑소시스트」에서 그렇듯이, 아동의 다름과 관련된 무엇인가가 우리로 하여금 외계인과 악령을 떠올리게 합니다. 빅토리아 시대의 죄 많은 아이에 대응하는 현대판은 유령 아이입니다. 프로이트는 낯설면서도 익숙한 사물을 괴기(uncanny)하다고 표현했습니다. 하지만 모든 아이가 조금만 기회가 있어도 형형색색의 이물질을 토해낸다고 상상하는 것이 잘못이라면, 이른바 '아동기의 발명'[1] 이전에 사람들이 그랬듯이, 아이들을 소형 어른으로 취급하는 것도 똑같이 잘못입니다. (영문학에서 아동은 블레이크와 워즈워스에게서 등장하기 시작합니다.) 이와 마찬가지로, 인종 집단들 간의 차이점은 표명할 필요가 있지만, 다름을 맹목적으로 숭배하고 방대한 공통점을 보이지 않도록 숨기는 정도로는 곤란합니다.

이 소설에서 주목할 만한 또 다른 점은 중요 인물의 이름에 나오는 음절의 숫자입니다. 영국의 상류층 남녀의 이름은 노동 계층 동포의 이름보다 더 긴 경향이 있습니다. 음절이 많다는 것은 다른 종류의 풍요를 가리킬 수 있지요. 피요나 포르테스큐-아르부스노트-스마이드라는 이름을 가진 사람은 조 도일이라는 사람과 달리 리버풀의 뒷골목 출신일 가능성이 없습니다. 헤르미온느 그레인저는 영국의 중상류층 사회에서 꽤 흔한 이름에다 큰 시골 저택을 암시하는 성

---

1 휴 커닝엄은 저서 『The Invention of Childhood』(2012)에서 천오백 년에 걸친 영국 역사에서 아동의 생활상의 변화와 경험을 추적하여 생생하게 묘사했다.

(그레인저)²을 갖고 있는데, 다 합해서 음절이 여섯 개나 되고, 세 명의 주인공 중에서 가장 세련된 인물입니다. (어떤 미국인은 "헤르미온느"를 세 음절로 잘못 발음³합니다.) 인습적인 중산층 출신인 해리 포터의 이름은 말끔하게 균형 잡힌 네 음절로 되어 있는데 부족하지도, 지나치지도 않지요. 반면에 하층민 출신의 론 위즐리는 보잘것없이 세 음절뿐입니다. 그의 성(Weasley)은 기만적이거나 부정직한 인간을 뜻하는 "위즐(weasel)"⁴을 연상시킵니다. 족제비는 사실 당당한 동물이 아니지요. 그러므로 론처럼 하층민 출신인 인물에게 편리하게 붙일 수 있는 이름입니다.

또한 볼드모트처럼 V로 시작하면서 부정적 의미가 함축된 단어가 눈에 띄게 많다는 점도 주목할 수 있습니다. 악당(villain), 악(vice), 독수리(vulture), 문화 파괴자(vandal), 유독한(venomous), 사악한(vicious), 부패한(venal), 우쭐대는(vain), 맥빠진(vapid), 독설적인(vituperative), 멍청한(vacuous), 게걸스러운(voracious), 흡혈귀(vampire), 악의적인(virulent), 암여우(vixen), 관음증에 걸린 사람(voyeur), 토

---

2 grange는 큰 농장이 딸린 저택을 뜻함.
3 Hermione의 영어식 발음은 '허-마이-오-니'로 네 개의 음절인데 이것을 '허-마이-니'로 발음한다는 의미.
4 족제비나 교활한 사람을 뜻함.

하다(vomit), 모험 투자가(venture capitalist), 현기증(vertigo), 짜증나게 하다(vex), 천박한(vulgar), 비열한(vile), 살모사 (viper), 바가지 긁는 여자(virago), 사나운(violent), 흑인차별 지지자(verkrampte), 보복적인(vindictive), 해충(vermin), 복수심에 불타는(vengeful), 자경단원(vigilante), 그리고 (아일랜드 음악의 전통적 연주 방식의 열광자들을 위한) 밴 모리슨(Van Morrison)[5]이 있습니다. V자 신호는 모욕적이고 거세를 상징하는 제스처입니다. 볼드모트는 프랑스어로 "죽음의 도주"를 뜻합니다만, 당당하지 않은 또 다른 동물인 들쥐(vole)를 암시하기도 합니다. 또한 지하납골당(볼트, vault)과 곰팡이 (몰드, mold)를 암시할 수도 있지요.

어떤 문학 비평가는 『해리 포터』 시리즈가 논의할 가치가 없다고 생각할 것입니다. 그들의 시각에서 보면, 그 소설은 문학으로 간주될 만한 충분한 가치가 없는 것이지요. 이제 문학에서 무엇이 좋고 나쁜가의 문제로 넘어가봅시다.

---

5 북아일랜드 출신이 가수 겸 작곡가로서 다양한 음악 장르를 혼합해서 록의 예술적 지평을 넓힌 음악가로 평가된다.

Chapter 5

"문학은 기적과 같은 새로운 창조입니다. 그것은 신의 세계 창조 행위의 모방이자 반복이지요. 전능하신 신처럼, 예술가는 마술을 부리듯 무에서 자신의 작품을 만들어냅니다. 그것을 고무하는 것은 상상력이고, 상상력이란 현실성보다는 가능성과 관련됩니다. 그것은 예전에 존재하지 않은 것을 불러내어 존재하게 할 수 있습니다. 이런 의미에서 그들은 작은 신이라기보다는 벽돌공에 더 가깝지요."

가치

문학 작품을 좋거나, 나쁘거나, 좋지도 나쁘지도 않게 만드는 것이 무엇일까요? 이 물음에 대한 수많은 답이 수백 년에 걸쳐 나왔습니다. 문학적 위대함의 특징으로서 심오한 통찰이나 인생에 대한 진실성, 형식의 통일성, 보편적 호소력, 도덕적 복합성, 언어의 창의성, 상상을 통한 비전 등 이 모든 것이 이런저런 시기에 제안되었습니다. 불굴의 국가 정신을 표현한다든지 혹은 철강 노동자를 서사시의 영웅으로 묘사함으로써 철강 생산율을 올린다는 식의 미심쩍은 기준에 대해서는 말할 필요도 없겠지요.

어떤 비평가는 독창성을 대단히 중요한 가치로 생각합니다. 한 문학 작품이 전통이나 관습과 단절하고 참으로 새로운 것의 개시를 알릴수록 그것을 높이 평가할 가능성이 더 커집니다. 많은 낭만주의 시인과 철학자는 이런 견해를 갖고 있었지요. 하지만 잠시만 생각해봐도 그 견해에 충분히 의혹을 제기할 수 있습니다. 새롭다고 해서 모두 다 가치 있는 것은 아니지요. 화학무기는 최근에 만들어졌지만, 그렇기 때문에 많은 사람이 화학무기에 열광하지는 않습니다. 또한, 전통이라고 해서 전부 다 케케묵고 고리타분한 것은 아닙니다. 전통이란 은행 지점장이 사슬 갑옷을 걸치고 헤이스팅스 전투를 재현하는 것만이 아닙니다. 영국의 여성 참정권 운동이나 미국의 시민권 운동 전통처럼 명예로운 전통도 있지요. 유산은 퇴영적일 수도, 혁명적일 수도 있습니다. 또한 관습이 언제나 융통성이 없고 인위적인 것은 아닙니다. "관습"[1]이라는 단어는 그야말로 "함께 모이는 것"을 뜻하고, 그처럼 한곳에 수렴하지 않는다면 예술 작품은 말할 것도 없고 사회적 존재도 있을 수 없습니다. 사람들이 사랑하는 방식도 관습에 따른 것입니다. 여러분이 몸에 향수를 뿌리고 촛불을 밝힌 식탁을 차리더라도, 그것이 사람을 유괴하기 위한 통상적 사전 작업인 문화권에서 살고 있다면 전혀 의미가 없겠지요.

포프와 필딩, 새뮤얼 존슨 같은 18세기 작가들은 독창성을 약간 수상쩍게 여겼습니다. 그들은 독창성을 유행을 좇는 부박함이나 심지어 괴팍함으로 여겼지요. 새로움은 일종의 기벽이었습니다. 창조적 상상력이란 위험하게도 나태한

---

1 convention. 관습으로 번역한 이 단어는 집회, 협약 등의 의미로도 쓰인다.

공상과 흡사했지요. 어떻든 간에, 혁신이란 엄밀히 말해서 불가능한 것이었습니다. 새로운 도덕적 진실이란 있을 수 없으니까요. 신이 우리의 구원에 필요한 몇 가지 단순한 계율을 처음부터 우리에게 밝혀주지 않았더라면, 그것은 터무니없이 배려가 부족한 행위였겠지요. 신이 고대 아시리아인에게 간통이 죄악이라고 말해주지 않고 그들을 그 죄목으로 지옥에 떨어뜨렸다면 용서할 수 없는 태만이었을 겁니다. 포프와 존슨 같은 신고전주의자들의 눈에, 수백만의 인간이 수백 년의 세월에 걸쳐서 찾아낸 진실은 최신의 어떤 관념보다도 존중될 가치가 있는 것입니다. 눈에 핏발이 선 천재가 새벽 두 시에 퍼뜩 떠올린 생각이 무엇이든 간에 그것은 인류가 공유한 지혜를 능가할 수 없습니다. 인간의 본성은 어디서나 유사하고, 이 말은 곧 호머와 소포클레스가 인간의 본성을 그려낸 방식에서 진정으로 더 나아간다는 것은 있을 수 없다는 뜻이지요.

과학은 발달할 수 있어도 예술은 그렇지 않습니다. 유사성이 차이점보다 더 주목할 만하고, 공통적인 것이 독자적인 것보다 더 중요합니다. 예술의 임무는 우리가 이미 알고 있는 것의 생생한 이미지를 우리에게 제공하는 것입니다. 현재란 대체로 과거의 재순환 과정입니다. 그러므로 과거에 대한 충실성이 현재에 정통성을 부여합니다. 현재를 구성하는 것은 대체로 과거이고, 미래는 이미 지나간 것을 주제로 한 일련의 가벼운 변주곡들을 연주하겠지요. 변화에 대해서는 의혹을 품고 다뤄야 합니다. 그것이 진전보다는 퇴보를 의미할 가능성이 높으니까요. 물론 변화는 불가피한 것이지만, 인간사의 변화무쌍함은 인간의 타락한 상태를 보여주는 징후입니다. 에덴동산에는 아무런 변화도 없었지요.

이러한 신고전주의적 세계관이 우리의 세계관과 몇 광년은 떨어져 있는 듯이 보인다면, 부분적으로는 두 관념 사이에 낭만주의가 끼어 있기 때문입니다. 낭만주의자들의 눈에 인간은 세계를 변화시킬 수 있는 무궁무진한 힘을 소유한 창조적 정신이었습니다. 그러므로 현실은 정적이 아니라 역동적인 것이고, 변화란 대체로 겁내기보다는 환영해야 할 것이지요. 인간은 자신의 역사를 만들어내는 존재이고, 무한한 진보를 이룰 수 있는 잠재력이 있습니다. 이 멋진 신세계에 들어서기 위해서 그들은 자신들에게 쇠사슬을 채운 세력을 떨쳐내기만 하면 됩니다. 창조적 상상력은 우리의 가장 깊은 욕망의 이미지에 따라 세계를 개조할 수 있는 예지력입니다. 그것은 시뿐 아니라 정치 혁명에도 영감을 불어넣습니다. 그러므로 개인의 재능이 새롭게 강조됩니다. 이제 인간은 늘 과오에 빠져들기 쉽고 확고한 권위의 호된 질책을 끊임없이 받아야 하는 연약하고 결함 많은 피조물로 더 이상 여겨지지 않습니다. 오히려 인간의 근원은 무한으로까지 이어집니다. 자유야말로 인간의 본질 그 자체입니다. 열망과 분투는 인간의 본성이고, 인간의 진정한 집은 영원에 존재합니다. 우리는 인간의 능력에 대한 너그러운 신뢰를 키워야 합니다. 열정과 애정은 대체로 온유한 것이지요. 냉정한 이성과 달리, 열정과 애정은 우리를 자연에게 그리고 서로에게 묶어줍니다. 그것은 인위적 속박에서 풀려나 자유롭게 번성할 수 있어야 합니다. 가장 훌륭한 예술 작품뿐 아니라 참으로 정의로운 사회는 이런 일이 일어나는 곳이지요. 가장 소중한 예술 작품이란 전통과 관습을 초월하는 것입니다. 그런 작품은 노예처럼 과거를 모방하지 않고, 풍부하고 낯선 것을 탄생시킵니다.

각각의 예술 작품은 기적과 같은 새로운 창조입니다. 그것은 신의 세계 창조 행위의 모방이자 반복이지요. 전능하신 신처럼, 예술가는 마술을 부리듯 무에서 자신의 작품을 만들어냅니다. 그것을 고무하는 것은 상상력이고, 상상력이란 현실성보다는 가능성과 관련됩니다. 그것은 예전에 존재하지 않은 것을 불러내어 존재하게 할 수 있습니다. 최면을 일으킬 수 있는 늙은 수부[2]나 철학적인 발언을 하는 데 사용된 도자기 조각[3]처럼 말이지요. 그렇더라도, 예술가의 기량은 결코 신과 같을 수 없습니다. 창조에 관한 한, 신은 먼저 목적을 달성했고 능가하기 어려운 산물을 보여주었으니까요. 시인은 신의 창조 행위를 모방하더라도 시간 속의 제한된 상황에서 모방합니다. 어떻든 간에, 이런 주장은 작가들이 실제로 이르는 것과 일치하지 않음이 명백합니다. 어떤 예술 작품도 무에서 솟아날 수 없으니까요. 콜리지는 늙은 수부를 고안해내지 않았고, 키츠는 그리스 항아리를 생각해내지 않았습니다. 다른 예술가들과 마찬가지로 낭만주의 작가들은 그들이 스스로 만들지 않은 재료를 가지고 자신들의 예술을 주조했습니다. 이런 의미에서 그들은 작은 신이라기보다는 벽돌공에 더 가깝지요.

모더니즘은 새로운 것을 창조하려는 낭만주의의 충동을 물려받았습니다. 모더니즘 예술 작품은 모든 것이 표준화되고 정형화되고 미리 제조된 듯이 보이는 세계에 항거하는 자세를 취합니다. 그것은 이 기성품화된 중고 문명을 넘어선 영역을 가리킵니다. 모더니즘 작품은 우리가 세계를 새

---

2 낭만주의 시인 새뮤얼 콜리지의 시 「늙은 수부의 노래」에 대한 언급.
3 낭만주의 시인 존 키츠의 「그리스 유골 단지에 부치는 노래」에 대한 언급.

롭게 보도록 만들고자 합니다. 우리의 상투적 인식을 강화하기보다 혼란스럽게 만들려는 것이지요. 낯섦과 특이성을 추구하면서 그것은 그저 또 하나의 상품으로 전락하는 것에 저항하려고 애씁니다. 하지만 예술 작품이 완전히 새롭다면 우리는 그것을 전혀 알아볼 수 없겠지요. 가령 진짜 외계인이 팔다리가 많이 달린 난쟁이가 아니라 지금 이 순간 눈에 보이지 않게 우리 무릎에 앉아 있는 존재인 경우처럼 말입니다. 작품은 예술로 인정받기 위해서 우리가 이미 예술로 분류하는 것과 어떤 연관이 있어야 합니다. 그것이 결국에 그 범주를 변형시켜서 전혀 알아볼 수 없게 만들더라도 말이지요. 혁신적 예술 작품이라도 그것이 혁신적으로 변화시킨 것에 관련해서만 혁신적이라고 판단할 수 있습니다.

어떻든 간에, 가장 혁신적인 문학 작품도 무엇보다 그 이전에 등장한 무수한 텍스트의 작은 조각들이나 지스러기로 구성됩니다. 문학의 매체는 언어이고, 우리가 사용하는 모든 말은 이미 수십억 번 사용되어 찌들고 녹슬고 얇고 볼품없이 닳았습니다. "내 유일하게 소중하고, 말할 수 없이 사랑스러운 자기"라는 탄성은 언제나, 어떤 의미에서는, 인용된 구절입니다. 이 특정한 구절은, 그럴 가능성이 거의 없지만 혹시 예전에 발언된 적이 없었더라도, 진부하게도 익숙한 재료로 구성되어 있지요. 이런 의미에서 볼 때, 포프와 존슨 같은 보수적인 신고전주의자들은 보기보다 빈틈없는 사람들입니다. 20세기의 몇몇 전위파 예술가가 고독하게 꿈꾸었던 절대적 새로움이란 있을 수 없습니다. 조이스의 『피네간의 경야』보다 더 놀랍도록 독창적인 작품은 상상하기 어렵습니다. 실로 이 작품은 처음 볼 때 그 의미는 고사하고 어떤 언어로 쓰인 것인지도 알기 어렵습니다. 사실 『피네간의 경야』는 손때가 묻은 온갖 다양한 단어를 사용합니다. 새로운 점은 그 단어들을 결합하는 기묘한 방식이지요. 이런 의미에서 이 작품은 모든 문학 작품이 늘 해온 작업을 더 현란하게 하고 있는 셈입니다.

이렇게 말한다고 해서, 새로움이 절대로 나올 수 없다는 의미는 아닙니다. 인간사에서 절대적 단절이 불가능하다면, 절대적 연속도 불가능합니다. 사실 우리는 우리의 기호를 계속해서 재활용하고 있습니다. 그렇지만, 노암 촘스키가 상기시켜주었듯이, 우리가 전에 들어보지 못했고 말해본 적 없는 문장을 끊임없이 만들어내는 것도 사실입니다. 이 정도로는 낭만주의자와 모더니스트의 주장이 타당합니다. 언어는 놀랍도록 창조력이 풍부한 산물입니다. 인간이 지금껏 찾아낸, 그 무엇보다도 훌륭한 인공물이지요. 이 점에서 언어는 멜 깁슨의 영화도 능가합니다. 새로운 진실에 대해서 말하자면, 우리는 늘 새로운 진실을 발견하고 있습니다. 이 진리 탐구 영역 중 하나는 과학인데, 신고전주의 시대에 과학은 아직 초기 단계에 있었지요. 하지만 예술 또한 과거의 유산을 물려받을뿐더러 혁신을 꾀할 수 있습니다. 작가는 새로운 문학 형식을 만들어낼 수 있습니다. 헨리 필딩이 스스로 그렇다고 생각했듯이 혹은 베르톨트 브레히트가 연극에서 그러했듯이. 인간의 역사에서 대다수의 다른 일들이 그렇듯이, 그런 형식에는 선구자가 있습니다. 그러나 참으로 신기원을 이루는 형식도 나올 수 있습니다. T. S. 엘리엇의 『황무지』와 유사한 작품은 문학사에서 그 이전에 존재한 적이 없습니다.

포스트모더니즘이 등장하면서 새로움에 대한 갈망은 시들기 시작합니다. 포스트모던 이론은 독창성을 그리 높이 평가하지 않습니다. 혁신을 멀찌감치 뒷전에 밀어놓았지요. 대신에 포스트모더니즘은 어떤 것을 재활용하고, 바꾸고, 풍자하고, 본떠서 다른 것을 만드는 세계를 열렬히 수용합니다. 그렇다고 해서 모든 것이 복사본이라는 말은 아닙니다. 그렇게 말하면 어딘가에 원본이 있다는 의미가 함축될 텐데, 실은 그렇지 않습니다. 오히려, 원본은 없이 모조품만 있습니다. 태초에 모조품이 있었지요. 혹시 원본처럼 보이는 것이 우연히 발견된다면, 그것도 복사본이거나 모방작 혹은 모조품으로 판명 나리라고 확신할 수 있습니다. 그렇지만 절망할 이유는 없습니다. 그 어떤 것도 진짜가 아니라면, 그 무엇도 가짜일 수 없으니까요. 모든 것이 가짜가 되는 것은 논리적으로 가능하지 않겠지요. 서명은 유일무이한 개체적 존재의 표시이지만, 서명이 진짜로 여겨지는 까닭은 그 사람의 다른 서명들과 대강 비슷하게 보이기 때문입니다. 서명은 진짜가 되려면 사본이어야 합니다. 이처럼 세상물정에 밝고 다소 냉소적인 최근의 역사에서 예전에 일어나지 않은 일은 없습니다. 무슨 일이든 언제나 다시 일어날 수 있고, 그것을 다시 하는 행위가 새로움을 이루는 것이지요. 『돈키호테』를 자자구구 모조리 베낀다면 진짜 새로운 일이 되겠지요. 모든 예술 작품을 포함해서 모든 현상은 다양한 현상들이 서로 엮여 일어나는 것이므로, 그 어떤 것도 완전히 새롭거나 완전히 똑같을 수 없습니다. 조이스의 표현을 살짝 빌리자면, 포스트모더니즘은 "결코-변화하지 않고 언제나-변화하는" 문화입니다. 후기 자본주의가 결코 한순간도 가만히 있지 않지만 형태를 알아볼 수 없을 정도로 변형되지는 않는 것과 마찬가지이지요.

좋은 문학이 언제나 신기원을 여는 문학이라면, 우리는 고대의 목가와 중세의 신비극에서부터 소네트와 민요에 이르기까지 아주 많은 문학 작품의 가치를 부정해야 합니다. 가장 훌륭한 시와 연극, 소설은 우리 주위의 세계를 비길 데 없이 진실하게 직접적으로 재창조하는 것이라는 주장도 마찬가지입니다. 이런 이론에서 훌륭하게 여기는 문학 텍스트는 사실주의적 텍스트뿐입니다. 『오디세이』와 고딕 소설에서부터 표현주의 연극과 공상과학 소설에 이르기까지 모든 것이 열등한 작품으로 평가 절하되어야겠지요. 그렇지만 핍진성이란 문학적 가치를 판가름하는 데 있어서 터무니없이 부적합한 척도입니다. 셰익스피어의 코딜리어와 밀턴의 사탄, 디킨스의 페이긴은 우리가 월마트에서 마주치지 않을 사람이기 때문에 매력적입니다. 사실적으로 그려내는 문학 작품에 특별한 장점이 있는 것은 아닙니다. 타래송곳과 똑같이 보이는 타래송곳 그림이 꼭 가치가 있지는 않은 것과 마찬가지입니다. 우리가 닮은 것에서 느끼는 즐거움은 밀접한 관련성과 상응성에 대단히 매료된 신화적 사고나 마술적 사고의 유산일지 모르지요. 낭만주의자와 모더니스트에게, 예술의 의미는 삶의 모방이 아니라 변형입니다.

어떻든, 무엇이 사실주의로 간주되는가라는 문제는 논쟁

을 야기합니다. 우리는 일반적으로 셰익스피어의 리어 왕이나 조지 엘리엇의 매기 털리버[4]처럼 시간이 지나면서 점진적으로 변화하는, 복합적이고 실체가 있고 입체적으로 묘사된 인물을 사실주의적 인물로 생각합니다. 하지만 디킨스의 일부 인물은 바로 그런 속성이 전혀 없기 때문에 사실주의적입니다. 그들은 입체적이기는커녕 기괴하고 이차원적으로 풍자된 인간입니다. 그들은 몇몇 색다른 이목구비나 눈길을 끄는 신체 부위로 단순하게 한정됩니다. 하지만 어느 비평가가 지적했듯이, 우리가 번잡한 도로나 혼잡한 길모퉁이에서 마주치는 사람들을 인지하는 방식은 바로 그런 것입니다. 그것은 도시에서 사람을 쳐다보는 전형적인 방식으로서, 신록이 무성한 마을보다는 도시의 거리에 적합한 것이지요. 마치 인물들이 군중 속에서 불쑥 나타나서 급히 선명한 인상을 남기고는 군중 속으로 영원히 사라지는 듯합니다.

디킨스의 세계에서 이런 방식은 인물들의 신비로움을 더욱 심화할 뿐입니다. 그의 많은 인물은 은밀하고 불가해한 존재처럼 보입니다. 내면의 삶이 다른 사람들을 받아들일 수 없는 듯이 수수께끼 같은 특성이 그들을 감싸고 있습니

---

4 조지 엘리엇의 『플로스 강의 물방앗간』의 주인공.

다. 때로 그들은 살아 있는 인간이라기보다는 가구처럼 보이기도 합니다. 아니면 그들의 진정한 자아는 관찰자의 눈이 닿을 수 없는 겉모습의 이면에 감춰져 있습니다. 다시 말하면, 이런 방식의 성격 묘사는 도시의 삶을 반영합니다. 대도시의 익명성 안에서 개인들은 서로를 지속적으로 알아가거나 관련을 맺는 일이 거의 없이 고독한 삶에 갇혀 지냅니다. 인간적 접촉은 산발적으로 일어났다가 순식간에 사라지지요. 사람들은 서로에게 수수께끼로 보입니다. 그러므로 디킨스가 도시민을 그런 방식으로 묘사한 것은 인물을 입체적으로 보여주는 것보다 더 사실적이라고 주장할 수 있겠지요.

문학 작품은 사실적(realist)이지만 사실주의적(realistic)은 아닐 수 있습니다. 익숙하게 보이는 세계를 제시하지만 피상적이고 설득력이 없는 방식으로 묘사할 수 있지요. 감상적 로맨스 소설과 삼류 탐정소설이 이런 범주에 속합니다. 반면 어떤 작품은 사실적이지 않지만 사실주의적일 수 있습니다. 우리 세계와 다른 세계를 투사하더라도 일상적 경험의 진실하고 의미심장한 무언가를 밝히는 방식으로 그려낼 수 있지요. 그 적절한 예는 『걸리버 여행기』입니다. 『햄릿』은 비사실적입니다. 젊은이들이 어머니를 나무라거나 장래의 장인에게 칼을 찔러대면서 보통 운문으로 말하지는 않으

니까요. 그러나 그 희곡은 보다 미묘한 의미에서 사실주의
적입니다. 삶에 대한 핍진성이 늘 일상적 상황에 대한 핍진
성을 뜻하는 것은 아닙니다. 오히려 일상적 상황의 해체를
뜻할 수도 있습니다.

　모든 중요한 문학 작품은 세월이 흘러도 변함없는 보편적
인 호소력을 지닐까요? 이 문제는 확실히 수백 년간 강력한
논쟁을 일으켰습니다. 위대한 시와 소설은 그 시대를 초월
하고 누구에게나 의미심장한 이야기를 들려준다는 주장이
있습니다. 위대한 작품은 인간 존재의 영속적이고 만고불멸
의 특징을 다룹니다. 특정 지역의 우연적인 것이 아니라 기
쁨과 고통, 슬픔, 죽음, 성적 열정을 다루지요. 이런 까닭에
우리는 소포클레스의『안티고네』와 초서의『캔터베리 이야
기』같은 작품이 우리와 매우 다른 문화권에서 유래하지만
그런 작품에 여전히 반응할 수 있습니다. 이런 관점에서 보
면, 성적 질투심에 관한 위대한 소설(가령 프루스트의『잃어버
린 시간을 찾아서』)은 있을 수 있지만, 오하이오 주의 하수도
체계의 결함에 대한 위대한 소설은 있을 수 없겠지요.

　이런 주장은 일리가 있을 수 있지만 많은 문제를 야기합니
다.『안티고네』와『오이디푸스 왕』은 수천 년간 존속해왔습
니다. 하지만 오늘날 우리가 경탄하는『안티고네』가 고대 희

랍인들이 갈채를 보낸 연극과 똑같은 것일까요? 우리가 생각하는 그 작품의 핵심이 고대인들의 생각과 같을까요? 그렇지 않거나 확실히 알 수 없다면, 동일한 작품이 몇 세기에 걸쳐 이어져 내려왔다고 말하기 전에 주저해야겠지요. 우리가 고대의 예술 작품이 당대의 청중에게 의미한 바를 실제로 알게 된다면, 우리는 그 작품을 그리 높이 평가하지 않고 혹은 그리 즐기지 못할지도 모릅니다. 엘리자베스 시대와 제임스 1세 시대의 사람들이 셰익스피어의 작품에서 우리와 똑같은 것을 얻었을까요? 물론, 서로 겹치는 중요한 부분이 있습니다. 그러나 엘리자베스 시대와 제임스 1세 시대의 보통 사람들은 우리와 매우 다른 신념을 갖고 이 연극들을 접했다는 것을 상기할 필요가 있습니다. 그리고 문학 작품의 해석은, 아무리 무의식적으로라도, 우리의 문화적 가치와 가정에 의해 채색됩니다. 우리의 증손자들은 솔 벨로나 월리스 스티븐스를 우리와 같은 방식으로 간주할까요?

무릇 문학적 고전이란 변함없는 가치를 가진 작품이라기보다는 세월이 흐르면서 새로운 의미를 산출할 수 있는 작품이라고 어떤 비평가는 생각합니다. 말하자면, 그것은 서서히 타오르는 것입니다. 그것은 점진적으로 나아가면서 다양한 해석을 축적합니다. 나이든 록 스타처럼 새로운 청중에 스스로를 맞춰나갈 수 있습니다. 그렇더라도 그런 고전이 언제나 인기를 누린다고 생각해서는 안 됩니다. 사업체처럼 그것은 문을 닫고 다시 시작할 수 있습니다. 변화하는 역사적 상황에 따라서 작품은 호감을 얻을 수도, 잃을 수도 있습니다. 18세기의 어떤 비평가는 오늘날의 우리처럼 셰익스피어와 존 던에 매료되지 않았습니다. 그들 중 상당수는 연극을 문학으로 간주하지 않았고, 저급한 문학으로도 여기지 않았겠지요. 그들은 소설이라고 알려진, 새로 나온 천박하고 잡종적인 양식에 대해서도 비슷하게 못마땅해했겠지요. 새뮤얼 존슨은 우리가 1장에서 첫머리를 살펴보았던 밀턴의 『리시다스』에 대해서 "시어가 거칠고, 압운은 불명확하며, 운율은 불쾌하다. … 이 시에는 진실이 없기에 자연이 없다. 새로운 것이 없기에 기교가 없다. 목가 형식으로서 태평하고, 천박하며, 그리하여 혐오스럽다."고 말했습니다. 하지만 존슨이 최고로 유능한 비평가라는 것은 일반적으로 일치된 견해입니다.

문학 작품은 역사적 상황의 변화로 말미암아 인기를 잃을 수도 있습니다. 나치 당원에게는 어떤 유대인의 글도 귀중하게 여겨질 수 없겠지요. 과거에는 설교문이 중요한 장르였지만 감수성의 전반적 변화로 인해 우리는 이제 교훈적인 글을 높이 평가하지 않습니다. 현대의 독자들은 종종 그렇게 생각하지만 사실 우리에게 뭔가를 가르치려는 문학이 반드시 지루할 거라고 생각할 이유는 없습니다. 우리 현대인은 "종교적 교리를 담은" 문학을 싫어하는 경향이 있지만, 『신곡』은 바로 그런 작품입니다. 교리를 담은 작품이 교조주의적일 필요는 없습니다. 우리가 가슴으로 느낀 확신이 다른 사람에게는 무미건조한 교조주의적 신조로 보일 수 있지요. 소설과 시에서 다루는 주제가 그 당대에는 절박한 관심사였어도 우리에게는 천지를 뒤흔들 만큼 중요한 것으로 여겨지지 않을 수 있습니다. 테니슨의 『인 메모리엄』은 진화론에 대해 몹시 고민하지만, 오늘날 우리들 대부분은 그렇지 않습니다. 어떤 문제는 적절히 해결되지 않았더라도 다만 더 이상 문제로 여겨지지 않는 것이지요. 반면에 거의 잊혔던 작품이 역사의 발달로 인해 갑자기 새 생명을 얻을 수도 있습니다. 서양 문명의 위기가 극에 달했던 제1차 세계 대전경에, 사회적으로 혼란스러운 시대를 살았던 형이상학파 시인들과 자코뱅 극작가들이 갑자기 다시 인기를 얻었습니다. 현대에 페미니즘 운동이 일어나면서, 박해받는 여주인공이 등장하는 고딕 소설이 이제는 이류 골동품으로 취급되지 않고 새로운 중심적 지위를 얻었지요.

어떤 문학 작품이 죽음과 고통, 성 같은 인간 조건의 영속적인 특징을 다룬다는 사실 때문에 높은 위상이 보장되는 것은 아닙니다. 이런 특징들이 극히 하찮은 방식으로 다뤄질 수도 있지요. 어떻든, 인간의 이 보편적인 조건은 상이한 문화에서 상이한 형식으로 표현되는 경향이 있습니다. 우리 시대처럼 불가지론이 널리 퍼진 시대에 죽음은 성 아우구스티누스나 노르위치의 율리아나[5]가 생각했던 죽음과 같지 않습니다. 죽음에 대한 비통과 애도는 어느 종족에게나 공통적입니다. 하지만 어떤 문학 작품은 비탄과 애도를 우리가 깊은 관심을 느낄 수 없을 특정한 문화적 형식으로 표현할 수 있습니다. 어떻든, 인간 조건의 영속적 특징이라고는 볼 수 없는, 오하이오 주의 하수 체계의 결함에 대한 위대한 희곡이나 소설은 어째서 쓰일 수 없을까요? 그것은 왜 잠재적으로 보편적인 관심사가 되지 않을까요? 결국, 그런 결함이 일으키는 분노나 경악, 죄의식, 후회, 인간의 오염에 대한 불안감, 쓰레기에 대한 걱정 등의 감정은 다양한 많은 문명이 공유하는 것인데 말이지요.

사실, 모든 위대한 문학 작품은 지엽적인 것이 아니라 보

---

5 14세기 영국 베네딕트 수도회에서 은둔 생활한 수녀로서 신비주의적 종교 사상가.

편적인 것을 다룬다는 주장의 한 가지 문제점은 인간의 감정이 특정한 문화에 거의 한정되지 않는다는 것입니다. 물론, 지역적 감정이라고 불릴 만한 몇 가지 사례가 있습니다. 현대의 서구 남성은 중세의 기사들처럼 자신의 명예에 대해 민감하지 않습니다. 또한 기사도 계율에 의해 큰 자극을 받지도 않습니다. 현대의 서구 여성은 부족 사회에서와 달리 죽은 남편의 사촌과 결혼한다고 해서 불결해진다고 느끼지 않겠지요. 하지만 대부분 열정과 감정은 문화적 경계를 가로지릅니다. 그것은 인간의 육체와 밀접한 관계가 있고, 육체는 인간의 가장 기본적인 공통점이라는 사실이 그 한 가지 이유이지요.

하지만 우리의 관심사는 우리가 가진 공통점만이 아닙니다. 우리는 우리와 다른 것에도 매료되니까요. 바로 이 점을 보편성의 옹호자들이 때로 알아차리지 못합니다. 우리는 여행문학을 읽는 것은 통가나 멜라네시아 군도의 사람들이 내부자 거래에 대해 우리와 똑같은 방식으로 느낀다는 것을 확인하기 위해서가 아닙니다. 아일랜드의 전설적 무용담을 좋아하는 많은 사람은 그 무용담이 유럽연합의 농경 정책과 관련 있다고 주장하지 않습니다. 우리가 오로지 우리의 관심사를 반영하는 문학에만 고무된다면, 모든 독서는 자기도 취증의 한 형태가 됩니다. 라블레[6]나 아리스토파네스에게 관심을 두려는 의도는 그들을 더 깊이 탐구하려는 것도 있지만 그에 못지않게 우리 자신의 머리에서 벗어나려는 것이지요.

문학 작품이 그 자체의 역사적 상황을 넘어서 얼마나 멀리까지 호소력을 가질 수 있는가는 그 상황에 달려 있을 것입니다. 가령 인간 역사의 어떤 중대한 시기에, 즉 사람들이 세계를 뒤흔드는 전환을 경험하는 시기에 발생한 작품이라면, 이 사실로 인해 활력을 얻어 매우 상이한 시대와 장소의 독자들에게도 호소력을 갖겠지요. 르네상스와 낭만주의 시기는 명백히 그런 시기입니다. 당대의 역사적 순간을 초월하는 문학 작품이 그 시대를 초월하는 것은 그 역사적 순간의 특성과 작품이 그 순간에 속하는 특별한 방식 때문입니다. 셰익스피어와 밀턴, 블레이크와 예이츠의 작품에는 그 자체의 시대와 장소의 분위기가 매우 깊이 울려 퍼지기 때문에 수백 년을 내려오면서 온 지구에 메아리칠 수 있습니다.

어떤 문학 작품도 말 그대로 영속적일 수 없습니다. 작품은 모두 다 특정한 역사적 상황의 산물이지요. 어떤 책을 영

---

6 프랑스 르네상스 시대의 최고 걸작인 『가르강튀아와 팡타그뤼엘 이야기』를 쓴 작가.

속적이라고 말하는 것은 그것이 신분증이나 쇼핑 리스트보다 훨씬 더 오래 남는 경향이 있다고 말하는 것일 뿐입니다. 하지만 그렇더라도 영원히 남지는 않습니다. 심판의 날이 되어야만 버질이나 괴테가 시간이 끝날 때까지 가까스로 버텨왔는지 혹은 J. K. 롤링이 세르반테스를 간발의 차로 앞섰는지를 알 수 있겠지요. 또한 공간상의 확산 문제도 있습니다. 위대한 문학 작품이 보편적이라면, 원칙적으로 스탕달이나 보들레르가 서구인들에게 아니면 적어도 일부 서구인에게 하는 말이 유의미하듯이 딩카족이나 다코타족[7]에게도 유의미해야 합니다. 사실 딩카족의 어떤 사람은 제인 오스틴을 맨체스터 사람 못지않게 잘 감상하게 될 수 있습니다. 하지만 그렇게 하려면 영어를 배워야 하고, 서양의 소설 형식을 조금 알아야 하고, 오스틴 소설을 이해하는 데 필요한 역사적 배경을 어느 정도 파악해야 하는 등의 조건이 필요합니다. 언어를 이해한다는 것은 생활양식을 이해하는 것이지요.

이누이트족의 풍부한 시를 탐구하는 데 몰두한 영국인 독자도 마찬가지이겠지요. 양쪽 모두 다른 문명의 예술을 즐기려면 자신의 문화 환경 너머로 나아가야 합니다. 그 점에

---

7 아메리칸 인디언 종족.

있어서 불가능한 것은 없습니다. 사람들은 내내 그런 일을 하니까요. 하지만 다른 문화의 예술을 이해하려면 그 문화권의 수학자들이 만든 법칙을 이해하는 것 이상의 무엇이 필요합니다. 한 언어를 파악하려면 언어 이상의 것을 파악해야만 가능합니다. 영국인이나 딩카족이나 이누이트족이나 인간은 모두 같은 인간성을 공유하기 때문에 오스틴이 다른 사회에도 의미 있는 작가가 되리라는 주장은 사실이 아닙니다. 똑같은 인간성을 갖고 있다고 쳐도, 그 사실은 그들이 『오만과 편견』을 즐길 수 있는 충분한 토대가 되지 못합니다.

어떻든, 한 문학 작품이 위대하다는 평가는 무슨 의미일까요? 거의 모든 사람이 단테의 『신곡』에 위대한 작품이라는 영예를 부여하겠지만, 그것은 실제적 판단이라기보다는 명목상의 판단에 가까울 것입니다. 누군가에게 성적 매력이 있다고 여기면서도 성적으로 끌린다고 느끼지 않는 것과 같겠지요. 현대의 대다수 인간은 단테의 세계관이 너무나 이질적이라서 그의 시에서 큰 기쁨이나 통찰을 얻지 못합니다. 그래도 그들은 단테가 훌륭한 시인이라고 계속 인정할 것입니다. 하지만 그들은 홉킨스나 하트 크레인이 훌륭한 시인이라고 느끼는 방식으로 단테가 훌륭하다고 느끼지는 못하겠지요. 사람들은 그런 고전이 자신에게 큰 의미를 주지 않게 된 후에도 오랫동안 고전에 계속 경의를 표할 것입니다. 하지만 단 한 사람도 더는『신곡』에 열광하지 않는다면, 그것이 어떻게 계속 위대한 시로 여겨질 수 있을지 알기 어렵겠지요.

또한 여러분은 꽤 무가치하다고 여기는 문학 작품에서 즐거움을 맛볼 수 있습니다. 공항 서점에는 액션이 풍부한 책이 많이 있는데, 사람들은 위대한 예술을 접한다는 생각 없이 그런 책들을 탐독합니다. 어쩌면 문학 교수들도 한밤중에 이불을 뒤집어쓰고 손전등 불빛으로 루퍼트 베어[8]의 모험담을 열심히 탐독할지 모르지요. 예술 작품을 즐기는 것과 경탄하는 것은 다릅니다. 경탄하지 않는 책을 즐길 수 있고, 즐기지 않는 책을 경탄할 수도 있습니다. 존슨 박사는『실낙원』을 높이 평가했지만 그 작품을 다시 힘겹게 읽고 싶어 하지는 않았으리라고 우리는 분명히 느낄 수 있습니다.

즐거움을 느끼는 것은 가치를 평가하는 것보다 더 주관적입니다. 복숭아를 배보다 더 좋아하는가는 취향의 문제이지만, 도스토옙스키를 존 그리셤[9]보다 더 숙련된 소설가로 생각하는가는 순전히 취향의 문제가 아닙니다. 도스토옙스키

---

8 1920년 영국에서 메리 투어텔이 만든 아동 만화 캐릭터.
9 대중적 범죄소설과 스릴러로 유명한 미국 베스트셀러 작가.

가 그리셤보다 더 훌륭하다는 것은 타이거 우즈가 레이디 가가보다 골프를 더 잘 친다는 것과 같은 의미입니다. 픽션이나 골프를 아주 잘 아는 사람이라면 이런 판단에 동의하지 않을 수 없겠지요. 어떤 경우에, 가령 어떤 특정 브랜드의 몰트위스키가 세계 최고급이라는 것을 인정하지 않는다면 몰트위스키를 잘 알지 못한다는 의미가 됩니다. 몰트위스키를 정확히 안다는 것은 그런 판별력을 내포할 테니까요.

그렇다면 이 말은 문학적 판단이 객관적이라는 뜻일까요? "올림푸스 산이 우디 앨런보다 더 높다."라는 말이 객관적이라는 의미에서 문학적 판단이 객관적이지는 않습니다. 만일 문학적 판단이 그런 의미에서 객관적이라면, 그것에 대한 논쟁이 벌어질 수 없겠지요. 그런데 여러분은 엘리자베스 비숍[10]이 존 베리맨[11]보다 더 훌륭한 시인인지에 대해서 밤늦도록 언쟁을 벌일 수 있습니다. 그렇지만 현실적으로 객관적인 것과 주관적인 것은 말끔하게 양분되지 않습니다. 의미는 주관적인 것이 아닙니다. 내가 담뱃갑의 "흡연은 생명을 빼앗는다."라는 경고문이 실제로는 "니코틴은 아이의 성장을 도와주므로, 이 담배를 여러분의 유아와 함께 나누

---

10 20세기 미국의 시인이자 단편소설 작가.
11 비숍과 같은 시기의 미국 시인이자 학자.

세요!"라는 뜻이라고 마음대로 해석할 수 없다는 의미에서 그렇습니다. "흡연은 생명을 빼앗는다."는 문구는 오직 사회적 관습에 의해서 그것이 뜻하는 바를 의미합니다. 우주 어딘가의 어떤 언어에서는 그 문구가 어떤 합창곡을, 특이하게 반주가 없고 정교한 대위법으로 구성된 노래를 뜻할지도 모르지요.

여기서 중요한 점은, 파인애플보다 복숭아가 더 맛있는지를 결정하는 경우와 달리 골프나 픽션에서는 탁월함으로 간주되는 것을 결정하는 데 기준이 있다는 것입니다. 이 기준은 공적인 것이고, 개인의 우연적인 사적 선호의 문제가 아닙니다. 여러분은 어떤 사회적 관행에 동참함으로써 그 기준을 다루는 법을 배워야 합니다. 문학의 경우에 이 사회적 관행이란 문학 비평으로 알려져 있습니다. 이렇게 하더라도 반대와 불일치의 여지는 많이 있습니다. 기준이란 가치를 판단하는 방법에 대한 지침입니다. 체스를 둘 때 규칙을 따른다고 해서 게임에 이기는 것이 아니듯이, 기준을 따른다고 해서 가치 판단이 이루어지는 것은 아닙니다. 체스를 둘 때 그저 규칙에 따라서가 아니라 규칙을 창조적으로 응용해서 두어야 합니다. 그런데 규칙 그 자체는 규칙을 창조적으로 응용하는 법을 알려주지 않습니다. 그것은 실질적 지식,

지능과 경험의 문제입니다. 픽션의 탁월함으로 간주되는 것이 무엇인지를 안다면 체호프와 재키 콜린스[12] 사이에 어느 쪽이 탁월한가의 문제는 결정되겠지만, 체호프와 투르게네프[13] 간의 문제는 결정되지 않겠지요.

여러 문화권은 훌륭한 예술과 나쁜 예술을 판가름하는 서로 다른 기준을 갖고 있을 것입니다. 여러분이 외국인 관광객으로서 히말라야 산의 어떤 마을에서 거행하는 의식에 참석한다면 그것이 지루한지 유쾌한지, 활기가 넘치는지 딱딱하게 격식을 차리는지를 말할 수 있겠지요. 하지만 그 의식이 잘 거행되었는지는 말할 수 없습니다. 그것을 판단하려면 그 특별한 행사에 적합한 탁월성의 수준에 접근할 수 있어야 할 테니까요. 문학 작품도 마찬가지입니다. 탁월성의 기준은 문학예술의 종류마다 다릅니다. 훌륭한 전원시를 만드는 데 기여하는 것이 강렬한 공상과학 소설을 만들지는 않습니다.

심오하고 복잡한 작품은 분명 문학적으로 가치 있는 요소를 가진 듯이 보이지요. 하지만 복잡함이란 그 자체가 가치

---

12 안톤 체호프는 러시아 출신의 의사이자 극작가이며 가장 위대한 단편소설 작가 중 한 사람으로 평가됨. 재키 콜린스는 1937년 영국 태생의 로맨스 작가로서 수많은 베스트셀러를 발표했다.
13 투르게네프는 체호프와 유사하게 러시아의 극작가이며 소설가이고 유려한 문장을 구사한 작가로 유명하다.

있는 것은 아닙니다. 어떤 작품이 복잡하다고 해서 자동적으로 불멸의 작품들 사이에 자리 잡는 것은 아니지요. 인간의 다리 근육은 복잡합니다만, 장딴지에 부상을 입은 사람은 근육이 복잡하지 않은 쪽을 선호하겠지요. 『반지의 제왕』의 플롯은 복잡하지만, 대학 학감의 도피주의적 성향이나 중세풍의 기발한 언동을 좋아하지 않는 사람들이 톨킨의 작품을 좋아하려면 복잡한 플롯만으로는 충분하지 않습니다. 서정시와 민요의 중요한 점은 복잡성이 아니라 절절한 단순성입니다. 리어 왕의 "절대로, 절대로, 절대로, 절대로, 절대로."[14]라는 외침은 전혀 복잡하지 않지만 그래서 더욱 절절합니다.

또한 훌륭한 문학은 심오하다는 것도 사실이 아닙니다. 벤 존슨의 희극이나 오스카 와일드의 상류층 드라마, 에벌린 워의 풍자처럼 삶의 표면을 다루는 최고의 예술이 있을 수 있으니까요. (하지만 희극은 언제나 비극만큼 심오하지 못하다는 편견을 경계해야 합니다. 엄밀하게 파고드는 희극도 있고 진부한 비극도 있으니까요. 조이스의 『율리시스』는 한 편의 심오한 코미디인데, 이 말은 심오하게 익살맞다는 말과 같은 뜻은 아닙니다. 실제로 그렇더라도 말

---

14 『리어 왕』의 5막 3장. 리어가 딸 코딜리어가 죽음에서 절대로 돌아오지 못하리라고 절규하는 부분.

이지요.) 표면을 다루는 것이 언제나 피상적이지는 않습니다. 어떤 문학 형식에서는 복합성이 어울리지 않습니다. 『실낙원』은 심리적 깊이나 복잡성을 거의 드러내지 않고, 로버트 번스[15]의 서정시도 그렇지요. 블레이크의 시 「호랑이」[16]는 심오하고 복잡하지만 심리적인 면에서 그런 것은 아닙니다.

이미 보았듯이, 훌륭한 예술은 일관성이 있는 것이라고 많은 비평가들이 주장합니다. 가장 완벽한 문학 작품은 가장 조화롭게 통합된 것이지요. 인상적으로 절제된 기법을 통해서, 각각의 세부적인 사항은 전체 구도에서 그 역할을 충실히 해냅니다. 이런 주장의 한 가지 문제점은 「리틀 보 핍」[17]과 같은 동요는 일관성이 있지만 진부하다는 것입니다. 더욱이 포스트모더니즘이나 아방가르드 계열의 많은 인상적인 작품은 중심이 없고 여러 가지를 절충하며, 서로 말끔하게 끼워지지 않는 부분들로 구성되어 있습니다. 그렇다고 해서 이런 작품들이 반드시 더 열등한 것은 아닙니다. 이미 암시했듯이, 조화와 응집성 그 자체에 미덕이 있는 것은 아닙니다. 미래파와 다다이스트, 초현실주의파의 일부 훌륭한 예술품은 일부러 부조화를 만들어냅니다. 파편화가 통일성

---

15 스코틀랜드의 가난한 농부 출신의 시인으로 서민의 소박하고 순수한 감정을 표현했다.
16 영국 시인 윌리엄 블레이크의 시집 『경험의 노래』(1794)에 수록된 시.
17 마더 구스 이야기에 속하는 유명한 영국 동요.

보다 더 매력적일 수 있습니다.

어떤 문학 작품은 그 줄거리와 서사 덕분에 특출한 작품이 될 수 있습니다. 확실히 아리스토텔레스는 확고하고 잘 짜인 줄거리가 문학 작품의 적어도 한 종(비극)에는 가장 중요한 요소라고 생각했습니다. 하지만 20세기의 가장 위대한 희곡 한 편(『고도를 기다리며』)이나 가장 훌륭한 소설 한 편(『율리시스』), 가장 노련한 시 한 편(『황무지』)에는 사건이 거의 일어나지 않습니다. 견고한 플롯과 효과적인 서사가 문학의 위상에 지극히 중요한 것이라면, 버지니아 울프는 성적 순위표에서 차마 봐줄 수 없는 낮은 점수대로 떨어질 것입니다. 우리는 견고한 플롯을 아리스토텔레스처럼 높이 평가하지 않습니다. 사실 우리 시대는 플롯이나 서사를 더 이상 강조하지 않습니다. 어린애들을 제외하면 우리는 우리의 선조들만큼 스토리에 매혹되지도 않습니다. 우리는 빈약한 소재로도 흥미진진한 예술을 자아낼 수 있음을 인정합니다.

그렇다면 언어의 질은 어떨까요? 위대한 문학 작품이라면 모두 언어를 풍부하고 창조적으로 사용할까요? 문학이 언어의 진정한 풍부함을 되살리고 그러면서 우리의 억눌린 인간성의 일부를 회복한다는 것은 분명 문학의 미덕입니다. 많은 문학적 언어는 어휘수가 풍부하고 활력이 넘칩니다. 그리하여 그것은 우리의 일상적 발언에 대한 비판이 될 수 있습니다. 유창한 문학적 언어는, 언어가 대체로 투박한 도구가 되어버린 문명에 대한 질책이 될 수 있습니다. 사운드바이트[18], 텍스트스피크[19], 관리자 언어, 타블로이드판 산문, 정치적 은어, 관료의 어법은 실제로 그렇듯이 생명 없는 담론 형식임이 밝혀질 수 있습니다. 햄릿이 마지막으로 내뱉은 말은 "그대 잠시 기쁨을 멀리하고, / 이 거친 세상에서 고통스럽게 숨 쉬며 / 내 이야기를 들려주게. 나머지는 침묵이네."였지만, 스티브 잡스의 마지막 말은 "오, 와우, 오, 와우, 오 와우."였습니다. 이 부분에서 무언가 저하되었다고 어떤 이들은 느낄 것입니다. 문학은 그저 언어를 실용적으로 사용하는 것이 아니라, 언어로 느낀 경험에 관한 것입니다. 그것은 우리가 대체로 당연시하는 표현 매체의 풍부함에 우리의 관심을 끌 수 있습니다. 시는 단지 경험의 의미가 아니라 의미의 경험에 관심을 갖습니다.

그렇지만 문학적이라고 불리는 글이 모두 말을 화려하게 다루는 것은 아닙니다. 어떤 문학 작품이 언어를 사용하는 방식은 특별히 눈길을 사로잡지 않습니다. 많은 사실주

---

18 텔레비전 뉴스에서 정치인이나 전문가, 시민의 말을 짧게 따서 내보내는 것.
19 문자 메시지의 길이를 줄이기 위한 약어.

의 작품과 자연주의 작품은 평이하고 소박한 말을 사용하지요. 필립 라킨이나 윌리엄 칼로스 윌리엄스[20]의 시는 풍부히 은유적이라고 묘사되지 않을 것입니다. 조지 오웰의 산문은 엄밀히 말해서 풍부하지 않습니다. 어니스트 헤밍웨이는 빛나는 미사여구를 그리 구사하지 않습니다. 한편 18세기는 명료하고 정확하며 실용적인 산문을 가치 있게 여겼습니다. 문학 작품은 분명 좋은 언어를 구사해야 합니다. 그렇지만 메모와 메뉴를 포함해서 모든 글이 그래야 합니다. 훌륭한 문학 작품으로서 품격을 갖추기 위해서 『무지개』나 『로미오와 줄리엣』처럼 들려야 할 필요는 없습니다.

그러면 작품을 훌륭하거나 형편없게 만드는 것이 무엇일까요? 이 점에 관한 공통된 가정을 면밀히 살펴보면 상당한 문제점이 드러난다는 것을 이미 보았지요. 그렇다면 우리는 문학 작품의 몇 구절을 발췌하여 어떻게 잘 쓰였는지를 염두에 두고 분석함으로써 그 문제를 조명할 수 있을 것입니다.

---

20 필립 라킨은 20세기 영국 시인으로 간결한 언어와 전통적 형식으로 일상적 경험을 기록했고, 윌리엄 칼로스 윌리엄스는 모더니즘 및 이미지즘과 긴밀히 관련된 미국 시인.

소설의 언어: 작위적 기교 vs. 독창적 표현

. . .

존 업다이크 『토끼 잠들다』
에벌린 워 「전술 훈련」
윌리엄 포크너 『압살롬 압살롬』
블라디미르 나보코프 『롤리타』
캐럴 실즈 『사랑 공화국』

존 업다이크의 소설 『토끼 잠들다』[1]의 한 문장으로 시작해 봅시다.

쇠꼬챙이처럼 배싹 마르고, 키는 더 크지만 『티파니에서 아침을』에 나온 오드리 헵번처럼 보조개가 들어가고 턱이 각진, 은은하게 빛나는 모델이 희미한 빛으로 꼬아진 듯한 드레스에 경주용 에그헬멧을 걸치고 은밀한 미소를 지으며 차에서

---

1 현대 미국의 대표적 작가인 존 업다이크의 토끼 시리즈 중 네 번째이자 마지막 작품.

걸어 나왔다.

이 문장은 좀 부주의하게도 반복된 거의 비슷한 단어("은은하게 빛나는", "희미한 빛")를 별도로 치면 대단히 숙련된 글입니다. 너무나 노련한 문장이라고 느낄 수도 있겠지요. 지나치게 교묘하고 계획적입니다. 모든 단어를 일일이 까다롭게 선택해서 문지르고 다른 단어들에 말끔하게 끼워 맞추고 그런 다음에 매끄럽게 다듬고 그 위에 마무리로 광택을 낸 듯합니다. 머리카락 한 올도 흩어지지 않았지요. 문장은 너무 의도적이고, 너무 신중하게 진열되고 전시되었습니다. 너무 열심히 노력하고 있는 것이지요. 여기에 자연스럽게 일어나는 것이 하나도 없습니다. 모든 단어가 미진한 부분이나 변칙적인 부분 하나 없이 세심하게 배치되어서 지나치게 기교적인 느낌이 듭니다. 결과적으로, 이 문장은 기교적이지만 생명이 없습니다. "반질반질하다."라는 형용사가 절로 떠오르지요. 이 문장은 상세한 묘사를 시도하지만, 복잡한 형용사가 너무 많고 절들이 겹겹이 쌓여 있어 언어 차원에서 너무 많은 일이 진행됩니다. 그래서 독자는 묘사되고 있는 대상에 집중하기 어렵지요. 이 언어는 그 자체의 능란한 솜씨에 독자가 주목하고 경탄하게 합니다. 어쩌면 그것은 주동사인 "걸어 나왔다."에 걸쳐진 많은 종속절들 사이에서 한 순간도 균형을 잃지 않고 나아가는 방식을 경탄하라고 독자에게 특히 요청하는지도 모르지요.

업다이크의 소설에는 이런 부분이 많습니다. 같은 소설에 나오는 한 여성 인물의 묘사를 살펴봅시다.

프루는 펜실베이니아 식으로 지방이 늘어 두툼해진 것이 아니라 넓적해졌다. 보이지 않는 쇠지레가 그녀의 뼈를 살짝 벌려 놓아 칼슘이 새로 끼어들고 그에 맞추려고 살이 서서히 늘어난 듯이, 이제 그녀의 얼굴은 더 넓어졌다. 한때는 주디의 얼굴처럼 갸름했던 그녀의 얼굴이 때로는 납작해진 가면처럼 보였다. 언제나 키가 컸던 그녀는 여러 해에 걸쳐 억센 아내이자 부인이 되어가면서 긴 직모를 잘랐고 약간 스핑크스의 헤어스타일처럼 숱 많은 날개 모양으로 머리칼을 손질했다.

"스핑크스의 헤어스타일처럼"은 유쾌하고 상상력이 풍부한 솜씨입니다. 하지만 또다시, 이 문단은 프루를 묘사하는 과정에서 그 자체의 교묘한 말솜씨를 유심히 주목하게 만듭니다. 이것은 극도로 "훌륭한 글"입니다. "펜실베이니아 식으로 지방이 늘어"라는 구절은 좀 지나치게 아는 체하는 느낌을 주고, 쉬지레의 이미지는 인상적이지만 너무 작위적입니다. 사실, 전체적으로 이런 문체의 글에 적합한 평가는 바로 "작위적"이라는 것입니다. 프루 자신은 그녀를 덮어씌운 농밀한 세부 묘사 밑에서 사라져버릴 우려가 있습니다. 이 구절은 사람보다는 사물을 묘사하는 느낌을 풍깁니다. 그 문체가 살아 있는 여자를 동결시켜 정물화로 만들어버린 것이지요.

업다이크의 산문을 에벌린 워의 단편소설 「전술 훈련」에서 발췌한 부분과 대조해봅시다.

그들은 대체로 불편한 기차 여행 후 돌풍이 이는 어느 사월 오후에 도착했다. 그들은 역에서 택시를 타고 콘월의 먼 도로를 따라서 화강암 오두막들과 폐기된 고풍스러운 주석공장을 지나 8마일을 달려갔다. 그 집의 우편주소에 적힌 마을에 이르러 마을을 통과하고 그 높은 둑에서 갑자기 나타난 좁은 길을 따라 나아가다가 절벽가의 탁 트인 목초지에 들어서자, 하늘 높이 구름이 재빨리 흘러가고 바닷새가 머리 위에서 빙빙 돌고, 발치의 풀밭은 바람에 나부끼는 야생화들로 활기차게 흔들리고, 공기 중에 짠 냄새가 배어 있고, 저 밑에서는 대서양이 바위에 부딪쳐 포효하고, 중경에서는 남색 물결이 뒹굴며 흰 포말을 일으키고, 그 너머에 수평선이 잔잔한 호를 이루고 있었다. 여기 그 집이 있었다.

이 글이 눈에 확 띄는 단락은 아닙니다. 업다이크의 작품처럼 의식적으로 갈고 다듬은 기미가 전혀 없고, 그래서 확실히 훨씬 더 낫습니다. 에벌린 워의 산문은 선명하고 불순물이나 군더더기가 없습니다. 말을 억제하고, 과시적이지 않습니다. 가령 "그 집의 우편주소에 적힌 마을"에서부터 "수평선이 잔잔한 호를 이루고 있었다."까지 꽤 많은 종속절을 통해 한 문장을 이끌어가면서도 긴장감이나 기교를 전혀 느낄 수 없게 하는 솜씨를 의식하지 않는 듯합니다. 구문과 풍경이 각각 만들어내는 확장감은 "여기 그 집이 있었다."는 간결한 문장과 대조를 이룹니다. 이 짧은 문장은 스토리와 그것이 전달되는 방식의 중단을 알려주지요. "대체로 불편한 기차 여행"은 유쾌하게 빈정대는 기미를 드러냅니다. "고풍스러운"은 좀 지나친 형용사이지만, 그 행의 균형 잡힌 운율은 대단히 경탄스럽지요. 발췌문 전체에 조용한 가운데 효율적인 분위기가 감돕니다. 신속히 솜씨 좋은 몇 번의 필치로 풍경을 그려내는데, 너무 많은 세부 묘사로 텍스트를 어수선하게 하지 않으면서 생동감이 넘치게 묘사합니다.

위의 산문은 정직성과 냉철한 사실주의에 감싸여 있고, 그것은 업다이크와 대조해볼 때 잘 드러납니다. 이 점에서 윌리엄 포크너의 소설『압살롬, 압살롬!』의 다음 발췌문과 비교해도 낫습니다.

실내복 위로 외투 단추를 뒤틀리게 채운 그는 산발한 곰처럼 거대하고 볼품없는 모습으로 퀜틴(이 남부인은 피가 재빨리 식었는데 급격한 온도 변화를 더 유연하게 상쇄하려는 것일 수도 있고, 어쩌면 표피 가까이에서만 그럴지도 모른다.)을 응시했다. 양팔로 몸을 끌어안아 따뜻하게 감싸려는 듯이 양손을 주머니에 밀어 넣고 웅크린 채 의자에 앉아 있는 퀜틴은 따뜻하거나 안락한 느낌을 전혀 주지 않는 장밋빛 등불을 받아 어쩐지 허약하고 창백하게 보였다. 그동안 두 사람의 입김이 차가운 방에서 흐릿하게 증발했다. 방에는 이제 그들 둘이 아니라 넷이 있었고, 둘은 각각의 인간이 아니라 이제 어쩐지 다소 쌍둥이처럼, 젊음의 심장과 혈액처럼 숨을 쉬었다. 쉬레브는 열아홉 살인데 퀜틴보다 몇 달 어렸다. 그는 정확히 열아홉 살처럼 보였다. 그는 바로 그 나이로 보이기 때문에 나이를 제대로 맞힐 수 없는, 너무나 정확히 그 나이로 보여서 그렇게 보이는 것을 이용할 터이므로 그 나이일 리가 없다고 흔히들 생각하는 그런 사람 중 하나였다. 그래서 그들이 스스로 주장하는 나이나 그들이 자포자기해서 동의하는 나이 혹은 다른 사람이 알려주는 그들의 나이를 사람들은 속으로 절대 믿지 않는다.

미국의 일부 창작 수업에서 매우 좋아하는 이런 종류의 산문은 즉흥적인 분위기에 감싸여 있는데 그런 분위기는 거의 전적으로 꾸며진 것입니다. 이 산문은 규칙과 관습에 무심한 듯이 보이지만 페트라르칸 소네트 못지않게 인위적이지요. 이것이 자연스럽게 들리려고 애쓰는 방식에는 지나치게 꾸민 가식적인 요소가 숨어 있습니다. 꾸밈없어 보이는 분위기가 실은 너무나 스스로를 주목합니다. 일종의 서툰 표현에 불과한 부분("방에는 이제 그들 둘이 아니라")이 실제 경험의 조야한 점을 나타낸 듯이 슬쩍 넘어갑니다. 마지막 행에서 인상적으로 복잡한 의미를 부여하려는 시도는 현학적 재치로 이루어집니다. 그 행은 요령과 절제를 전혀 알지 못합니다. (역사에 대한 누군가의 언급처럼) '그저 망할 일들이 줄줄이 이어지는' 그런 부류의 글을 위해 세련미와 리듬, 간결함을 희생한 것이지요. 이 문단은 너무 지나치게 수다스럽습니다. 이런 작가의 입을 다물게 하려면 지독히 어렵겠지요. 그리고 도대체 사람이 어떻게 정확히 열아홉 살로 보일 수 있을까요?

블라디미르 나보코프의 『롤리타』에 나오는 다음 문단이 예시하듯이, 문체는 "문학적"이면서도 동시에 효과적일 수 있습니다. 주인공의 차를 사설탐정이 뒤따르는 장면이지요.

내 뒤의 운전자는 어깨에 봉을 넣은 옷과 올가미 같은 콧수염 때문에 전시용 마네킹처럼 보였다. 지붕이 접히는 그의 차는 오로지, 눈에 보이지 않는 고요한 실크 밧줄로 초라한 우리 차와 연결되어 있기 때문에, 움직이는 것 같았다. 광택이 도는 그의 멋진 기계는 우리 차보다 몇 배나 힘이 좋았기에 나는 속도를 내서 그를 따돌리려는 엄두도 내지 못했다. *O lente currite noctis equi!* 오, 부드럽게 달려라, 악몽이여! 우리는 긴 비탈길을 올랐고 다시 내리막길을 굴러 내려갔고, 제한 속도에 주의했고, 느릿느릿 움직이는 아이들을 봐주었고 커브 길의 노란 방패 위에서 꿈틀거리는 검은 곡선들을 더 크게 돌아 재현했다. 우리가 어떻게, 어디를 달리든 간에, 마법에 걸린 사이 공간은 온전히, 정확하게, 신기루처럼 미끄러져 내려갔다. 마법 융단에 상응하는 도로였다.

얼핏 보면 이 단락은 업다이크의 단락과 그리 다르지 않게 여겨질 수 있습니다. 세밀한 부분에 똑같이 기교적이고 까다로운 관심을 기울일 뿐 아니라 유사한 문학적 자의식을 드러내니까요. 또한 나보코프는 업다이크와 마찬가지로 산문의 소리 패턴에 주의 깊게 귀를 기울이며 글을 씁니다. 그러나 한 가지 차이점은 나보코프의 유희적인 태도입니다. 마치 이 단락은 그 자체의 지나친 세련미를 의식하며 재미있어하는 듯합니다. 화자인 험버트 험버트가 스스로를 비웃고 있는 듯한 느낌도 어렴풋이 들지요. 험버트 험버트라는 우스꽝스러운 이름은 그 자신을 제물로 삼는 농담입니다. 차가 "커브 길의 노란 방패 위에서 꿈틀거리는 검은 곡선들을 더 크게 돌아 재현했다."는 생각에도 장난기가 넘칩니다. 그 의미는 노란 도로 표지판에 그려진 구불구불한 선이 나타내는 대로 커브 길을 따라갔지만 그 곡선들보다 더 큰 폭을 그리며 갔다는 것이지요. 험버트가 오비드의 "noctis equi[밤의 말(馬)]"을 "악몽"으로 창조적으로 오역한 것도 교묘한 말장난입니다.

이 문단에서 미국의 고속도로를 운전하는 일상적 행위와 그것을 묘사하는 점잖고 격조 높은 언어("눈에 보이지 않는 고요한 실크 밧줄", "광택이 도는 그의 멋진 기계")는 익살스럽게 괴리되어 있습니다. 이 문장은 점잔 빼는 문체를 구사하고 있는데, 그것은 곧 우아한 척하거나 지나치게 세련된 문체를 뜻합니다. 하지만 이 단락이 그런 문체를 무리 없이 잘 구사하는 까닭은, 그런 문체가 약간 재미있기도 하고, 풍자적으로 그 자체를 의식하고 있기도 하고, 또한 화자가 중년의 욕정을 느낀 십대의 소녀를 사실상 납치해서 차에 태워가면서 자신이 처한 약간 추접스러운 궁지를 상쇄해보려는 절실한 방식으로 나타나기 때문이기도 합니다. 고속도로는 "마법에 걸린 사이 공간"이 되고 "마법 융단에 대응하는 도로"["도로(viatic)"는 "길(road)"을 뜻하는 라틴어에서 유래합니다.]가 됩니다. 여기서 "대응(counterpart)"의 c와 p가 융단(carpet)에서 되풀이되는 것을 알 수 있지요. 이처럼 극히 정교하고 약간 점잔 빼는 문학적 언어는 사실 이 소설의 교양 있고 구식 인물인 화자, 험버트 험버트의 속성을 드러냅니다. 그 언어는 그가 롤리타에 대한 성적 욕망에 이끌려 여러 곳을 전전하면서 경험하는 미국 문화의 일상적 풍경에 대한 풍자적 거리감을 표현합니다. 그는 고상한 유럽 학자로서 황량한 싸구려 햄버거 가게와 값싼 모텔들을 배회하는 자신이 애처롭고 수치스럽고 부적절한 모습을 드러내고 있음을 온전히 의식하고 있습니다. 그리고 그와 그를 둘러싼 환경의 갈등이 산문 문체에 반영되는 것이지요.

고상한 마음을 갖고 있음에도 불구하고 험버트는 결국 성적 라이벌인 퀼티에게 총알을 퍼부어댑니다. 그 장면은 너무 놀라운 것이라서 자세히 인용할 가치가 있습니다.

내가 다음에 쏜 총알은 그의 옆구리 어딘가에 꽂혔다. 그는 늙어서 머리가 허옇게 세고 미쳐버린 니진스키[2]처럼, 올드 페이스풀[3]처럼, 오래전에 내가 꾼 악몽처럼, 의자에서 일어나 점점 더 높이, 경이로운 고도로 솟구쳤다. 아니면, 공중을 찌르듯이 비명을 질렀을 때 그렇게 보였다. 풍부한 흑인 음악에 맞춰 여전히 몸을 흔들면서 머리를 젖혀 악을 쓰며 한 손으로 이마를 누르고 다른 손으로는 말벌에 쏘인 듯 겨드랑이를 움켜잡고 그는 내려섰고, 다시 평범한 인간이 되어 허둥지둥 홀로 달려 나갔다.

갑자기 품위를 차려 약간 뚱한 얼굴로 그는 넓은 계단을 올라가기 시작했다. 그를 따라 계단을 오르지는 않고 위치만 옮겨서 나는 서너 발을 연속해서 쏘았고 불꽃이 튈 때마다 그에게 상처를 입혔다. 내가 그 짓을 할 때마다, 그에게 잔혹한 짓을 할 때마다, 그의 얼굴은 고통을 과장하는 듯이 얼빠진 어릿

---

2 폴란드 태생의 러시아 무용가.
3 옐로우스톤 파크에 있는 간헐천.

광대처럼 씰룩거렸다. 그의 걸음걸이가 더뎌졌고 반쯤 감긴 눈에서 눈동자가 돌아간 채 여자처럼 "아!"라고 신음소리를 냈다. 총알에 맞을 때마다 내가 그를 간질이는 듯이 몸서리쳤다. 내가 천천히 서툴게 마구잡이로 총알을 쏘아댈 때마다 그는 엉터리 영국식 억양을 써가며 숨죽여 말하곤 했다. 계속해서 격렬하게 씰룩거리고 부들부들 떨며 히죽히죽 웃으면서 기이하게도 무심하고 심지어 사근사근하게 말했다. "아, 정말 아파요, 선생님! 아, 이봐요, 지독히 아프다고요. 간청하건대 제발 그만하세요. 아, 몹시 고통스러워요, 정말로 너무 아파요."

이것은 오케이 목장의 결투가 아닙니다. 그 반대로, 영문학 역사에서 가장 충격적으로 기이한 살해 묘사 중 하나입니다. 이 묘사가 대단히 기괴한 이유는, 발사 그 자체와 희생자의 터무니없이 얌전한 반응 방식 사이의 긴장 때문입니다. 이 소설 자체도 그렇듯이 퀼티는 청중을 위해 연기를 하는 듯합니다. 그는 피가 흘러 계단에 고이는 동안에도 영국식 억양을 꾸며낼 수 있습니다. 앞의 단락에서 나보코프의 문체가 빈정거리듯이 재미있어하면서 그것이 묘사하는 대상으로부터 스스로를 떼어내듯이, 퀼티는 화자의 총알이 자신의 몸을 찢어발기는 동안에도 계속 히죽거리면서 공손하게 예스러운 말투("간청하건대 제발 그만하세요.")로 말합니다. 두 경우 모두, 실재와 그것이 제시되는 방식이 일치하지 않습니다.

이 단락에서 화자의 문체는 그 희생자 못지않게 피비린내 나는 사건으로부터 분리되어 있습니다. 화자를 살인으로 몰아가는 분노와 절망은 그가 그 사건을 묘사하는 까다롭게 추상적인 언어("경이로운 고도로")와 얼토당토않게 대조적입니다. 화자는 총알을 연이어 적수에게 쏘아대는 동안에도, 유명한 러시아 무용가("늙어서 머리가 허옇게 세고 미쳐버린 니진스키")에 대한 문화적 암시를 억제할 수 없습니다. 총격의 쇼크로 퀼티가 공중에 나동그라진 모습은 발레의 우아한 도약으로 재치 있게 전환되고, 마찬가지로 이 단락 자체도 비열한 살인을 최고 수준의 예술로 전환시킵니다. "약간 뚱한"에서는 아름답고 익살맞게 억제하여 표현한 솜씨가 눈에 띕니다. 총알 세례에 대한 퀼티의 반응은 입 안에서 우울함을 느끼는 것인 양 말이지요. "내가 그를 간질이는 듯이"도 근사하게 절제된 표현입니다. 어쩌면 이 단락의 가장 두드러진 면은 영어가 모국어가 아닌 작가에 의해 쓰였다는 것이겠지요.

나보코프의 글은 어수선하거나 밀실 공포증을 느끼게 하지 않으면서 원기왕성하게 "문학적"입니다. 미국 작가 캐럴 실즈는 똑같이 "문학적" 산문을 쓸 수 있지만 좀 더 차분하지요. 실즈의 소설 『사랑 공화국』에서 여주인공 페이 맥러드가 페미니스트 학자로서 인어에 대해 연구하는 이 단락을 살펴봅시다.

몇 년 전에 페이는 모리스 크로거라는 남자에게서 이누이트 족의 자그마한 조각을 받았다. 옆으로 누워 두툼한 근육질의 팔꿈치로 몸을 지탱하는 통통하고 유쾌한 인어의 형상이었다. 매끄럽게 다듬은 잿빛 동석으로 만든 조각이었는데, 다소 덜 자란 꼬리를 오만하게 튀기며 말아 올린 모습이었다.

인어 꼬리의 문제에는 어마어마한 차이가 존재한다. 꼬리는 허리 위쪽에서 시작해서 엉덩이에서부터 흘러내리거나 다리에서 두 갈래로 뻗어나간다. 은빛 비늘이 덮여 있거나 흐릿한 셀룰라이트 형태 같은 것으로 움푹 들어가 있다. 인어의 꼬리는 엉성한 것일 수도 있고 아니면 엄청나게 길고 둘둘 말려서 용꼬리나 뱀 꼬리 혹은 사납게 비트적거리는 페니스를 연상시키기도 한다. 이런 꼬리는 속이 꽉 차 있고 억세고 꿰뚫을 수 없으며, 온몸을 힘차게 밀어댄다. 인어의 몸은 단단하고 탄력적이며 파괴될 수 없는 반면에 인간의 몸은 머랭처럼 쉽게 부서진다.

이 글은 문학적 예술로서 최상급이지만 그 자체에 과도한 관심을 끌어들이지 않습니다. 또한 시적이면서 동시에 구어체를 구사할 수 있습니다. 이것은 어조가 꽤 무심하고 차분하면서도 그 이미지가 놀랍도록 정교하게 짜여 있기 때문이지요. "은빛 비늘이 덮여 있거나 흐릿한 셀룰라이트 형태 같은 것으로 움푹 들어가 있다."는 문장은 섬세한 상상력으로 충만하고 특히 "움푹 들어가 있다."는 단어와 독창적인 셀룰라이트 이미지가 그렇습니다. 장난기 어린 필치로 이끌어낸, 인어에게 셀룰라이트가 있으리라는 생각은 이 신비로운 생물을 매력적이지 못한 인간의 수준으로 끌어내립니다. "퉁퉁하고 유쾌한"도 그처럼 쾌활한 불손함을 드러내지요. 하지만 우리는 셀룰라이트에 관한 문장이 일상 대화에서(구어체적 표현 "They're"[4]를 주목하십시오.), 아마도 볼링장보다는 노인들의 휴게실에서, 들려오는 것을 상상할 수 있겠지요.

"다소 덜 자란 꼬리를 오만하게 튀기며 말아 올린 모습이었다."는 아름답게 절제된 구절입니다. 이 구절의 모든 단어가 제 역할을 충실히 다합니다. 특히 "오만하게"는 유쾌하게도 뜻밖에 등장한 단어입니다. 인간이 손가락질을 하듯

---

4 문어체에서는 "They are"로 쓴다.

이 인어는 꼬리질을 할 수 있겠지요. 아니면 그 꼬리가 오만한 까닭은, 그것이 더 길고 풍만하리라는 우리의 기대를 태평하게 무시하기 때문이겠지요. 어떤 인어의 꼬리를 사납게 비트적거리는 페니스에 비교하는 것은 소설 쪽의 오만함처럼 들립니다. 그것은 이 여성적 신체를 남근과 관련하여 묘사하고 있으니까요. "속이 꽉 차 있고" "억세고" "단단하고" "힘차게 밀어댄다."는 표현도 그렇습니다만, "꿰뚫을 수 없다."는 표현은 의외로 여겨집니다. 여기서 꿰뚫을 수 없는 관통 기관이라는 모순에 맞닥뜨리게 되니까요. 인어는 페니스-같은 꼬리가 달린 여성이고 그 꼬리가 관통 기관과 같기 때문에, 인어 자신은 성적으로 관통할 수 없습니다. 소설은 더 나아가 인어를 무성적 존재로서 "유입(ingress)과 배출(egress)을 위해 설계된 여성의 관이 없다."고 말합니다. (이 구절의 임상적 언어는 페이가 인어에 관한 학술 논문을 쓰고 있다는 사실을 반영합니다. 글에서나 볼 수 있지, 대화에서는 거의 들을 수 없는 단어들이지요.) 인어는 "단단하고 탄력적이며 파괴될 수 없는" 몸을 갖고 있기 때문에 튼튼한 여자의 이미지를 떠올립니다. 인어와 일부 급진적 페미니스트의 차이는, 전자는 관통될 수 없는 반면 후자는 그렇게 되기를 원치 않는다고 주장할 수 있겠지요. 하지만 여자들은 인간이고, 인간의 몸은

"머랭처럼 쉽게 부서"집니다. 그러니 여자는 강력할 뿐 아니라 허약하지요. 머랭의 이미지는 또 다른 탁월한 상상력의 산물입니다. 몸은 머랭처럼 달콤하지만 부서지기 쉽습니다. 손으로 눌러도 잘게 부서질 수 있지요. 인간은 소중한 존재이지만 하잘것없는 물건처럼 쉽게 깨집니다. 페이 자신은 활력적이면서도 상처받기 쉬운 인물이지요.

시의 언어: 감상적 고백 vs. 정제된 상상력

• • •

앨저넌 찰스 스윈번 『캘리던의 애틀랜타』
에이미 로웰 「풍향계가 남쪽을 가리키네」
윌리엄 맥고나걸 「은빛 테이 강의 철교」

잠시 산문에서 눈을 돌려 시를 살펴봅시다.

다음은 앨저넌 찰스 스윈번[1]의 『캘리던의 애틀랜타』에 나오는 시 한 편입니다.

풍부한 물줄기가 등심초 꽃에 스며들고,

무성하게 자란 풀이 여행자의 발을 그물로 잡고,

젊은 태양의 흐릿하게 신선한 불꽃이 붉게 물든다,

---

1 스윈번은 19세기 영국 시인이자 비평가로서 라파엘 전파와 교류하며 시형과 운율에서
자유로운 시를 추구했다.

이파리에서 꽃으로, 꽃에서 열매로.

열매와 이파리는 황금과 불처럼 타오르고,

칠현금 너머로 보리피리 소리가 울리고,

발굽이 박힌 사티로스의 발꿈치가

밤나무 밑동의 밤껍질을 짓밟는다.

이 시에는 숨 가쁘게 하는 어떤 아름다움이 있습니다. 하지만 그 아름다움은 어느 하나도 아주 선명하게 보지 않는 데서 비롯됩니다. 이 시행은 시각적 흐릿함을 언어로 표현한 것이지요. 모든 것이 너무나 달콤하고, 너무나 서정적이고, 너무나 질릴 정도로 감상적입니다. 모든 것이 음향 효과를 위해 가차 없이 희생되기 때문에 어느 것 하나 정확하게 묘사되지 않습니다. 이 시는 반복과 두운으로 인해 흐름이 막혀 있고, 그것은 "젊은 태양의 흐릿하게 신선한 불꽃이 붉게 물든다."에서 부조리함의 극치에 이릅니다. 묘사는 대체로 낭랑한 음악적 조화를 만들어내기 위해 존재할 뿐입니다. 모든 구절은 "시적"인 효과를 의식합니다. "무성하게 자란 풀이 여행자의 발을 그물로 잡고"라는 시행은 걸어 다닐 때 발이 풀에 걸린다는 것을 그저 멋지게 표현한 말이지요. 어조는 너무나 열광적이고, 언어는 너무나 단조롭습니다. 흐릿한 광택이 표면에 감돌기는 하지만 그 밑에는 부서지기 쉬운 시행이 존재합니다. 현실의 돌풍이 조금만 일어도 이 부서지기 쉬운 문학 창조물은 땅으로 무너져 내리겠지요.

열정적 감정을 표현하고 있음에도 불구하고 스윈번의 언어는 특히 추상적입니다. 그는 "이파리", "꽃", "열매", "불" 같은 일반명사를 사용합니다. 가까이 접근해서 보는 것은 아무것도 없습니다. 이 시를 에이미 로웰의 시 「풍향계가 남쪽을 가리키네」와 대조해봅시다.

하얀 꽃,

밀랍, 비취, 줄 없는 마노의 꽃,

얼음 표면에

연선홍색 그림자가 드리운 꽃.

온 정원에서 그런 꽃이 어디 있지?

별들이 라일락 이파리 사이로 모여들어

너를 바라본다.

낮게 걸린 달이 너를 은빛으로 환히 비춘다.

여기서 시인의 눈은 그 대상을 한결같이 응시합니다. 이 시행에는 경이로움과 경탄이 울려 퍼지지만 그런 감정은 정밀한 묘사를 위해 억제됩니다. "별들이 라일락 이파리 사이로 모여들어 / 너를 바라본다."에서는 상상력의 비약이 약간 허용되지만, 다른 부분에서는 상상력이 실제적인 것에 종속됩니다. "낮게 걸린 달이 너를 은빛으로 환히 비춘다."에서는 마치 달이 꽃에 경의를 표하는 듯이 들리는데, 이것은 상상에 의한 표현이라 하더라도, 사실의 진술이기도 합니다. 스윈번의 시는 최면성의 반복적 리듬으로 가득하고 음절이 너무 많은 구절들을 연결한 반면, 로웰의 리듬은 간결하고 억제되어 있습니다. 그녀의 언어는 제어되어 군더더기가 없습니다. 그녀는 꽃의 아름다움에 동요되어도 냉정함을 잃지 않습니다. 스윈번의 시행은 열광적으로 내달리는 반면, 로웰은 모든 구절을 따져보고 균형을 맞춥니다.

마지막으로 그의 위상에 대해서는 전혀 의심의 여지가 없는 한 시인을 살펴봅시다. 사실, 그의 작품의 가치에 대해서는 거의 어디서나 의견이 일치합니다. 실은 너무도 확고한 평가를 받기 때문에, 그의 기억이 혹시라도 사라질 것인지 의심스럽습니다. 많은 시문선에 작품이 실렸으므로, 그는 불멸의 문인들 사이에서 랭보나 푸시킨처럼 확고한 자리를 차지했고, 그의 평판은 일부 동료 작가처럼 부침을 겪은 적이 없습니다. 내가 언급하고 있는 작가는 19세기의 스코틀랜드

시인 윌리엄 맥고나걸입니다. 그가 지금까지 붓을 든 작가 중 가장 끔찍한 사람 중 하나라는 것은 이의가 없습니다. 다음은 그의 시 「은빛 테이 강의 철교」에 나오는 부분입니다.

은빛 테이 강의 아름다운 새 철교,
네 튼튼한 벽돌 교각과 버팀벽이 매우 웅대하게 정렬되고
네 열세 개의 중앙 대들보는 내 눈에
아무리 세찬 폭풍도 잘 견뎌낼 만큼 튼튼해 보이네.

너를 바라보면 내 마음은 흥겨워지지,
너는 오늘날의 가장 위대한 철교이므로.
테이 강의 동서남북 어디든
몇 마일 떨어진 곳에서 볼 수 있네.

은빛 테이 강의 아름다운 새 철교,
네 아름다운 옆 칸막이가 철로를 따라 나 있어
바람 부는 날 객차가 날려가지 않도록
훌륭한 보호막이 될 거라네.

세상은 평범한 이류 시인들로 가득 차 있습니다만, 맥고

나걸의 놀라운 업적에 대적하려면 최고의 미숙함이 필요합니다. 이처럼 도저히 잊을 수 없이 형편없다는 것은 소수에게만 주어진 특권이지요. 고도의 일관성을 유지하면서 그는 가장 저급한 수준에서 결코 벗어나지 않았습니다. 실로 그가 그저 그렇거나 특별하지 않은 시행은 한 줄도 쓰지 않았다고 자랑하더라도 타당합니다. 누군가 이런 시를 쓰면서도 자신의 시가 몹시 형편없다는 것을 의식할 수 있는지 물어봐야 부질없겠지요. 텔레비전의 탤런트 쇼에 등장하는 그리 유능하지 못한 연기자들처럼, 자신이 몹시 형편없다는 것을 알지 못한다는 사실이 그의 고약함의 일면이니까요.

그래도 계속되는 의문이 남습니다. 어떤 공동체, 먼 미래의 공동체를 상상해봅시다. 영어가 아직 사용되기는 하지만 역사적으로 중대한 변화를 겪은 나머지 영어의 울림과 관례가 오늘날의 영어와 매우 다른 곳이라고요. 그곳에서는 "몇 마일 떨어진 곳에서 볼 수 있네." 같은 구절이 그리 어설프게 들리지 않을지 모릅니다. "데이", "레일웨이(철로)", "데이(날)", "어웨이(떨어진)" 같은 운의 반복은 우스꽝스럽게 보이지 않을지 모릅니다. "튼튼한 벽돌 교각과 버팀벽이 매우 웅대하게 정렬되고"에서 무미건조한 직사(直寫)주의와 서투른 운율은 오히려 매력적으로 보일지 모르지요. 새뮤얼 존슨처럼 뛰어난 비평가가 셰익스피어의 가장 독창적인 이미지에 대해서 불만을 토로할 수 있었다면, 언젠가 맥고나걸이 주요 시인으로서 환호를 받을지 모른다는 것은 전혀 얼토당토 않은 가정일까요?

테리 이글턴의 이 책은 자기 분야에 정통한 노교수가 "영문학 개론" 수업에서 문학 전반에 관해 강의하는 듯한 느낌을 준다. 문학 개론이라는 지루하고 따분할지 모를 수업에 이미 심드렁한 태도로 앉아 있을 학생들의 흥미를 끌기 위해서 노교수는 현대 그룹 밴드나 심지어 도널드 트럼프를 언급하기도 하고 자극적인 부분을 인용하기도 하며 학생들의 토론을 상상하기도 하고 기발한 해석도 제시하면서 문학 비평이나 분석이 재미있을 수 있다는 것을 보여주려 한다.

그는 밀턴의 『실낙원』에 등장하는 신이 불만을 토로하며 도전하는 사탄에게 꽉 막힌 공무원처럼 대답하기 때문에 호감을 느끼기 어렵다고 말하기도 하고, 토머스 하디의 『무명의 주드』의 여주인공 수 브라이헤드가 살아 있다면 자신이 쓴 비평에 대해 명예훼손으로 고소할 거라고 말하기도 한다. 또한 몇 줄 되지도 않는 동요 「바아 바아 검은 양」을 몇 페이지에 걸쳐 다각적으로 분석하면서 이 동요가 계급적 갈등 관

380

계와 숨겨진 분노, 대응 전략을 담고 있는 것으로 해석할 수 있다고 주장하고 동요의 장르적 특성을 감안할 때 그와 같은 해석을 받아들이기 어렵다고 인정하면서도 시대가 달라지면 그 해석이 보편적인 것으로 수용될지 모른다고 우기기도 한다. 마치 "어디, 반박할 수 있으면 반박해봐!"라고 말하며 학생들의 지적 호기심과 흥미를 자극하고 도발하는 듯하다. 수많은 작품을 자유자재로 인용하거나 언급하면서 재치가 넘치다 못해 이따금 기상천외한 주장으로 이야기를 끌어가는 교수의 놀라운 입담을 듣다 보면 가끔 그 현란한 비유에 정신이 팔려 무슨 이야기를 하고 있는지 잊어버리기 십상이다. 그래서 논의의 흐름을 쫓아가기가 때로 어렵지만 가끔 폭소를 터뜨릴 정도로 재미있는 것은 사실이다.

이 책의 원제 "문학을 어떻게 읽을 것인가"라는 물음에 대해 테리 이글턴이 제시하는 답은 너무나 명확하다. 섬세한 감식력을 갖고 읽어야 한다는 것이다. 사실 제인 오스틴의 『오만과 편견』의 첫 문장 "많은 재산을 소유한 독신 남자가 아내를 얻고자 한다는 것은, 보편적으로 인정된 진실이다."를 아무 생각 없이 곧이곧대로 읽는다면 이 작품을 완전히 오독하게 된다. 이 문장에 담긴 아이러니를 알아차리지 못하면 오스틴이 당대의 결혼 시장과 사회 풍조를 풍자적으로 그려내고 있음을 알아낼 수 없기 때문이다. 그러므로 문학 작품에 표현된 말을 곧이곧대로 받아들이는 "순진한" 독서로는 작품의 의미를 제대로 감식할 수 없다. 이글턴이 문학의 언어는 일상생활의 언어와 다르다고 강조하고, 작품의 의미는 그것이 표현된 형식과 분리될 수 없다고 역설하는 것도 그 때문이다. 아마도 문학 개론 수업에 들어온 학생들은 문학에 대해 좀 더 거창한 정치적 주장이나 이론적인 주장을 펴고 싶겠지만, 문학 작품을 이해하려면 그 언어를 예리하게 감지하는 감수성의 훈련이 기본이다. 이 기본기가 없으면 작품과 괴리된 공허한 논리가 되기 십상일 것이다.

이글턴은 그런 예리한 감식력으로 문학 작품의 도입부를 분석할 때 그 짧은 문장에서 얼마나 많은 것을 찾아낼 수 있는지를 1장의 '도입부'에서 보여준다. 그는 놀라운 분석 솜씨를 유감없이 발휘하며 어조나 구문, 짜임새, 암시, 아이러니, 소리 패턴, 리듬, 상징, 소재에 대한 감정적 태도 등 다양한 각도에서 비평적 분석의 실례를 보여주고 이러한 분석의 바탕이 되는 것은 언어에 대한 고양된 감수성임을 역설한다.

2장의 '인물'에서 이글턴은 문학 속 인물의 허구성을 강조하며 "캐릭터"라는 단어가 개인의 독특한 성격을 뜻하게 된 과정은 현대 개인주의의 성장과 관련이 있음을 지적한다. 그러나 인간의 개체성이란 공통적인 자질 위에서만 가능한 것임을 역설하며, 고대 그리스 작가들에서부터 신고전주의, 빅토리아 시대에 이르기까지 인간은 친족 관계나 사회, 역사 등 공적 세계를 배경으로 하여 그려졌고, 유럽 사실주의 소설의 업적 중 하나는 이처럼 인물과 전후 상황이 밀접하게 얽인 관계를 예시한 것이라고 말한다. 따라서 사실주의의 전형적 인물은 일관성과 비교적 확고한 정체성을 가지고 있지만, 반면에 모더니스트들이 제시하는 인물은 고립된 의식으로서 일관성이나 지속성이 거의 없고 정체성이 모호하다. 하지만 이런 모더니즘적 인물은 인간이 점점 더 몰개성적이고 쉽게 교체될 수 있는 존재로 보이는 현대의 대중문화와 대량 교역 시대의 산물로 이해할 수 있다고 암시한다.

3장의 '서사'에서는 다양한 화자의 성격과 서사 구도에 주목하고 사실주의적 서사와 모더니즘의 서사를 대조하여 설명한다. 대부분의 사실주의 소설은 기존의 질서가 와해된 곳에서 다시 질서를 회복하려 한다는 점에서 문제-해결 장치로 볼 수 있고, 세계에 원인과 결과가 질서정연하게 전개된다는 믿음을 기반으로 하고 있으므로 진보나 합리적 이성, 인류의 전진에 대한 믿음과 결부되어 있다. 반면에 많은 모더니즘 소설에서 그리는 세계는 뒤얽힌 타래처럼 중심이 없고 목적과 기원이 존재하지 않으므로 질서도, 질서의 회복도 없다. 일부 모더니즘 작품은 서사라는 개념 자체에 대해 회의적이기도 하다. 이 부분에서 이글턴은 사실주의 소설이 더 사실적이라는 그릇된 관념을 타파하면서 사실주의 소설은 현실적 분위기를 만들어내기 위해 인물과 사건, 상황을 임의로 선택하고 세부 묘사를 제공하는 문학적 "관습" 임을 역설한다. 사실주의 소설을 포함해서 모든 스토리텔링은 연속적이지 않은 실재를 연속적인 형식 안에 넣으려 한다는 점에서 부조리한 시도이며 따라서 모든 서사는 "변조" 일 수밖에 없다고 주장한다. 『트리스트럼 샌디』나 『암흑의 핵심』, 『율리시스』처럼 비전통적인 소설은 인간의 삶을 합목적적이고 일관된 것으로 보지 않게 해줌으로써 오히려 우리가 삶을 더 즐기도록 도와주는 장점도 있다고 지적한다.

4장의 '해석'에서 이글턴은 문학 작품의 해석이 어려운 이유로서 무엇보다도 실제적 맥락이 부족한 허구라는 점과 모호하거나 다의적인 표현, 지나치게 섬세한 서술 방식을 언급한다. 사실주의 소설은 모더니즘 소설에 비해 언어를 가급적 투명하게 구사하여 현실을 생생하게 제시하는 듯한 느낌을 주지만 그렇다고 현실에 더 가까운 것은 아니다. 반면에 모더니즘 작가들은 언어가 인간 경험의 직접성을 포착하거나 절대적 진실을 전할 수 있으리라는 믿음을 갖지 않기 때문에 그들의 언어는 더 복잡하고 암시적이며 그래서 일부 모더니즘 작품을 해독하기가 대단히 어렵다. 해석이란 작품에서 반복되는 관념이나 관심사, 유사성이나 대조, 인물과 주제와 플롯, 이미지와 상징의 패턴, 언어, 서사의 형식과 구조, 인물들에 대한 태도, 문학 양식적 특징을 살펴보며 텍스트상의 증거에 입각하여 타당한 의미를 끌어내는 것이다. 그러나 작품은 전반적으로 다양한 의미를 산출할 수 있고, 어떤 의미는 역사가 변화하면서 달라지기도 한다. 이처럼 다층적 의미를 가질 수 있는 문학 작품에 대한 "최종적" 해석이란 가능하지 않으므로, 문학 작품은 고정된 의미를 가진 텍스트가 아니라 전반적으로 다양한 의미를 산출할 수 있는 모태로 파악하는 편이 낫다고 주장한다.

5장 '가치'에서 이글턴은 훌륭한 문학 작품이란 무엇인가, 과연 불변의 가치가 존재하는가라는 물음을 제기한다. 위대한 문학이란 보편적 호소력을 가진 작품이라든지 내용이 심오하고 복잡한 작품, 일관성이 있거나 서사가 잘 짜인 작품 혹은 언어를 화려하게 구사한 작품이라는 가정이 있지만 이런 가정들이 언제나 보편타당한 것은 아니다. 영속적 가치란 있을 수 없으므로 문학적 고전은 변함없는 가치를 가진 작품이라기보다는 세월이 흐르면서 새로운 의미를 산출할 수 있는 작품으로 보는 편이 타당할 것이다. 그러나 작품의 탁월성을 결정하는 기준이 있고, 그 기준은 개인의 취향이 아니라 공적인 것이며, 문학 비평이라는 관행에 참여함으로써 그 기준을 배울 수 있다고 한다.

이상과 같이 이 책의 전반적인 논의를 살펴보면, 테리 이글턴의 주장은 비교적 원론적인 입장에 충실하고 절대적 신조가 아닌 상대주의적 시각을 견지하고 있음이 두드러진다. 마르크스주의 비평가로 유명하지만 그의 시각은 역사와 사회, 인간을 아우르는 단 하나의 진지한 장르로서 사실주의를 옹호한 게오르그 루카치 부류의 전투적 리얼리즘론과는 상당히 궤도를 달리한다는 느낌을 준다. 사실주의가 다른 문학 장르나 양식과 마찬가지로 하나의 문학적 "관습"이며 현실을 더 가깝게 반영하는 것도 아니라는 주장은 모더니즘뿐 아니라 포스트모더니즘 및 다른 사조가 풍미한 후에 도달한 결론일 수도 있겠다. 이글턴이 특히 찰스 디킨스의 『위대한 유산』과 토머스 하디의 『무명의 주드』에 많은 지면을 할애하여 꼼꼼히 분석한 것이나 「바아 바아 검은 양」을 계급적 갈등의 표현으로 해석한 부분에서는 마르크스주의자로서의 면모를 드러낸다고 볼 수 있지만, 그런 해석도 여러 겹의 전제와 단서를 깔고 조심스럽게 내놓는다는 인상을 준다.

그러나 이 책에서 가장 두드러진 것은 사실주의나 낭만주의, 모더니즘 등에 대한 이론적 고찰보다는 작품의 실제 분석 사례일 것이다. 이글턴은 고대 작품에서부터 『해리 포터』 시리즈를 포함한 최근 작품에 이르기까지 문학사를 종횡무진하며 비교 분석하는데, 가령 『위대한 유산』의 핍과 해리 포터를 고아라는 공통점에 놓고 논의를 전개하거나 작가가 자신의 인물을 공정하게 다루지 못하거나 이해하지 못하는 경우를 하디나 로렌스, 조지 엘리엇의 작품에서 찾아내기도 한다. 이런 분석을 통해서 그는 해박한 지식과 예리한 인식, 많은 작가들에 대한 통찰력을 보여주는데, 셰익스피어의 『템페스트』 끝부분에 나오는 프로스페로의 대사에 대한 분석처럼 감동을 주기도 하고 나보코프의 『롤리타』에 대한 분석처럼 고도로 치밀한 지적 유희를 느끼게 하기도 한다. 이처럼 기발하고 빛나는 작품 분석들을 통해서 이글턴은 "문학을 어떻게 읽어야 하는가"라는 물음에 답하고 있다고 하겠다.

2015년 12월
이미애

문학을 읽는다는 것은

초판 1쇄 발행 | 2016년 1월 15일
초판 5쇄 발행 | 2023년 6월 5일

지은이 | 테리 이글턴
옮긴이 | 이미애
발행인 | 고석현

주소 | 경기도 파주시 심학산로 12, 4층
전화 | 031-839-6805(마케팅), 031-839-6814(편집)
팩스 | 031-839-6828

발행처 | (주)한올엠앤씨
등록 | 2011년 5월 14일
이메일 | booksonwed@gmail.com

* 책읽는수요일, 라이프맵, 비즈니스맵, 생각연구소, 지식갤러리, 스타일북스는
  ㈜한올엠앤씨의 브랜드입니다.